广东"左联"作家作品及研究

黄景忠 主编
黄景忠 陈贤武 编

都市之夜
戴平万作品及研究

戴平万 著

南方出版传媒·花城出版社
中国·广州

图书在版编目（CIP）数据

都市之夜：戴平万作品及研究 / 戴平万著；黄景忠，陈贤武编. -- 广州：花城出版社，2019.9
（广东"左联"作家作品及研究 / 黄景忠主编）
ISBN 978-7-5360-9004-0

Ⅰ. ①都… Ⅱ. ①戴… ②黄… ③陈… Ⅲ. ①戴平万（1903-1945）－文学研究 Ⅳ. ①I206.6

中国版本图书馆CIP数据核字(2019)第191008号

出 版 人：	肖延兵
策划编辑：	张 懿　陈崇正
责任编辑：	陈诗泳　梁宝星
技术编辑：	凌春梅
装帧设计：	姚 敏

书　　名	都市之夜：戴平万作品及研究	
	DUSHI ZHI YE: DAI PINGWAN ZUOPIN JI YANJIU	
出版发行	花城出版社	
	（广州市环市东路水荫路11号）	
经　　销	全国新华书店	
印　　刷	恒美印务（广州）有限公司	
	（广州南沙经济技术开发区环市大道南路334号）	
开　　本	880毫米×1230毫米　32开	
印　　张	9.125　2插页	
字　　数	210,000字	
版　　次	2019年9月第1版　2019年9月第1次印刷	
定　　价	68.00元	

如发现印装质量问题，请直接与印刷厂联系调换。
购书热线：020-37604658　37602954
花城出版社网站：http://www.fcph.com.cn

广东"左联"作家作品及研究丛书编委会

主　　任：谭君铁

副 主 任：杜传贵　叶　河

编委会成员：肖延兵　应中伟　萧宿荣

总　序

左翼文学的拓荒者和追梦人

二十世纪二三十年代，是中国社会大分裂、大动荡的年代，军阀混战、国共合作破裂、大革命失败，中国社会陷入沉沉暗夜。二三十年代又是大变革的年代，是一个孕育新生力量的年代，一些进步的知识分子，开始认识到社会的黑暗源于阶级对立，认识到中国未来的希望是通过工农革命建立新的体制和社会，认识到必须建立新的无产阶级文化。中国的左翼文学运动就是在这个背景中产生的。一些进步的作家、艺术家，他们自觉地把文艺与政治结合起来，通过文学、电影、戏剧等文艺形式，反映工农大众的生活，描写他们如何在黑暗中受难和挣扎，又如何进行反抗和斗争。当时的上海，由于有租界存在，为革命文学的生长提供相对宽松的政治空间，所以，从1928年到1937年近十年间，上海就成为左翼文学运动的主要阵地。尤其是1930年3月2日，由中国共产党创立的中国左翼作家联盟（简称"左联"）在上海成立，更是将左翼文学运动推向高潮。

在中国左翼作家联盟中，活跃着一群粤籍作家、艺术家的身影。这群作家，他们都是在新文化运动和五四运动哺育下成长起来的，二十世纪二十年代中期工农革命兴起，他们又接受马克思主义思想的洗礼。"四·一二"事变之后，他们或者因为被通缉流亡上海，或者为了寻求民族的新生投身上海。他们历尽劫难和艰辛，以卓越的才华，做出了引人瞩目的贡献，在推动左翼文学运动的发生、发展上发挥了重要的作用。他们当中，包括洪灵菲、杜国庠、戴平万、冯铿、许峨、杨邨人、欧阳山、侯枫、唐瑜、陈辛仁、梅益、丘东平、草明、蒲风等，如果再加上1933年4月成立的广州"左联"，那么这份名单还要增加上易巩、杜埃、伍翠云、蒲特、楼栖等等。编辑这套广东"左联"作家文丛，一方面是他们中的部分作家的创作，的确有穿越历史的艺术力量；另一方面，毫无疑问，我们也是在借助一种方式，表达对他们的怀念和致敬。

我们首先选择的是在"左联"中较有影响力和代表性的三位作家：洪灵菲、戴平万、冯铿。

这几位作家，他们的文学事业是和革命事业紧密结合在一起的。

洪灵菲和戴平万的人生轨迹是大致相同的：1918年一同考进广东省立金山中学，接受五四运动新思想的洗礼。1922年又一同考进国立广东高等师范学校（中山大学）。国共合作时期，他们开始投身革命运动，后在许苏魂的介绍下参加中国共产党。1927年"四·一二"事变后流亡南洋。洪灵菲的长篇小说《流亡》，戴平万的短篇小说《在旅馆中》《流氓馆》等，反映的就是革命低潮时期流亡的遭遇以及在苦闷、彷徨中寻求出路的心灵历程。1927年秋，"八一"南昌起义军进驻潮汕，他们即启程回潮汕参加武装斗争。及至潮汕，发现起义军撤离，又奔赴海陆丰参加农民革命运动。戴平万后来创作的《山中》《村中的早晨》，以及洪灵菲的《前线》《大海》等，都成直接或间接反映了海陆丰农民革命斗争的情况。海陆丰农民起义失败后，洪、戴又奔赴上海，参与创办进步文学团体太阳社、我们社。1929年，因在家乡参加革命活动而一直过着流亡生活的冯铿也从韩江到了上海滩。这样，他们一起在中国共产党领导的左翼文艺运动中扮演着重要的角色。1930年，"左联"成立，洪灵菲、戴平万是发起人和筹备者，洪灵菲还是"七常委"之一，是其中最年轻的作家。冯铿非常活跃，经常参加党组织的飞行集会和宣传活动，受"左联"的委派出席中国苏维埃区域代表大会，还以苏区代表的事迹为素材，写作小说《小阿强》《红的日记》。可以说，"左联"时代是这几位作家的人生最灿烂光辉的时期。可惜的是，他们的生命都太短暂。

1931年1月，冯铿在参加党内会议时被逮捕。2月7日，被国民党秘密杀害于上海龙华。同赴刑场的还有胡也频、李伟森、殷夫和柔石。冯铿是"左联五烈士"中唯一的女性，多么年轻，才二十四载年华。与冯铿从韩江共同奔赴上海的许峨先生，于1931年4月12日在上海写道："她死了，她不死于缠绵的恋情而死于伟大的革命，这是我所引为悲壮的！"

1933年2月，洪灵菲被党派往北平任中共中央驻北平全权代表秘书处处长，不久因叛徒出卖被捕。1933年10月前后被国民党杀害于南京雨花台，年仅32岁。他也是唯一被杀的"左联七常委",是最年轻但最早献出自己宝贵生命的文化青年。他对革命的坚定意志和宏大志向曾在1930年3月1日初版的《气力出卖者》中这样表达道:"……母亲,我的生命是完了,但我愿意我的说话永远在你们的脑子里,在一切被压迫的人们的脑子里生了根。"

1933年至1934年,戴平万被党派往满洲参加抗日工作,并写作《哈尔滨的一夜》《佩佩》,表现这个阶段的革命生活。1937年抗战爆发,戴平万留在上海,从"左联"成为"孤岛文艺"共产党领导者之一。他接替周扬的位置,成为"左联"最后一任党团书记。坚守至1940年。而后,他从上海到苏北根据地,在新四军中从事新闻与教育工作。1945年,戴平万在苏中区党委党校所在地兴化县去世,没有看到中华人民共和国成立的曙光。

在历史的记载中,他们的身份是作家。但是,他们首先是一个革命者。大多数左翼作家,是由文学而革命的,这些左翼作家的创作,其实只是对革命的文学想象而已。而这几位作家,他们的革命人生,就是壮丽的诗篇;他们的文学创作,是革命生活所迸发的火花。他们的革命和文学,是互相辉映的。

这几位作家,他们都是早期左翼文学的拓荒者,在推动左翼文学的发展中发挥着重要的作用。

洪灵菲是"左联"中具有较大影响力的作家,被蒋光慈称赞为"新兴文学的特出者"。他的文学创作,从1927年年底到1933年10月,六年间一共创作近二百万字的小说。对他的文学创作,学术界更多关注的是他早期长篇三部曲《流亡》《前线》《转变》,尤其是《流亡》,风靡文坛,是左翼早期革命罗曼蒂克文学的代表作。但是,洪灵菲对左翼文学的贡献还体现在另一方面。当"左联"

成立后提出建设无产阶级新兴文化时，洪灵菲是积极的倡导者和实践者。他在《文艺讲座》中发表《普罗列塔利亚小说论》，在"左联"的机关刊物《拓荒者》上发表长篇小说《家信》和中篇小说《大海》、短篇小说《新的集团》等。这个时期，他小说的表现对象从小资产阶级知识分子换成了工人、农民和革命者，主题则从表现知识分子在沉沦中走向革命变成了集中暴露时代的黑暗和正面表现工农大众的革命斗争。这些作品，是当时左翼文艺界倡导的普罗文学的样本作品。

戴平万在左翼文学中并不算一个著名的作家，但是，他是表现农民革命的好手。他是从农村长大的，又亲身参加过海陆丰的农民运动，这样，他对农民革命的描写避免了当时左翼文学常见的概念化的毛病，他的小说富于生活实感，对人物性格和心理变化的描写细腻。他创作的《陆阿六》《村中的早晨》等小说，可以说是当时左翼文学表现农民革命的代表作，《陆阿六》还作为"左联"时期的优秀作品翻译成日文在日本出版。戴平万也被当时的评论界誉为"新兴文学的花蕊"。

冯铿被誉为"中国新诞生的最出色的和最有希望的女作家之一"（《中国作家致全世界的呼吁书》），寻求革命、寻求女性解放是贯穿冯铿的人生和文学的基本主题，她的中篇小说《最后的出路》和短篇小说《小阿强》《红的日记》等，是左翼女性文学的代表作品。"左联五烈士"被害后，关于五烈士的专刊在二十世纪三十年代的上海初版。其中，冯铿的《红的日记》被翻译成日文和俄文。冯铿的贡献是，以她的创作告诉人们：女性的解放，必须与旧社会的破坏以及新社会的建立紧密结合起来！

这几位作家，毫无疑问地，他们的创作还不够完美，但是，这并不重要。重要的是，他们的文学，是以他们的充满激情、充满浪漫主义和理想主义的生命写就的。即或是一个世纪之后，阅读他们的文字，仍然能够感受到燃烧着的生命和激情：

"惟有不断地前进，才能得到生命的真诠！前进！前进！清明地前进也罢，盲目地前进也罢，冲动地前进也罢，本能地前进也罢，意志的被侵害，实在比死的刑罚更重！我的行为便算是错误也罢；我愿这样干便这样干下去，值不得踌躇啊！值不得踌躇啊！你灿烂的霞光，你透出黑夜的曙光，你在隐匿着的太阳之光，你燎原大焚的火光，你令敌人胆怖，令同志们迷恋的绀红之光，燃罢！照耀罢！大胆地放射罢！我这未来的生命，终愿为你的美丽而牺牲！"（洪灵菲《流亡》）

今天，我们重读这些充满理想主义色彩的文字，为的是纪念而不是忘却。生命是如此的短暂，但故人旧文却永恒。再读旧文，不仅仿佛重返旧时光，更能够获得新动能，看到他们对故乡、家人的眷恋和对信仰之坚定。

洪灵菲曾在《家信》中写道："'回到故乡吧，去躺在大自然的怀抱中吧，去躺在母亲的怀抱里吧！'我几乎要这样喊出来。但当我定一定神，我感到这是一场虚空的梦，这是一场渺茫而又达不到的梦。这种梦是中世纪的诗人才能够做的，我们不配。"数十年后的今天，这样的梦不再是每个青年心底遥不可及的渴望。2019年是中华人民共和国成立70周年，也是五四运动100周年。2020年是"左联"成立90周年，2021年是中国共产党成立100周年。在我们越来越接近中华民族伟大复兴的梦想的时候，我们不能忘记这些早期的拓荒者和追梦人。这些青年怀抱着赤子之心，积极投身于伟大的民族革命中去。他们把最美好的青春献给了祖国和人民，谱写了一曲又一曲壮丽的青春之歌。

习近平总书记在纪念五四运动100周年大会上的重要讲话中说道："五四运动以来的100年，是中国青年一代又一代接续奋斗、凯歌前行的100年，是中国青年用青春之我创造青春之中国、青春之民族的100年。"今天，曾经的这些革命作家已经长眠地下，但是，他们灿烂的生命以及卓著的文化建树早已镶嵌在历史之中，成为一种青年精神火炬的象征符号。有时候，我们需要拂去蒙在历史上的尘埃，让他们的光芒穿越时空，照耀我们的现实和人生。

广东"左联"作家作品及研究丛书编委会

2019年9月

戴平万(1903—1945)

原名戴均,广东潮州人。中国左翼作家联盟领导人之一,中国工人运动的领导者和先驱者之一,东北抗日联军早期创始人之一,中国共产党早期的优秀的革命家,作家,新闻事业的先驱者及工人运动领导者。1922年秋,考进国立广东高等师范学校(中山大学前身)西语系。1924年,加入中国共产党。1928年,"太阳社"在上海成立,戴平万是主要成员之一。同年,和洪灵菲、林伯修等发起组织"我们社",创办《我们》月刊。1929年,参加"左联"筹备工作,为"左联"的十二名筹备委员会委员之一,是"左联"机关刊物《拓荒者》的重要撰稿人,被誉为"新兴文学的花蕊"。

上编　戴平万作品

小说

三弦	3
出路	16
流浪人	32
激怒	46
小丰	57
陆阿六	73
村中的早晨	88
交给伟大的事业	102
都市之夜	122
新生	134
佩佩（又名《满州琐记》）	148
哈尔滨的一夜	158

散文

霜花	171
万泉河	173

沈阳之旅　　　　　　　　　　　　　　　　　176

长春道中　　　　　　　　　　　　　　　　　186

过江　　　　　　　　　　　　　　　　　　　190

下编　戴平万研究

戴平万的生平和创作　饶芃子　黄仲文　　　196

关于《都市之夜》及其他　钱杏邨（阿英）　213

戴平万小说创作论　杜运通　杜兴梅　　　　218

新写实主义背景下戴平万的小说创作　黄景忠　232

试论戴平万短篇小说的农民形象　沈　栖　　245

戴平万年谱　陈贤武　　　　　　　　　　　　259

上编
戴平万作品

三　弦

沦落海上，柳亦飘零了，桐亦憔悴了，秃枝枯干，怎禁寒风？

一室，孤坐对着惨白的四壁，兴趣寂然。只有淡黄色的阳光，透过尘封的窗棂，射在惨白的壁上，发出安慰的软光，恐怖的灵魄①亦为之微哭了。

楼下房东的小女儿，时常低唱着"可怜的秋香"，可是这时候却没有声息，想是怕寒贪睡，也许出去。总之，室的内外，都埋葬在可怕的静穆之中。

争自由的心之叫喊，将要震裂心房，震破耳鼓，可怜在这严紧而冷酷的空气里，口噤不敢声！

我今天没出去，只吃了两块昨天剩下的烧饼，满足胃肠的要求；一面请求胃肠不要太难为了我，大家忍隐忍隐就是了。

自来都是用直觉测度时候的我，觉得这时正是风冷日薄，层云欲雪的浓冬②之下午三时；大概不错的罢？

---

① 同"灵魂"。
② 同"隆冬"。

一阵三弦的点滴声，从弄口渐传渐近，渐近渐响亮，掠过窗前，一声声十分清楚，正在弹着《十月怀胎》的调子。这简直是俗调子，耳惯繁弦的人，听着定要讨厌得掩着耳朵生气的。但是，我觉得有一种妙音，既圆且润，似密还疏，幽幽然飞上天空，却被冻云所阻，嗒然落在窗棂，传进灰白而沉寂的斗室里在旋转着；好像梦里迷途的蝴蝶，在虚幻的空中乱舞一般。那一种傍徨①而飘渺的音波，正在泣诉着弹者的悲愁和绝望。这正与我的争自由的心之叫喊，遥相应和，使我不觉谛听着。

圆润的听音，又渐远渐低，渐低渐听不见，而至于幻灭了。

我在幻灭里感到悲哀，在悲哀里感到一个乱发满头，须子满脸的可怕的面貌。他的一双沉思的眼睛，与常觉无聊而嗫嚅着的厚唇，在静穆的空气里荡动着。

于是我忆起陈啸巅琴师。

这可怜的琴师，是我做小学生时认识的。他的性情同音乐一样温和，他的态度同音乐一样奥妙，他的言动，亦具着和谐的节奏，他的生命，亦具着如韵律一般空灵而飘渺。可是他肺病，病得很利害，那是给我最深刻的印象。

我记得在十年前我和我的小朋友，走到他自己经营的一个小小的学校里去；是在一个暑天的下午，那学校里的梧桐，绿荫满阶，蝉声正在上面噪着。盆里的荷花，正开得馨香扑鼻。石榴树在小校的篱落间伸出臂来，散着鲜红如血的花瓣。庭阶上还摆着一盆盆的番松，叶儿耀彩，看来好像万花簇锦一般。他却同几个学生在桐下石阶上，团坐弄音乐。弦声，蝉声，和着树梢的南风

---

① 同"彷徨"。

声,逐着篱边的落花影,在小庭中,荡着人天和谐的节奏,令人爽然,不知暑气消到哪里去了。他微笑着,表示欢迎我们,让我们坐着静听。我那时看见他紧噙着厚大的口唇,瞪开着沉思的眼睛,直挺着瘦长的背脊,手拨三弦,腿摇拍子;同时学生们亦紧随着他的手和腿的转动,调节声音。一种忘形的陶醉的情景,真令我羡慕他们的快乐到十二分。

我回家后,硬要父亲送我到他那里读书,学音乐去。我的父亲是他的好友,因为他喜欢我的父亲的性情和有鉴赏音乐的能力,虽然我父亲不能够弄何种乐器。我的父亲亦时常称道他有音乐的天才,祝他努力;暇时亦常到他的校里听他弹三弦。他各种中西乐都懂得,而且弄得很好;不过他对三弦特别有心得罢了。

那一天父亲同我到他的学校的时候,他穿着破旧的衬衣,白色的短裤,赤着足,在小庭里,很忙碌般把一盆盆的番松从新①摆过。他一面同我的父亲谈些闲话,一面却注意着要怎样布置,才合"旋律的美"。

他又扫了一回残花败叶,把扫帚倚在篱角,才笑问我的父亲,摆得好不好。

他让我的父亲到厅上坐去。我亦跟我的父亲坐下。啸巅琴师的消瘦活泼的面貌,流利轻快的声音,与他的很有趣,很和谐的举动,都令我喜欢同他亲近。

他向我的父亲说,他无论甚么事,只要自己高兴,就一定要聚精会神做去,旁的事情都不管了。随又笑道:"没法,这是我的癖性!"

---

① 同"重新"。

"也许有了这种癖性,你的三弦才玩得这么巧妙呢。"我的父亲听了他的说话这样地答他。

他笑了,他的苍白的脸上,泛出一种高兴表情,向我的父亲说道:"等我洗了手,就去拿三弦来,弹两阕你未尝听过的调子给你听听,以赎我的慢客之罪!"

他拍着手掌,口里念着曲谱,走向后面洗手去了。这是他心里高兴时的举动,一种天真烂漫的举动。因为他若是忧愁的时候,他动亦不动,只是两手抱着乱发蓬松的头,呆呆地坐着,或立着。

过了一会,他坐在我们的对面,弹起三弦来。

我那时对于音乐虽是嗜好,却全不懂得。他弹的工夫好不好,弹着什么调子,我都不知道。但只觉得有一种莫名其妙的力量,在我全身的里面旋转,使我的手足不知不觉就要舞蹈起来。

我正听得入神时,他忽然把三弦放在桌上,骤然跳起来,微笑着脸,在厅里踱来踱去。有时,他走出厅外,到篱边去,捻下紫葳蛛丝,在空中摆动的枯叶。

我的父亲的眼睛,跟着他的身子转动,脸上浮着微笑,好像在欣赏他在旋律里陶醉了的快乐一样。

可是我却很奇怪他的无意识的举动。

又过了一会,父亲才要介绍我给他,他却点着头首先笑道:

"我认得他!他前天不是同他的几个小朋友,来过这里的么?"

我父亲才把我的意思对他说了,他便很高兴地笑道:

"这孩子亦欢喜音乐么?很好!很好!我想他一定很快就晓得弄了。看他的活泼的眼睛,我就知道他是一个聪明的好孩子呢!"

他说后,就跑过来轻轻打我的肩子,问我道:"说得对不对?"我那时羞得脸儿通红了!可是心里却充满喜悦。

他又向我的父亲道:"委实亦无须在这儿念书,又费了一番转折;若是趁这暑期就弄点基础,将来得空的时候,就走来跟着我,我想不难成为一个小音乐家的呀。"

我的父亲亦笑了,就道:"是他自己喜欢,还望你教教他。不过我恐怕他的性情太浮躁,是轻易学不懂的。"

"不会,不会,都在我身上。"他好像很爱我,很欢喜教我的样子。

真的,他对待我十分好;虽然他有时亦很容易生气,却是没有讨厌过我,恼恨过我。我觉得他对我有些母爱的成分,比父亲还可亲近得多。

于是,我想在这小小的乐园里,消遣了我的暑假。祖母在乡下连三接四叫我回家里消夏,我都不愿意。那时我觉得故乡虽有茂林清溪,总不及这里桐阴琴韵这样有趣。

我在这乐园里,认了一位姊姊,她的名叫素芬。她的钢琴学得很细心,曲谱亦是她的拍子最正确。我有时弄断了弦索,弄破了箫膜,都请她同我整理。有时啸巅琴师教过的乐谱,我总是不大懂,也常请她唱,我跟着学。虽然问多几次陈琴师,他断不会生气的;但是我不愿意太扰混他:因为他教了我们之后,就只是埋头读着他的书。

素芬是陈琴师的得意门生。他很爱她的天才,她亦很敬他的艺术;但,不单是师生的敬爱!

素芬是个贫家女,衣服朴素,面庞瘦峭。大理石般的额,下面缀着一双苍翠的眉儿,与碧澄的眼睛,这是我到现在还不会忘记的。

她大我四岁,我叫她做姊姊。她亦直称我弟弟。她的性情缠绵而柔蕴,比我的亲姊姊还更可爱些。我的母亲姊姊亦没有她的身材那样窈窕。

她自小就定了亲。因为她父亲死了时,没钱买棺材,她母亲就向现在已是她的丈夫的家里借了几十块钱,料理这丧事。后来她母女相依为命,靠着十指过活,哪里有钱还债。债主却看中了素芬,就联起亲来。她读书亦是她的夫家出钱叫她读的。又因陈琴师办的学校与她家毗邻,所以就在这里入学了。这是陈琴师和她零零星星说给我知道的。

有时陈琴师还在我的面前婉惜过她的身世;她亦曾在我的面前自叹她是个穷人,不能够享着同人家一样的自由的乐趣。

陈琴师认识她的音乐天才,是在日常见她对于音乐特别聪明的理解力。这是陈琴师对我说的。他还望她将来能够成为一个伟大的女音乐家,他愿帮助她的一切。

有一天朝阳刚在梧桐树梢偷窥着荷花的时候,我照常走进我的乐园去。空庭静寂无声,只有篱间噪着雀语,我又在桐荫下静憩。(这是我那时的习惯。有时停滞在那儿至一点钟之久,背熟了乐曲,然后才走到陈琴师的房里去。他的房在距离桐树约莫十步远的东厢。)

坐了一忽,我听见他的房里恍惚有女子的哭声,便忙潜至他的房子的玻璃窗下偷看着:——

素芬伏在靠窗的写字台上啜泣。她的披着黑发的头,随着抽咽,一下一下地颤动。陈琴师握着她的无力地放在台上的纤手。

他的乱发蓬松,掩到他的沉思的眼睛上,面部越显出瘦峭得可怜,苍白得可怕!他的灰白的脸上,印着一些枕痕;他的白色的睡衣,有着被体重压皱的许多皱纹;一看就知道他是刚从床上骤然起来的。他的疲倦的精神,被深刻的悲哀所击袭而兴奋,可是眉头眼角,还留着惺忪之意。他的厚的嘴唇只是嗫嚅着,可是没有声音。他的沉思的眼睛,呆看着被他用力握住的纤手,泛着怜悯,恳求,安慰,同情的渴望。三弦静静地,死一般地挂在白色的墙上。时钟却在三弦的对面壁间得答①、得答地响着。那一张他扮疯子,素芬在篱隙窥笑的相片,一半还藏在黑暗中。室的后半亦还满着黑夜的威权:因为他的卧室广而且深,弱的晓光还未能够全把室里的夜幕打开,似要留作他们的憧憬的,黑暗的背景……

我满腹狐疑,潜回原处,呆坐。

我回想到昨晚回家时,素芬说我天天来得早明天她定要比我还早的话来。是陈琴师叫她的呢?还是她同我赌气来的呢?到现在我还不知道。

"为什么?为什么他们俩在室里哭泣呢?"我那时已经是14岁了,两性关系总有些懂得;所以我无疑地断定他们便是恋爱了!

于是我联想到他们俩日常的言动,无一处没有相爱的表示;甚至于她送茶给他喝时那种殷勤的态度和微报的颜容;他向她致谢的为情所激动的颤声和微笑,都有无限的热情之波,在他们俩的距离中间荡动!

"对呀!他差不多30岁了,还没有爱人呢!"我那时实在不

---

① 同"嘀嗒"。

知道一个被人家用几十块钱预约定了的贫家女子，她的内体①和灵魂，是绝对没有自由和自主的许可的；亦不知道去恋这样的一个女子，是永没有成功的希望的，尽管深深地在祝望他们成功！

我正在这样想着的时候，素芬在房里走来叫着我道："弟弟！弟弟！"

我立起身来，对她笑道："姊姊，你真比我来得早呀！"

她走到我的身旁来，只把她的手按在我的肩上，亦不回答我。她的眼带泪微红，形容十分酸楚。

"姊姊你为什么哭呢？"我卒然问她。

她却无聊赖地问我道："你来了很久吗？"

"可是陈先生有什么事？"我不管她的话，又是这样问。

"陈先生昨儿咳嗽了一晚，今天头很痛。……他说怕是……唉！……怕是旧病复发！……唉，他……真的，……他吐的痰！……网着许多……许多血线呢？！"她说着，咬着口唇忍泪。

"我想，陈先生……他的……命……运怪……怪……可……怜！……"她的声儿，颤得不能成音。

她的头已斜放在我的头顶；她的眼泪亦从我的短发流到我的颈上来了。

我呆立不敢动，只把手臂紧抱着她的腰肢，眼不转睛地望着她的微颤的黑裙子。我的眼泪亦湿透了睫毛了。

"我们到房里看看陈先生去罢。"我过了一会，低声而有力地这样说。

她抬起头来，拭着眼泪，携着我的手走进陈琴师的房

---

① 同"肉体"。

里去……

自此以后，啸巅琴师卧病着。

我每天都去看他一趟，每次都遇着素芬在他的房里服侍他。我亦并不觉得奇怪，因为我已认他们是一对情人；有时倒觉得同情他们，可怜他们呢。

他却时常阻止我们去看他，道："芬妹！不用太劳苦了，横竖这病是要我的命的！……"他咳了很久，吐出一口满着血丝的痰，接着说：

"倘若我死了，那把三弦你带回去作纪念罢？——阿文，你年纪还小，若是被这种病菌传染着了，可不是耍的！你还是不要来这里好……你们都不要来的好！"

素芬听了，十分难受，眼泪直流，说道：

"你不要……太伤心罢！医生……他不是说……这虽是……痨……症，还喜是……初期，……可望……痊愈么？……你……你不要……你不要天天……天天把这话来伤坏了……伤坏我的心！……我请你……我请你……还是静养……静养罢！……我是……我是不怕传染……不怕传染的！……若是我不来……不来服侍你，……还有谁呢？！……还有谁呢？！……"

她本来就是一个薄弱而易感的聪明女子，怎禁得啸巅琴师的似遗嘱非遗嘱的话呢？我现在还可以记起她那时的极凄楚，极深情的态度和声音，好像夜莺在残月的林里凄啼，桐叶在深秋的庭前战栗一样。

可是我在那凄凉的情景里，却不知道怎么说才好，只是呆呆地，含着泪望那壁上的三弦，觉得上面三条弦索，亦像感到伤心是颤动着似的；可是再定眼一看，却仍然死一般地，毫无知觉地，直挺地挂在白色的壁上，近旁只绕着朦胧的黑影。

我的父亲亦知道陈琴师的病了，禁止我去看他；又买了一枝很美丽的笛子给我，要我在家里学吹。我在家里亦有时拿来吹着玩；可是觉得很单调，很不好听。吹得好坏亦没人指导我。所以我讨厌它，索性把它掉在屋角，由它发了许多白色而闷臭的毛菌。

暑假完了，我再继续读我的书去了，每当放学回家的时候，我便顺道偷看陈琴师的病去。一个凄凉寂寞的病室，只有素芬一个人伴着病人。她比我初遇见她时瘦得更利害，简直剩一把骨罢了。

是啸巅琴师卧病的期间，他请了他的朋友黄练波先生代理校事。黄先生是我的学校里的音乐教员。因为陈琴师很穷，藉自办的这间学校来糊口。现在既经病了，费用一定更多。黄先生差不多是为朋友服务，算是个忠厚的人。

素芬却是读书为名，侍病其实。

陈琴师一病直至仲冬，庭树的叶儿落尽的时候，才有起色。他的额上却添了许多皱纹，唇间亦长了一些胡子。

可是事情很糟！外间的舆论哗然，讥议起他们师徒两个人来。素芬的母亲急忙禁止她上学，一步亦不许她走出家门之外。

当我家里的腊梅开满了黄花，我的心中满着清芬的喜乐。我偷折了一枝送给陈琴师去。

刚进门，静悄悄地，我想这学校亦放寒假了：因为我忙着考试，已经一星期多没有来看我的可怜的琴师了。

他的卧房亦是寂然无声。我只见白色的帐幔，在灰色的光中低垂不动。我料他是睡觉了，才要走出来，他忽然剧烈地咳嗽，寒帐吞唉，脸色苍白得全不像人，真如死尸一般。我不觉骇怕起来。

"阿文！你来做什么？！"他抬头见我，就大声叱我。

我吓得四肢发颤,牙齿格格地响,嗫嚅说道:

"送腊梅……来……来给先生……你。……我想你……已经……痊……愈了。"我几乎流出眼泪来地这样说。

"啊!送花给我来!好孩子!好孩子!"他伸出瘦长而多筋的手儿,要我手里的腊梅。我忙递给他。他嗅着,长满了胡子的脸上发出惨笑,说道:

"真香!真香啊!可是素芬出嫁了!"

"素芬姊姊出嫁了么?为什么嫁了?"我听了他的独白,不觉惊异地问。

"为什么?……唉!……怎么不……?"他又咳嗽起来。他吐了一口血痰,颓然倒在枕上。他手里的腊梅,被他骤然带进去,擦着帐子,落下几片黄瓣在帐幔之外。

我退到靠窗的台旁,手足还是在颤动着。我简直呆了,亦不会喊,亦不会走动,好像误走入魔鬼的洞穴一般,壁上的时钟不知哪里去了,听不到得答的声音。三弦却仍然是死贴在墙上,蒙了许多灰尘。

黄先生带着医生走进来,见我亦大声地叱道:

"你来做什么?出去!"

一溜烟跑回家里去,脑里还是印着陈琴师的可怕面貌,心里还是忐忑不休。可是我不敢同我家里的人说我的遭遇。

因为放寒假了,母亲带我到乡下祖母家里去。我就同几个少时相识的村童,尽日逛柑园,捉雀儿,吃甘蔗,晒菜干,忙个不了,耍个痛快,把我的可怜的琴师忘记了。

不过,有时同村童牧牛到山中,我听着泉水潺漫的声音,与山头浩瀚的松涛,如闻着陈啸巅琴师的三弦一般,又令我忆起他来！于是我惊恐，我震颤！他的瘦峭的、苍白的面貌，黑而乱的头发，厚而微颤的嘴唇，沉思的凹入的大眼；这一切可怕的东西，在石隙，在草际，都隐隐约约地出现了！……

看了社戏了，学校因驻军不能开课，渐不进城去。我乐得如青蛙，乱跑乱跳；每天跟着村童，钓虾，捕蟹；或者立在青藤蔓郁的老树下，望望他们捉小鸟，摸鸟蛋。玩得十分畅意。可恨无情的春雨春泥，常湿透了我的衣裳，玷污了我的裤子，不免回来时，受祖母、母亲一顿责骂。

直过了清明节，才到城里上课。

进城的第二天，从校里归来，无意识地走向陈琴师的学校的那条街去。

素芬的门口，停着一顶轿子，使我诧异：因为她的家很穷，从来没有出街坐轿子的贵族习惯。门里走出来一个油光着头，粉白着脸的少妇，身穿一套入时的绉纱衣裙，脚登一双黑色的高跟皮鞋。

"这可不是素芬?！怎的变得这样阔气了？"我看见她的时候，这样想着。

的确是素芬！她的青翠的眉黛，澄碧的眼波，都同往日一样；可是她的脸庞丰润了许多了。她走到轿子旁边，转过头向送她出来的妇人们道："妈，进去罢！嫂子，妗子，请了！——大家都请了罢！我回去了！"

接着有许多"缓走啦！请了罢！"的声音。

轿夫已大踏步飞跑去了。

"呀！素芬变成贵妇了！她大概不认识我了！"我想。

我再走进两步，已看见陈琴师的学校，门亦没有了！花亦没有了！庭阶乱撒着干草，一群苍蝇在草上嗡嗡地往来相逐！我亦不敢走进去了，知道这一定是驻过兵的。

在路上我为我的乐园惋惜！正不知陈啸巅琴师现在沦落到什么地方去了。我走回家里去问我的父亲，他叹了一口气说：

"在你们回家后三四天他死了！……死得很苦！……吐了一碗血……"

我听了我的父亲的话，那个可怕的惨白的面貌，又浮到我的脑里来！……

出　　路

万君呀，三载的回乡念头，却付之一场空梦！我虽望见儿时相识的溪山，和曾经登临的古塔，虽知道塔后溪旁的被秋烟迷住的孤城，那是渴望着的梦里的故乡！但是，黑暗的势力，却把我阻住，不准我回到家里去！我只得藏匿在一个小荒村中，定一定失望的惊魂，检一检茫漠的乡思，翘首秋空怎不凄然！

我虽不能算是战场中的头一行战士，可是，在革命澎湃的潮流中，我却是一颗比较忠实的沙粒。在水深火热的环境中间，我已为革命所陶醉，忘记一切，忘记家庭，连我自己的死生的问题，亦都忘记了！但是，万君呀，当我度着流亡的生活的时候，每当夜阑灯炧，客况凄清时，我总会不自觉地怀念着，怀念起我的和暖的家庭呀！在那儿，我有一个两鬓星星的母亲，和一个隔别三年的女人。万君呀，这种念头，我亦知道不是一个干革命的人所应该有的。争奈它时常静悄悄地，潜至我的心头来？后来，我亦没法，只要在不碍我的工作时，就让它在我的梦里或心头，迷茫地飘荡。有时，倒可以安慰我的累乏的身心！

去年岭上木棉落尽的时候，亦是江头杨柳飞花的时候，自那时起,棉絮柳花,吹满大地,酿成一个白色的世界,把灿朗的春光,遮蔽无余!在那没有春光的当儿,我就东飘西泊,南奔北走,偌大的一个亚细亚洲,敢给我走了一大半!我亦曾误碰着阻碍潮流的暗礁,我亦曾在反动的漩涡里挣扎。我亦曾作过椰叶街头的卖报者,我亦曾扮作戴笠披蓑的撑船夫。若没有一些同情的朋友们的经济帮助,我早已饿死在异域穷荒之外了!

在我的流亡期间,我听到许多热血的青年,因失败而伤心,因伤心而丧志,甚或有因生活发生恐慌,而低头折腰的了。我常常想,现在的有希望的青年,亦想作涅暑大诺夫的么?事实已很明白地摆在我们的眼前,难道还有什么怀疑的么?我真为现在作涅暑大诺夫的人们婉惜!至于那些愿意(或许不愿意)投降的人们,真是杀无赦!

万君呀,万料不到这日暮途穷的我,亦会飘流到上海来的呀。我亦想不到会在黄浦滩头,和虎口余生的你相遇的呀!而且你却在黑暗里偷生,为小说过活!我初听了你报告你的生活时,我实在十二分的不满意。——为什么你愿意把有用的精神,写成文章:当商品一样的拍卖?!你也灰了心了么?只要希祈你自己的安乐,不顾大多数人的痛苦了么?我那时,对于你的文学工作,很不以为然!

后来,经你的解释,说你是要从事革命文学,要把许多现在渐时不能说的话都在文学里面,尽情而委婉地说出,去唤醒社会的注意,鼓励青年的勇气;又说你要在现在中国的衰败的文坛上,筑起攻敌的营垒,树起革命文学的红旗来。于是我才不反对你。

但是,万君呀,你要知道的!上海的文氓很多,不独是礼拜六一类的文氓呀!生来就善于择机的中国人,虽做了著作家,亦还是一样的性质;你切不要被他们利用了!现在,提倡革命文学很时髦,亦不独你一个人要提倡。你千万不要弄得著作界的革命文学的呼声很高,而所产生出来的作品,却是换汤不换药的无聊作品呀!同时,你的真正革命的作品,却没人敢要,没人敢买;那么,你就要上大当了!万君呀,我正恐你将为提倡革命文学而饿死呢!

然而,你若能够向文学界中,烈烈轰轰做一场,亦算一场很大的功绩。我希望你一声霹雳,把那些在象牙塔里酣睡的文虫,在十字街头彷徨的文蛋,都吓得心惊肉颤,偃旗息鼓的了。

虽然,这亦不是一个容易的工作啊!你所知道的,何处没有反动的漩涡,何处没有看不见的礁石!但是只要你小心,只要你努力,你定会达目的的了。恨我不是个长于文字的人,不能帮助你提倡。我只是在这小荒村中,遥祝你将来成为中国的白德内宜[①]罢!

万君呀,我不能够和你同在文学的路上走,我觉得真有点对你不住。当我们在上海碰到的时候,你亦曾屡次劝诱过我;但是我终于不愿意。真的,在这样狂风暴雨的当儿,当这朝阳要起不得起的残夜,叫我只是做只报晓的雄鸡,我的确有点不愿意!这亦许是我的感情太热烈,性情太固执的缘故罢?万君呀,怎奈文学这件东西,现在已不能够安慰我的震恐的灵魂呢?!我想你也会了解我的苦衷的。

所以,我一得到故乡的消息,我就毅然决然,即速就道。岂知事情糟极,都给你劝我的预言说对了!我现在回想起来,我确有点幼稚病。我真不应该拒绝多年的老友的劝告,致令现在陷落

---

① 今译为别德内依,苏联革命诗人。代表作有寓言诗《兔子暴动》等。

在无补于事的危境中，真是糟糕极了！

但是，万君呀，我可不会因此而懊丧。试看那班因失败而死去的同志们，岂不是更不幸的么？假若我当时不离开上海，与你共同度卖文的生活，从事革命文学的工作，到如今，我想亦不过同匿在小荒村中的现在的我，一样的凄凉，一样的悲愤罢了。你虽不能够通信给我，我却可以回想到上海时，你的作品屡次被人拒绝，穷得要命的情形，而逆料你现在的生活，总不饿死，亦应气坏了呢！上海那一班所谓时髦的作家，简直是社会革命的阻碍物！我很希望你若不至于饿死时，快用锄犁斧锯等器，把那些阻碍物铲平掘尽！我亦希望你努力地培养起革命的文艺之花来，纪念纪念这伟大的，繁杂的，极痛苦的，有希望的血之时代！这是你现在的责任啊！

至于我呢？我现在亦已决定我的工作了。不过请你缓点性儿，让我把我自上海别后的遭遇向你说一说罢。

万君呀，当轮船到M埠的时候，一切的事情都完了！都失败了！我和于君！一踏上陆地，看见那恐怖的M埠市面：街上的店门紧闭，行人绝迹；只有几个不能逃走的病兵和几个不怕死的乞丐，在街头巷尾，坐着呻吟而已。或者因为太寂寞的缘故罢，金色的苍蝇特别的多，嘤嗡嘤嗡地似在报告我们一些不祥的消息。我和于君知道事情不妙，就立刻坐了帆船，逃到于君的家里P村去。一步亦不敢停留，还喜没有碰到认得我们的人呢！

我们两个人，都扮作由M埠回乡下去的商人。在船里煮些饭吃了，细想一想，才觉得危险！后来，于君探得详细一些的消息，才知道我们十分侥幸！先我们一日到的翁君，在火车里中弹而死，后我们一日到的丁君，刚上岸就给他们提去，至今不知死活。万君呀，你想危险不危险！

可是当我们在船里时，船帆高挂，在秋江里安稳地驶去，倒好像不是载着仓皇失措的我们一般。我悄立船头望一望故乡的景物。啊啊，万君呀，两岸的秋花野草，却连一点故乡的情调都没有了！它们都很寂寞似的，在缓缓的西风里震颤着。严寂的秋空，亦布满了灰色的云朵。远远的，野树围住的田村，亦萦着隐约的恐怖的幻影。于是我的心儿，凄然跳动起来了！

这样可怕的故乡，非我梦里的故乡，亦非我所渴望的故乡。我的美丽的归思，早已化作悲愤的心情了！万君呀，我知道了，我现在更确信了！——在红光灿朗的太阳还未能照遍大地时，不独不能值到回乡的美梦；就是全地球，全人生都没有安乐的日子的呀！

船泊了岸之后，已是黄昏时候。于君叫我一个人远远地跟在他的后面，不要两人并行，惹人注意。于君提着一包衣服，在我前面，低着头，踏着徨恐①的足步进。我在后面缓缓地跟着他，眼睛紧紧地注视着他。我恐怕若是失丢了他，我连路都不认得，可不是变成一只迷途的孤鸟了？！越陌度阡，忙乱得很。田野的青苍的稻叶，被晚风吹成一阵阵的波纹；我觉得似一种可怕的东西，凑到我的足旁，来阻住我的足步的样子。于是我的股亦战栗起来了。于君又走得很快，好像想飞到家里去似的。我又惊又急，险些滑倒到田里去！行到村前的池畔，我又被两只白鹅吓了一跳！路旁的一间小店，店前立着三个赤着臂膊的农民，六只眼睛亦集中在我一人的身上。我低着头闪将过去。忽听到他们一个道：他

---

① 同"惶恐"。

妈的！又烧将起来了！我忙转过头一望；看见远远的黑暗里，幻出一幅红光，照得满天红紫。我知道那是土豪们复仇的火了！我叹一口气，回转头来，于君却不知道转向哪里去了！急得我真像迷途的孤鸟一般，在黑暗里乱窜！乱窜！后来，于君才出来找我进去。

这样战战兢兢地走进P村，还不免被村里的人知道。幸而这村的空气不坏，才不致发生危险。

哎哟！我还没有和你说于君是谁呢；我真写得太糊涂了！于君，说起来你一定懂得他的。他是前次在H埠入狱的于君。他是瘦瘦的脸儿，大大的眼睛，阔额短唇，中等身材的于君。他的性情十分豪爽，又很多情，有点固执。思想亦同我一样的确定，他是同我在一条战线上的好同志。我在回乡的轮船里无意碰到了他。他亦是同我一样地想回乡去看看光明的好景象的。所以同享着不幸的遭遇。我想你一定可以想得出他的。

他的母亲，亦是一位慈祥不过的老妇人，阔的前额，瘦的脸势，却与于君很相似。她用安祥的手儿，安慰她的儿子疲倦的身心；她用慈爱的眼睛，慰帖她的儿子受惊的灵魂。一种纯朴的母爱，多么真挚多么浑厚啊！无怪于君对他的家庭，虽思想极端冲突，而时常念及他的母亲呢。

她真是一位慈祥的老妇人！她对于我，只是十分慈爱。当我走进家里时，她对我很惊喜而很诚恳地说：

"来了好！平安地回来了，很好很好！你就在这儿暂住罢！唉，你们这班年轻的人，心肝不知道是什么东西做成的，一些儿小小打埋家里的人怎地为你们忧心，烦恼；只是不怕死活地干什么革命！唉，现在流落得凄凉到这么田地！我看起来亦怪可怜见的！"

她的话，若在平常听见时，我定要生气，定会讨厌的。可是，自流亡以来，不知从哪里得怀乡病的我，听了这一种不能了解而表同情的话，却好像一颗钢针，直刺到我的灵魂的深处！万君呀，我这颗屡受磨折后的心儿，已是非酸非痛，非苦非悲，又怎禁得一下慈爱的针刺？又怎地不叫我思家更切呢？

于君的田舍很小，人又多，很难处置我这不速的客人。我被引到一间似屋非屋的小室里。墙是用旧砖砌成的，面上亦没有涂灰，隔路的墙的孔隙，时常闪着过路人的影子。屋里的地上，却是泥的，秽黑难堪，榻下的泥地，还生着半尺长的白毛菌。室里充满霉臭，令人一嗅便心头作恶。对门的墙上，架着一块黑尘堆满的木板，板上放着一个香炉，用饭碗当作炉子。供的是什么神仙，那我就不知道了。木板下面，放着一张粗陋的小木桌。上摆着一枝在神庙里尝见的油灯，和一个柚皮做成的红烟牒。这烟牒倒像是一件千余年前的古物！要是把它捣碎，泡了些开水，我想其功效一定不让老陈皮呀！此外就是灰尘，纸灰，和烧不尽的红烟烬，铺平了那粗糙不平的桌面了。

我睡的那一个卧榻，两片木板不很愿意合作，好像亦分了左右派似的，晚上我睡上去时，只是嗳呀嗳呀的争喊着。榻上的臭虫，又特别的多，闹得我睡不着。我又行了一次清虫运动，才可自私自利地安睡一夜。无奈清了又有，我亦只得清了又清，虽知道这是短命政策，然而不清又于己不利，亦是无法！

我睡的对面榻上，睡着一位七十余岁的老农民。这一间好屋子，就是他七十余年来努力的代价。他亦不管人家清虫不清虫[①]，木板左右不左右，自睡他的觉，自做他的梦。他是于君的伯父。

[①] 清虫：源自北美，原为嘲笑中国掏金者的英文口音，笑华人发音不准。后演变为嘲笑华人的种族歧视名词。

我就在这样的地方居住。因为我自己的经济情形、外面的政治环境,都不准我走到别的地方去了。在这种困穷而严紧的情境里,有这样地方给我立足,我还欲感谢于君,感谢于君的一家人!

万君呀,我真不幸!我真痛苦!为什么我会伤感到这个田地呢?我的怀乡怎会患到这样深的呢?我每日住在这小荒村中,藏躲在这样肮脏的小室里,镇日①烦闷,镇日悲愁。偶因月色苍茫的晚上,我若闷不过,就叫于君一同到村外散步去。但是,蔗林的叶香,平楚的月色,夜天的微云,田园的幻影,无一处,无一物不逗起我的悲哀的情绪,——我的要归不得归的悲哀的情绪!

我想把我的归心付与月色,静悄悄地,冷清清地,透过恐怖的秋夜,照临故家的屋顶,寻觅我的母亲思儿的梦魂。我想把我的身体化作微云,轻软软地,迷离离地,逐着渺茫的夜风,窜过故家的窗棂,偎依我的母亲慈爱的怀抱。

但是,万君呀,我立刻就觉得滑稽,可笑,我只不知道这种傻子痴人的幻想,正会兜上我的心头来。啊啊,这是我的心理的薄弱的表现呀!

有时,我亦曾同于君讨论革命与家庭,革命与恋爱等问题,结果都是:社会革命成功,就是其他各种问题的总解答。可是说是这样说,我的心仍然是沉闷得很,我的精神仍然是恍惚不安。弄得我没法消愁,只好同那位七十余岁的老农民,相对押着红烟,谈些隔靴搔痒的闲天。我以为这正同芥川龙之介讨厌人生,服安乐自杀一样的遣忧办法。

我到P村的第十天,因为外间的声静了些,于君的母亲极力主

---

① 同"整日"。

张送个信儿给我的家庭去。我本来虽十二分想着家庭，但我不愿意在这样恐怖的环境中，把我回来的消息，给我的母亲多一层的烦恼忧愁。但是，于君的母亲皱着眉，很和蔼地望着我，微笑说道：

"杜君！你身来到这儿，虽不能够回家去，可是亦要通个消息；你母亲就是烦恼挂念，亦挂念得明白些。说不定她亦要来看你一看也不知道呢！怎么可以不通个消息！"

她托了一个村妇，把我回来的消息，带到我的家里去。

在没有消息带回来的这一天，我觉得特别的长！从前我在忙着工作时，一天一天好像车轮般，活泼新鲜地飞转过去。等到在四方漂泊的时候，我只觉得日子是缓缓的拖将过去。只有这一天，好像地球失了自转力一般，或者是太阳贪着这儿的革命斗争，忘记走到半球去的罢！我的心里只是忐忑不休，只不知道是什么缘故。我只望太阳快些西沉，回信速到。

忽地里，天畔刮起狂暴的西风，卷着灰色的云朵，把太阳遮住，弄成一个愁惨的秋天的下午。我只好像被愁云惨雾迷住，躲在那似屋非屋的小室里发愣。或许是因为一天盼望，使我的精神倦怠了罢。我的神思确有点纷迷，我的四肢确有点麻木。说我这一天全在沉思密想，亦是很对。说我这一天全在闲行闲坐，也未尝不可。我的心，似乎被忧愁和狂喜所袭击，把它裂成两片一样。我只不知道为什么会变得这样的离奇怪异！于是我又觉得惊怕起来了。我伏在那只堆满尘垢的桌上假寐。

"杜君！杜君！"

我听见仿佛是于君叫我，就抬起头来一看。于君拿着一支小洋油灯，笑着，说道：

"你睡了么？你的母亲来了！"

我听他的话，如在梦幻中；我只不知道有没有惊喜的表示。我只是向门前望去，看见门外的夜色，被小油灯的红光吓退了，一块长方形的灯光之影，印在对面生满苍苔的墙上，一个影也没有。我于是大声问道：

"在哪儿？真的么？"

"哪里不真？她就来了。"于君仍是微笑地说。

我已听见我的母亲的声音了，——一种温柔而使我的心房跳动的声音！

我才走到门前，我的三年久别的母亲，已在我的面前出现了！矮矮的身材，长长的脸儿，高瘦的鼻子，活泼而慈祥的眼睛，一些儿只不变，同三年前的容貌一般。可是颊上的皱纹添了许多，口里门齿只脱了两三个。唉，母亲老了，我的母亲老得多了！才三年呢？怎么变得这样老了？！

一层沉重的忧郁，紧紧地压上我的心头来。

她还没有开口，慈爱的晶莹热泪，已滴到两颊之间了。她幽咽地叫了一声："我的儿呀！"

我却没有作声。然全身都骤然战抖①着。我颤着手儿扶她坐在我夜里睡觉的那双不合作的榻上去。她坐下，又凝瞪着含泪的眼睛。注视着我。她看了许久，才凄然说道：

"都是从前一样的可爱，我以为真的变成凶神恶鬼一样的了。"

她的自慰的语气，她的带颤的声音，都使我的灵魂战栗，使我的肉体颤跳！我觉得我有千言万语，来安慰我的慈爱的母亲。可是，一阵阵的血潮，都涌在心房里，奔腾怨号，却拼不出我的

---

① 同"颤抖"。

受强烈的刺激而收缩的心房之门来。所以，我急得低着头，默默无语。

在黄色的油灯光中，在霉味的小陋室里，人影远离，惨然寂静。外面的狂风，声音好像狮吼！

"你看！杜君的脸色，那样的苍白！"

我听了这声音，抬起头来，看见于君正和他的母亲低语。他的母亲答道：

"怎的不会伤心！我只看得心酸呢！"

我只不知道于君的母亲是不是陪着我的母亲一齐进来的。

许久许久，我的母亲才说道：

"从去年听见了你逃出了W地后，我没有一天安乐，整天都牵肠挂肚，记挂着你。我知道你不能够回家，亦不敢想你回来，可是睡觉去，就梦见你回来了，醒过来，又想着你，又掉了眼泪！……"我的母亲用她的衣袖拭眼泪。

我和于君母子，都静默着。可是我的心只是跳，只是跳。我的母亲又接道：

"媳妇可不是亦整天愁闷，记挂着你！……"她停一停又急问道："你这回从哪儿来的？"

"上海。"我颤声地答。

"来的时候可有人知道？"

"我很快就回来，没有人知道。"

"没有！城里的人都知道了呢！前两天风传要到家里捉你，吓得我们连魂飞上天去了！我想我这老骨头是不怕那班杀千刀，三世落地狱煎油汤的恶汉……"

我们听到她的愤恨而急快的声音，骂得这样煞口，不由笑了。她亦就笑道：

"可不是么？他们不是到人家屋里查人捉人的，倒是去抢东西，奸淫人家的妇女的呀！西城陈二老家，林老三家都被这班强盗抢得干净，南门的蔡六爷的家里，抢了还不算，连他的女儿蔡莲仙，都被这班禽兽活活弄死！可不是强盗，还说是官兵查人！……"

"是呀！"于君的母亲只插着道，"我以为在乡下他们才敢强横呢，原来城里也是一样的！"

我亦向于君道："还是要打倒他们，心里才快！"

于君向我使眼色。我知道说得太急了，没有关心那两位母亲。我的母亲听了我的话，说道：

"你弄到一家人坐卧不安还不够吗？真的一定要害到一家凄凉破碎的么？"她有点气恼。

"你们以后都不要干这事了！世上的事情多着呢，哪一件事不可以做，偏偏要干什么革命！我劝你们都再不要干了！"于君的母亲愁声说。

我的母亲表示很同情的，用沉重的声音说道："是的！可不要再做这种丢性命的事情了！"

"不再做就是了！"于君鼓着短嘴唇，好像很真挚的样子。

接着，就是母亲们的叹声。从墙隙闯进来的夜风，吹得油灯的黄色火焰在暗里战颤。各人的脸上，都闪着黑影。

一幅失望的云朵，罩住我的心头：于是我的灵魂的恐怖而痛苦，而战栗起来。安慰的慈爱之花朵，在我的矛盾的心中，渐渐地凋残了，枯萎了。万君呀，事实上我不能够安慰母亲，母亲亦不能够安慰我的呀！啊！三载思遇的美梦，在这狂风的夜里，母亲的跟前，只如花朵一般凋残了，消灭了！唉唉！

万君呀，我要诅咒人生，诅咒社会，诅咒一切！我觉得我的人生的前路不独没有什么鸟啼花发的佳景，简直是痛苦和忧愁的象征吧！而且那路上，好像是全被黑暗的虚幻所迷住，只余一点本能的，微弱的燐光①，在我的眼前颤抖着，诱惑着罢了！

万君呀，我想在这样矛盾而破碎的生活当中，惟有梦想，惟有无聊的梦想，才能够沉醉一忽儿罢！但是，这无聊的梦想，却不能够诳我的了，不能够沉醉我的了。万君呀，我真不能够，亦不愿意做梦想家的呀！

但是，第三天我的母亲回去了；她垂着泪回去了。当我望见我的母亲的背影，在无垠的田野消失去的时候，我又想起我的母亲的慈容，十分愁苦的慈容了。她的一双安慰儿子的眼睛，同时亦渴望着被安慰的眼睛，都表现着一种人生的暮景，一种老人的残生，多么寂寞而且倦怠，多么茫漠而且荒凉啊！我很愿意跪倒在她的面前，如圣徒礼拜在圣母的像前一般，把我的不能安慰她的，过去的行为忏悔，尽我的言语所能说的忏悔！……

夜里，我一个人静悄悄地走到门外的荒野独步去，想舒一舒我的矛盾的苦痛之心。大地盖上一层白色的轻烟，十分迷茫而且沉寂。晚秋的夜风吹出天边的一弯月眉，偷映着我的朦胧的黑影，在寂寞的草径上移动。我觉得，我在这点黑的野草所挟住的淡黄的小径中，在这展伸到灰白的夜色里的小径中，正好像我徘徊着在一条无始无终的人生程途上，被黑暗的势力所包围，至今暂时十分沉闷，十分寂寞，一点生趣都没有！啊啊，这个恐怖的

---

① 同"磷光"。

夜景，完全好像我和我的母亲两个中间的情爱的奇幻啊！万君呀，真是单单称作"奇幻"罢了！

我在这奇幻的夜里，踽踽地独行，那一幕我和我的母亲相遇的痛苦的喜剧，又现到我的眼前来。我又想到，我的母亲的泪眼，我的母亲的愁容，我的母亲的老态，我的破碎的家庭，我的女人的孤苦……

当我想到我的母亲的话：

"杜儿呀，你知道我们两个人怎样苦么？唉，我和媳妇，你三年亦没有寄分文到家，我们只靠十指过活，这一年来，什么东西亦贵了，手工又人多事少，你想怎么过日子呢？我打算把那间几十年的老屋子，亦卖给人家，可以还些旧债。唉，可是后来呢？"

万君呀，可是后来呢？这真叫我没法！我是被驱逐被侮辱，连自己一个人亦还不知怎的活下去呢。我想到这儿，又不能不痛恨这社会！诅咒这万恶的资本社会呀！我在荒野间闲踱两个钟头，又带着一腔的愤恨，回到这肮脏的小室里来。才进门，于君很惊惶地对我说道：

"杜君，城里的人知道我们藏躲在这里了！我们即速离开罢！"

"啊，怎么好呢，一点钱都没有！"我有点急起来了。刚才月下的奇幻的痛苦和愤恨，都被这一吓吓消了。又是一阵新的打击，袭到我的心头来。

"我昨天接了一封密信，叫我到T地去的。因为这两天我是在打算着，还没有和你相量[①]过。现在事情已是这样，量我的母亲，

---

① 同"商量"。

不会不准我走的，亦不会再怨我的了。"他说着，口唇为一种苦痛所激动，十分苍白起来。

"那么，明天走罢！奇幻的事情，渐且不打理就是了。我这几天来，亦同你一样苦闷呢！"我说着，于君过来握我的手，沉重地说道：

"就是明天走罢！"

一阵狂喜，涌上我的心头来。我于是笑了；于君却把我的手握得更紧，大概他在想象明天他的母亲的别泪罢！

万君呀，这就是唯一的出路了！此后我希望再没有这样的时间，让那些无聊的思虑袭击着我的心头的了。我回复到往昔的活泼的精神了，我亦好像20岁的小宛加一般，唱起那"Forward to meet the down！"的前进之歌来了。

万君呀，当我明天走向前线去的时候，我亦再看不见我的母亲的离散之泪了。我只能够在这小荒村中，遥向我的母亲和我的女人告别，为她们祝一次空洞的福罢！

万君呀，你亦当为我们祝福！

假若你觉得文学生活太无聊，而且有饿死的可能的时候，你亦可以来同我们在一起，再向这可咒诅的社会，开多一次大玩笑罢！这是我给你的赠言……

上面是我的十年的老友两月前寄来的信。当我无意中在北四川路碰到于君的时候，才知道我所挚爱的老友杜君，已经在T地被枪决了。他的家亦被封了。可是他的母亲和文姊（他的女人的名）不知逃到哪里去了。我听了于君报告之后，不觉凄然下泪。

回到寓所来，我又把这信读多一遍。

令我忆起，我的一个有热情而态度冷静的老友杜君来。他的沉郁的眼睛，他的苍白的脸孔，他的活泼而瘦弱的躯干，他的和蔼而沉静的笑容，都活现在我的眼前！

杜君，可怜的杜君！他今年才是22岁！

我读了他的信后，又觉愧然。我连一只报晓的雄鸡还赶不上呢。

他信里所说的矛盾心，我想并不独他一个人是这样，现代的青年人，大概都有同感的。不过，一有了这种母子之情爱，虽勇敢如杜君，不免于痛苦！唉唉！……

我于私情上悼惜杜君之后，又羡慕他的为民众而死的光荣。

为纪念十年的老友之情，我就把它发表了。

此外，还可令人明白一个善用手枪炸弹的青年革命家，才是有血有泪的慈善者呀！不过因为真理在前，不暇作惜别伤离的儿女态罢了。

革命斗争还是继续进行，直至世界得到光明，人类得到自由的时候才止。

然而，在这狂风暴雨的当儿，自然会摧残了许多的嫩蕊鲜花，亦是无法顾惜的了。

愿大家共同努力，去迎着前面的黎明罢！

万砾附笔

（原载1928年8月上海泰东图书局）

流浪人

这个流浪人已经不在人世了。他是一个青年，一个为他的祖国争自由的被压在日本帝国主义的铁蹄下的高丽人。到现在他留在我的脑海里的仍是一个青年啊！

我初次看见他，是在K地的弱小民族联合会开会的时候。那已是两年前的事了。那时，他和我握了手之后，他用国语问我的姓名。我回答了他，同时惊问他的中国话怎么说得这样正确。他笑道：

"我是一个流浪人呀！我在贵国已经住了三年了。起初在T省，后来到S埠，那里有许多被短奴放逐出境的同志。我们在S埠组织了一个会。我渴慕着K地的革命环境，所以我先到这儿来了！他们也打算到这边来呢。……我们对于中国的革命，是怎样急切而且热烈地盼望着成功啊！……"

接着他又和我述说他过去的斗争史。但是，在这里，我也无须再来絮烦了，横竖半殖民地和殖民地被帝国主义的压迫的痛苦，和被压迫者的反抗等等的惨状，我们是用不着想象而已经知道的了。上海、广州、万县、济南的惨杀案，都日夜地在我们的脑里心里闪现着。而且仍然是一步一步地增加起来呀!

他的长长的脸庞,扁扁的双颊,和那一双热烈而充满着反抗的光的眼睛,到现在我闭上了眼便好像活现在我的面前呢。而且,他的战颤着的声音,他的激烈而悲痛的演说词,都十二分地打动,打动着我的心坎。现在我的耳际还时常好像听见他的用着热血和热泪呼出来的"被压迫民族联合起来"的口号。

当我们聚餐的时候,我们碰着酒杯互相鼓励着,庆祝着革命的成功。那时在座的不止是他,不止是高丽人,还有印度人和安南人呢。我们的种族虽然各异,国土虽然不同,但是我们是一样地感到被压迫的痛苦,一样地感到热烈和真挚,因为我们的心是一样地涨满着鲜红的热血啊!我们碰着酒杯,我们互相紧握着手,我们高唱着愤怒的歌儿。那一种悲愤而且畅快的景象,我相信永远地永远地要留在各个人的心坎里。……但是谁知道中国的局面会变得这样利害,而他会长辞人世呢?唉!……

我的和他相识而且友善的理由,连我自己也想不懂,大概是因为语言上的利便的缘故罢?

自认识的那一天起,他便常常来找我攀谈或讨论。他对于革命的认识很确定而且清楚。他的性情也颇爽快。……这样,我就多了这一个异国的挚友了。有一次,当我从一个群众大会里回来的时候,他却接着我的脚踵来找我了。这一次,他可有点异样了。他的脸全被一层灰白色的愁光所遮盖住了。他的眼睛也不像平常一样地发着光彩,好像有一些拭不尽的泪痕。他跟着我走进了室里,便把身子躺在桌旁的一张藤椅上,没有响声。那不能不使我惊异!我走到他的面前,握着他的手问道:

"我的亲爱的流浪人!(他姓李,但他喜欢我称他做流浪人，他说，他在世界上只配做一个流浪人，一个流浪的革命者。他不愿意有什么姓氏、名字）什么事？"

他望了我一眼，又低下头去，好像很痛苦的样子。

"熊君！"过了一忽，他开始说，"那短奴又惨杀了我们的示威的群众了！我真不忍想象那些可怜的同胞的惨状！而且，而且，他们又在调查我们国内的革命党，已经破获了两个机关！唉！又有许多逃难的同志了！……"

"什么！又屠杀起来！"我惊异地问。同时，我除了紧握着他的手，表示着我的心的悲痛和愤怒之外，我真不知道怎样去安慰那个流浪的志士的布满着伤痕的心呀！

"是的！屠杀！"他哽咽地说，"啊！正不知道我们的民族到什么时候才得到自由啊！"他的声音战颤着，但是没有力量。那是一种急切的凄楚的声音，无论谁听了都要酸鼻痛心起来。我们痛苦地，凄楚地相对着，没有言语。过了一忽，我镇定了自己，说道：

"李君！这可是我们革命者的态度吗？"

他战抖了一下，立起身来。他又在凸挺着的胸膛上用手轻轻地打了几下。他想平平他的填满在胸膛里的悲愤。他笑了，握着我的手。

"熊君！不！自然不！我们已经决定明天在街上示威游行。作我们力量薄弱的流浪人的声援了。我们应该用着我们的武器！我们的理论！甚至用着我们的生命！我们一定要达到我们最后的胜利！"

激昂慷慨的热光，又从他的眼里放射出来了。……啊！我的可怜的异国的挚友啊！

第二天，我在路上看见他高举着一面大旗，和一个执着他们的像画着八卦似的国旗的人，坐在第一辆汽车里。他们都发狂似的呼喊着口号。我的心跟着他们呼喊声激动起来了。他们的四五辆汽车飞过去了，我还立在路边望着那在空中飞舞着的旗帜呢。

有一次，我走到M大学里去找他。他们都寄宿在M大学里的。他正和一个同他一样高的高丽女子在campus闲踱着。他见了我，便高举着他的手表示欢迎。

"哈啦！熊君！你来了！"

他又介绍那个女子给我道："这是芳子。"那个女子，向我打着躬，她的两手合拢着垂在前面，正像日本女人和人家行礼的姿势。他笑起来了。他说："她对中国人行日本礼呢！你看！"说着，他又用高丽话和那女子说了几句。我不懂得，但是我知道他是把我介绍给她的。

于是我们在草地上走了一忽。那女子先走开去了。我便打趣他道："她是你的lover么？"

"不！请你不要这样说罢！她是我的朋友的未婚妻呢！"他说话时的态度很庄重。我倒觉不好意思起来。

"我是永远没有lover的！"过了一忽他这样说。他的声音很低，好像只在向着自己说着话似的。

"为什么？"我不禁追问他。

他只用着一个长长的叹气来替代他的回答。

我知道关于爱情，他一定有一件痛心的往事。但是我不敢再追问了。

那时，我记得，我碰到一个大学生，便被他拉到宿舍坐谈去。过了一点多钟之后，我从宿舍的门口走了出来，啊，我看见他仍在那一个地方呆立着，低着头在注视地上的青草！我走上前去，说道："亲爱的流浪人，再会了！"

他好像在梦里被我的声音惊觉了似的，他猛然抬起头来，向我惨笑着。

"在伤心么？"我问。

"不！"他立刻恢复了常态了，"不！我不会伤心的！我有什么可伤心呢！"他说后，便和我点一点头，走到宿舍里去。我虽没有追上去看他的脸，但是我知道他是忍不住眼泪了。

从此之后，我也不敢和他谈及爱情一类的事情了。

后来，他考中M大学的二年级的插班生，便在大学里念书。我也因事情离开K地了。我在百忙中，有时会想念着他，但是我没有和他通信，因为他懂中国文的程度比较他的中国话差得太多了。所以我和他一别有半年之久，知道他的消息很少，可以说绝对没有。他仍在K地呢？或者潜回国去呢？我完全地不知道……

在去年春间国内闹了大乱子。我因环境和穷困的压迫，不得不做了一个热带的流浪人。我历过许多困难才能够在湄南河畔的一间亲戚店里住下。我安稳地住着，虽然南洋的环境亦同中国一样的坏。我痛苦而且抑郁地蛰居在一间空阔而且老旧的小楼里，终日孤坐着，呆望着窗外的飞驶着白云的高高的碧空，好像一个囚徒似的，益使我觉得自由的可贵。自由！自由！我们的真正的自由要由我们的力和血换来的啊！这时，我要是和大学时代一样地有了伤感的情怀，正不知要咽着多少的异国萧条的眼泪呢！但是我没有，而且不可能，我只有时舒一舒着浩然的叹气。我真不知道哪里是家，哪里是国，到哪个时候才有一个卷土重来的机会。同时，我也不知道怎样去忧愁，怎样去流泪了。我只感到环境的迫压和生活的恐慌，那些都令我愤怒而且痛恨，教我耐苦地漂流，沦落，等待着，等待着最后的……这时节，我想到"最亲爱的流浪人"这几个可怜的字来。同时，我想念着他，那个高丽人了。有时在悲悼着被残杀了的，死去了的斗士之余，我还替他担忧呢。因为连在帝国主义的压迫下逃出来的两个渴望着中国的革命的曙光的爪哇人，也在K地被枪决了啊！

我终想不到在这样椰林苍郁的异国里会碰到他！那时，我真不能在那楼里孤坐下去，成天只和寂寞与闷热苦斗着的了。有一次，在一个温凉的夜晚，我趁着月，步到一条两旁都是高高的大树的马路去。软凉的热带的夜风吹拂着。微温的白色的月光在叶隙闪射着。路上一个人影都没有，有时只见一只汽车从这儿的黑暗里飞过那边的黑暗里，——去了，消逝了。我仰着头独步着。我不知道什么缘故，那"Arise！……"的歌声在我的舌头颤动起来了。我用着低而带颤的声音唱着，同时，我才觉得我还在人世，没有被逐到社会以外的地方去。啊！我仍健在啊！我的生命力仍健在啊！我真被恐怖和困苦吓慌了！……

这时节，从黑暗里闪出一个人影来。在黑暗里我看不清楚是谁，只知道他在后面好像在尾随着我。我加速地走着，心里惧怕地跳动着。他趋到我的身旁来。那不能不使我吓了一跳！但是我仍继续地加紧着足步。树枝上时有隐隐的沙沙作响的风声。他跟在我的后面，我却静默地走向前去。直至在一盏路灯的光影下，我才敢转回头去望着。我看见不是一个警察，我的心安静了许多了。

忽然，我听见后面的人的声音道："熊君！是你么？熊君！"

我立定了脚再望去，定睛一看，天呀！那是他，那个高丽的流浪人，流浪的革命者！

"呀！熊君呀！"他高兴地叫着。

"嗳呀！我想不到会是你！你怎么不早些叫我呢，只是追随着我！"

"我们能够自由地在路上叫喊着吗？我初头也看不的确，直至你唱歌的时候……"

我们是何等的高兴啊！我们几乎高兴得拥抱起来呢！

"你！你！你几时逃到这里来呢？"我急切地问。

"还不是那套把戏！破获！调查！逃亡吗？嗳！"他愤愤地答着。

在灯光下，我仍可以看见他的充满着反抗和愁苦的眼光。但是，他已经瘦了许多了。

我们便在这一种受惊的，狂喜的，穷困而流浪的情景里再碰到了。但是我们不敢和在革命期的K地时那样亲密地互相过从啊！唉！我们的四围都是布满着敌人！我记得，那时有一家走狗式的中国报馆，正在揭发着我们许多同志的行踪，挑拨居留地的政府来捕捉我们。他正和罗君同住着。罗君是一个"十一点"，在那儿最惹他们的注意。

他和罗君住在一条比较僻静的街上，我忘记它的名字了。有一次我和罗君一同到他们的住所去。他引我走到一条缀着几棵热带特有的高而且大的不知名的大树的路上。路的一边建筑着一行低低的瓦屋，屋里不断地透来唧唧的机杼声。罗君说，那都是织浴布的人家。他们大多数是中国流落到南洋来，自食其力的劳工妇女。其他一边呢，一带都是泥湿的低地，上面立着许多高脚的小木屋。

"打这里走罢！"他指着路旁的一条铺着木板的小路说。他抢上前一步,走在我的前面。

木板随着我们的足步一起一落地摇动着,压得下面的泥浆飞溅出来,同时发着什什的肮脏的声音。

"到了!上去罢!"他转过头来说着,便爬上那差不多要腐烂了的梯级,爬到小木屋里去。我也跟着他上去了。

那是一间四壁用木片筑成的屋子,上面盖着五角形的屋瓦。是黄昏的时候,室里灰黯而且阴湿,还有蚊子的哄叫声。靠里面挂着一张白色的蚊帐。屋角还有两张凳子和许多炉钵、饭碗等东西。

"流浪人!怎么不点灯呢!"罗君说了,摸索出火柴,把一枝油灯点亮了。

这时,我才看见那高丽人只围着一条浴巾,沉沉地睡着。他的赤色的有力的臂上,有一处为革命而战斗的旧伤痕。无情的蚊子正在拼命地吸吮着他的充满全身的鲜红的热血。

"李君!我来了!"我坐在地板上,大声地唤醒他。

他微张开他的眼睛,又合拢上去,呻吟了一声。那不能不叫我惊异。

"可怜的流浪人呀!中了睡魔吗?"我拍着他的肩子说。

他把脸庞向着我,又第二次地睁开了他的眼睛。他注视了我一忽,骤然坐将起来,惊喜地道:"呀!我的熊君!你来了!"

他的脸映着灯光,红得像火一般。

"可怜的流浪人再没有命流浪下去了!"他说着,扑在我的肩上哭了!他的前额的热气,炙着我的颈脖。

"啊!你怎么这样地热!"

"我的头很痛。"他说。

我握着他的手,手心也热得烫人。我忧愁地说:"唉!流浪人,你病了!"

我扶他到帐子里睡下。

这时,罗君正在户外忙着煮饭。闷人的火烟荡满全室。

"罗君!他病了!"我走到门口,忧愁地同罗君说。

"什么?他病!什么病呢?"他丢了饭,走进室里去。一面在说道:"我们是不准病的!我们是不准病的!那真倒霉!"

"热病呢!不大紧要罢!"我说。

罗君向病人考察了一会之后,便问他这几天有没有常常"冲凉",大便可通么。

他只是摇一下头,又合上眼睛了。

"不紧要!不紧要!买泻盐去!"

我们给他服了泻盐之后完全没有效力。

第二天,他病更加沉重了。他有时哭,有时笑,有时用高丽话好像正和人们演讲似的狂喊着。忽然,他醒了,慌张地说道:"血!血!都是血!我们的人被矮奴屠杀净尽了!"于是他狂哭起来。

有时他痛骂着中国这一次的变乱。有时他忽然坐起来,和我们握着手。他睁着一双火眼注视着我,说道:"我们真的失败了么?真的失败了么?唉!没有希望了!"但是,有时他喊道:"好罢!让我死去罢!死后还要奋斗!"到后来他清醒了些,我问他为什么叫着那些话,他说在昏迷中,常常好像在和日本人打架。

有一次,那是他病后的第三天的夜里,外面下着微雨。对门的一个皮肤微黑,只穿着一条"纱笼"的女子,坐在廊前低唱着情歌。那个病的高丽人睡在里面听得垂泪了。他低声地呻吟着。他口里不住地念着："Miss金！Miss金！"他的唇在战抖着了。

"亲爱的流浪人呀！什么呢？"我问。

他凝视着我，惨笑了。

"谁是Miss金？"我好奇怪地问着他。

"啊！是她！可怜的她！被惨杀了的她呀！"他失了魂似的说。

"她是谁？你的lover么？"

他已经发昏了。接着，他又狂叫起来。

当他好像发狂的时候，我们总要买了一点冰来放他的前额上，他才能够平静一下。但是我们都是很穷的。我寄食他人，而罗君也东拉西扯地支持着过活。我们都感到痛苦，比病了的他还痛苦。我们也想请一个医生，我们也想设法多筹一点钱。但是我们都失败。我记得，有一次我向我的寄食的亲戚借五块钱，他沉黑着脸，从他的袋里摸出一块钱来给我，一声也不响。第二天，他便说没有了！试想想在这样的情景下，我们怎样能够弄出钱来呢？我们的生命也是保不住啊！但是，我们真不能够睁着眼睛看着我们的流浪人害着热病而死去啊！

毕竟还是罗君本事，不知道他从哪里拉到一个短肥的医生来，而且是不要钱的！

当医生笑着脸儿，连声说不要紧的时候，罗君屋里已经断炊三天了。我，自然是回到那店里完成我的寄食的职任；而罗君呢，我可不知道他到什么地方揩油去。可是医药费呢？医生走后，我对着那药方在发呆着。

"医药！医药！医药可仍是要钱的！"我呢喃着。

罗君坐在地板上注视着病人的起落很急的胸膛。阴惨的小木屋里只充满着病人的沉重的呼吸。

忽地里，罗君跳将起来，说道："有办法！有办法！"他从桌上拿了药方，塞在他的唯一的白色的外衣里，去了。

那个可怜的流浪人又乱讲起话来。这一次我可听不懂他说什么。大概他是在说着高丽话或者日本语罢？他越讲越乱，含糊而且大声；好像狗吠的声音一样。那真使我打颤起来。冰是没有钱买了。我只用面巾湿着冷水，遮盖在他的额上。但是没有效！一点都没有！……啊！我在盼望着罗君的药是怎样的着急啊！真是一个不能忍耐的时间！……

我好容易等得药来了！我急忙地拿给他服下。他才慢慢地静下去。

罗君那时好像很得意似的，他摸出一张五块钱的纸币出来给我看。

"看！今天筹到五块了！真要命！"他摇着头说，但是掩不住他的高兴。

从此以后，那个可怜的病人渐渐地痊愈了。我们才把心安了下来。

在他的保养的期间，有一次，我看见那个对门的少女又在那廊下坐着。我打趣他说：

"流浪人！你的Miss金在外面呢！"

他兴奋地问："在哪里？在哪里？……呸！你又来作弄我了！"他已经听见了那异国的少女的歌声了。他闭上了眼睛，凝神谛听着，好像他的灵魂趁着歌声飞到他的往日的甜蜜的梦境里去。直至那歌声停止了，他才睁开眼睛来。

"多么像啊！"他自己呢喃着。

到现在，我还可以想见他的病后的惨白的脸上，萦着一痕寂寞的然而慰安的微笑啊！

因此我们都把对门的那个女子叫作Miss金，称她做我们的流浪人的情人。

但是，我们的开玩笑也不能有畅快的时候啊！有一夜，黑暗和闷熟的一夜，那Miss金的少女已经停了歌声了，我们还在闹着玩笑的时候，忽然我们不觉都静默了。一阵夜风从屋顶滚将过去。桌上的油灯闪动了一下。屋外有一阵杂沓的足步声。我们都像受惊了的野兽似的，竖着耳朵谛听着。

罗君走到门外窥探着。我和那高丽人呆对着。

"他妈的！我以为波立（警察）捉我们来了呢！"罗君愤愤地说。

"真的，我们也太浪漫了！……"我摇着头说。

"但是，我们现在都是可怜的流浪人了呢！还要捉我们干吗？嗳！"高丽人说。他紧扎着拳头，好像有气没处发的样子。

我也悄悄地回到寄食的那间店里去。

后来，环境日加恶劣起来。那报纸上连罗君的住所也登了出来了。我正不知道那班走狗是何种的居心啊！我知道罗君一定不能不离开这样的地方了。但是我不知道他逃到哪里去。自然，那个流浪的高丽朋友也不知哪里去的了。……啊！我又哪里知道我和他从此永远地不能相见了呢！可怜的被压迫者的流浪的灵魂啊！

不久，我也被那个亲戚辞走了。他把十块钱塞在我的手里，假扮得很愁苦似的和我说声对不住，便撵我出来了。我真不明白我犯了什么迷天①大罪，到处都要忍着人们的驱逐，仇视！

三个月过去了，我还是在做着马来半岛的流浪人。有一天，我从报纸上看到一个高丽人在一个小"山马"（村落）被居留地的政府捉到，把他驱逐出境的消息。报上没有载姓名。但是我猜度着，那一定是他，那个高丽人，那个流浪的革命者……

今年的暑天，我无意间在轮船上碰着了罗君，他也是要到同我一样的目的地去的。我们什么话也不便说。我们只谈着一些无聊的话语。但是三天的海程是多么孤寂的啊！在第二天的晚上，繁星在无边的天海上闪烁着的时候，我们凭着船栏，不禁说及我们在湄南河畔的往事了。

"呀！那个高丽人呢？你知道他现在流落到什么地方去？"我低声地问。

"啊！他！他已经死去了！"罗君忧郁地说，"他在F岛的牢狱里死去了！……我在F岛时，我还碰见他一次呢。"

"你也到F岛去过吗？"

"是的。他自被逐出境之后，在澳门住了些时。后来，他碰见他的同志，便潜到F岛去了。他们打算再潜回自己的国土里工作呢！……我遇见他的时候，他仍是和从前一样……"

"和从前一样吗？他的眼睛可仍充满着反抗的光芒吗？"我问着，我觉得他好像还没有死的样子。

"是的，充满着；我想他直至临死时还是充满着反抗的光啊！而且，我想，他的眼睛还要冒着火！……他在问你的消息

---

① 同"弥天"。

啊！但是我不知道你的行踪。……他临别时还祝我们努力，说我们的曙光在前面呢！他真是一个不会疲倦的战士啊！……但是他后来和好几个高丽人都被捉去了，在狱里被日本的统治者秘密处死！"

"秘密处死吗？……啊！他死了！他死了！"我真不知道我要怎样地追悼着他呀！……我呆呆地望那无垠的凄黑的大海。那海正满着浩瀚的涛声，怀着无力的愤恨。小的波浪正在黑暗里腾沸着，向着黑暗和虚伪的夜色激战着，在等待着伟大的争自由的波浪的创造者！……

啊！死了！我现在可记起他的热病时的喊声："好罢！让我死去罢！我死后还要奋斗！……"但是，他已经死了！可怜的被压迫的民族的灵魂啊！……

激　　怒

文生牵着一只母牛，从巷里走向村前的小鱼池边来。

虽是湿润的早晨，朝阳却好像熔炉里的红热的铁块一般，在晓云里挣扎着，它的勇敢而且有力的红光，冲破了湿润的、灰色的夜之残痕，在小鱼池里，油滑的水面，闪着零碎的火星。

当他走到池边的时候，他跟着母牛站住了。他低头看着母牛用它的厚大的嘴巴在喝水。他的瘦小的脸庞映着日光，越显得孱弱而且憔悴。他的营养不足，劳苦过度的躯体，这样的纤弱，这样的枯瘦，好像池边的一株小枯树，从未曾领受过春之恩惠似的。但是，他仍活着，他需要活着——他还是一个十二岁的小孩子呢！试看他的眼睛，闪烁着无限的光芒，正在说明他的生命力亦像其他的孩子一样的蓬勃。虽然，他的生命的种子，是落在瘦瘠的地面。

早晨的池边，一切都很静默，只有母牛的喝水声，和从它的大鼻所激荡出来的涟漪而已。春涨的池水，满溢到较低的，新绿的草地上面。因此，涟漪得伸展到绿草所领的境域里去了。

忽地里，池边浮上一声低促的蛙声。池面上跃起了鱼的银光的身子。在鱼身激水的砰砰声中,水面漾起许多圈儿,飘荡着,追逐着,交织着。

于是文生注意到池边里去。

多么有趣呀!有许多黑色的小鱼儿,成群地梭织着油光的水面!……这些快乐的小动物!这些自由的小动物!文生起了羡慕的心了。他不觉蹲了下去,屈折着包在粗布裤里的瘦腿。他卷起他的赤布衫袖,露出半尺长的褐色小腕来。他想捉着小鱼儿玩玩。穿在母牛的鼻上的麻绳,末端踏在他的脚掌底下。他的盼望的眼光,映在微波的水面。小鱼儿只是不游近池边来。他呆呆地守着,脸上萦着微笑,好像朝阳萦着在干草的堆上一般。

母牛抬起头来,呆笨地望着它的小看护人,发出一种拖长而且低调的声音:

"M……ar"

他抬起头来,望着母牛一眼,骂道:

"妈妈的!再喝水吧!"

一条小鱼在他的面前的水面喷出一个小泡。他连忙把手儿在小泡浮着的地方捧起水来。小鱼灵巧地不知逃到哪里去了。

忽然在他的头上猛然一击,好像岩穴下蹲着玩得忘怀,想站起来顶着上面的石壁一样的疼痛。疼痛在他的眼前喷成无数的火星,同时眼泪亦流出来了。接着又是一阵昏黑。

他忙转过头去,定睛一看。凶狠狰恶的李大宝站在他的身旁;横拿着那枝山柑树枝做成的旱烟筒,锄头柄般粗大,是他一面用来抽旱烟,一面用来当手杖的。

"入娘的小贼子!小王八蛋!你不怕我李大宝池主吗!"粗厉的怒骂声,好像雷轰一般地震得耳都几乎聋了!

文生的心里想："不好了！李老虎来了！"但是这突乎其来的袭击，已把他吓得呆了。他像山猬一般蜷成一小团，苍白着瘦脸，静等着祸患之来临。

那枝旱烟筒是"李老虎"的"如意棒"！它打破了顺添老叔的脑袋，打折了昭光兄的腿儿，亦打过刚捉入狱的文生的父亲，（他是因为欠了李大宝三十块钱的债）……那枝遍身粗粒，坚硬如铁的"如意棒"，村里有谁不惧怕它的呢？文生虽小亦知道它的厉害处！

当文生转过头去的时候，他的背上又着了两下。他的身体亦随着耸动了两次。一种恐怖而哀怜的呢喃声，从薄薄的，失色的口唇里发出来，令人听了，神经的末梢也会同着那声音一同颤动。

但是，李大宝好像没有听见的样子，用他的多筋而有力的指爪，擒住文生的衣领，正如苍鹰用着锐利而且凶猛的脚爪捉着惊呆了的小雏鸡似的。他的三角眼睛正在闪着愤怒的、恶毒的光波。

"李老……伯伯！我……我没……有！……"文生终于颤着微弱的声音哀求着。

"小贱货！还硬什么嘴！是我亲眼看见了！"李大宝铁黑着脸庞，大声地喊着。

"真……的没有！……我……没有！我不过……"这是文生的震颤得可怜的声音。

"不过什么？不过什么？"李大宝不容他分辩，一面恫吓地说着，一面用手里的旱烟筒，一下一下地抽着文生的瘦背，好像同他自己的声音按着拍子。

文生绝望地发出一种锐利而带颤的痛哭声。

巷里走出几个农民，穿着短裤，带着好奇的、疑问的眼睛，走上前来，围成一个不很显著的半圆形。他们的心里都在想："为什么打着这可怜的孩子呢？"但是没有一个敢说出来。他们只是静悄悄地站着，望一望那不禁痛苦而啼哭着，战慄①着的小孩文生，又望一望那狞恶的、强横无理的池主李大宝，他正摇闪着旱烟筒，乱打着文生的身子，从厚大的口唇露着他的牙齿，从牙齿缝中发出狠狠的怒气，像要把那孩子吞了下去的样子。他们中曾受过这"如意棒"痛击过的人们，现在觉得在他们身上的旧伤痕，亦像正在隐隐地颤抖着，替文生的新伤痕痛苦而颤抖了！但是，他们真的很惧怕，惧怕着有钱有势的李大宝的旱烟筒！

李大宝也不顾他们的怨愤和惧怕的表情，只在文生身上用力地乱抽着，如密雨般急打了几十下，然后才撒手一推，文生滚了两尺多远，躺在旁观的人们的足旁，好像从什么地方掉下来的尸体一样。他们中的一个才弯下身子想抱起文生，忽听见李大宝叱道：

"不许动手！"

他像触了电一般，立即伸直了身子，又退了三两步，隐在人身的后面。

躺在地上的文生，他的赤布衫渍出一些紫色的血痕，像一只重伤的羊，凄啼着，战抖着，搐搦着……发昏去了。

农民越来越多了，好像骤然筑起了一层厚厚的短围墙，把文生和李大宝围在中间。站在后面的看不明白，低声地问道："什

---

① 同"战栗"。

么事？"

"李老虎又打死人了！"一个粗重而带怒的声音。

李大宝好像听见了这句话似的向人群闪了一眼，吐了一口痰。说道：

"岂有此理！这样的小的孩子，便会偷捉鱼了！"

"偷在哪里？"一个妇人的低音。

"谁看见！"一个急促的回答，跟着那妇人的声音浮到人群上面的空气里。

"偷捉鱼呢！"愚蠢的财源老伯，好像了解一切打人的原因似的，摸摸雪白的胡子，向后边的年轻的福顺说。

福顺承势挤进前来，把强健的手臂交叉着在胸前，不平地、鄙弃地说道：

"他这样小，会偷捉什么鱼呢？嘿！"

"是的！可别冤枉了他了！"福顺旁边的人低声说。

李大宝又闪给群众一下白眼，指着那昏去了的孩子，傲然说道：

"就是打死了你，在我好像捻死一只蚂蚁，不当什么；不过只可以警戒着后来的偷鱼的贼子罢了！"他说着，又缓缓地抬起头来，向群众道，"你们看！这样的一个小孩子，就学着偷东西，这都是穷家的儿子没有教育才会弄成这样坏的啊！我若不看他是我们村里的孩子，我就不愿意教导他了！我只是捉到警区那里禁起来就完了！"

群众都惧怕着他，只得机械地答道：

"是的！"

"李老伯伯说得不错！"

"李老伯伯是不轻易教训人家的子弟的!"

但是愤怒,痛恨,不平之气,暗地里从群众的心中,随着不愿说的声音,同浮荡着在空气里,又好像碰到什么似的,仍沉下来,紧压着他们,使他们每一个人都好像活在一种不自由的苦痛的环境里。他们的含恨的眼睛,闪着无可奈何的怒火,杂着一些自觉的悲悯。他们好像一群久被禁锢惯了的铁笼里的野猫,只能够嫌恶地注视着他们的敌人;有时也许微开着嘴巴,轻露着锐利的牙齿罢了。人类固有的野性,潜伏在他们的内在的生命里,受这池边的悲剧所激动,已像准备防敌的箭猪竖起了它的身上的毛刺一般,多么紧张而且奋发啊!

从巷口传来一阵哭喊的声音。群众的蓬松的头移动了。

"谁呢?"

"谁哭得这样可怜呢?"

"哪!可不是五老婶来了?"

"文生的母亲么?"

"是!是她!"

一个中年的农妇,穿着一件破旧的黄布衣,哭啼啼走向人群这边来。她的哭声中,杂着许多痛苦、凄凉和绝望的愤恨。她一边哭着,一边还在叫道:

"还把我勒死吧!还把我勒死吧!你李老虎……男人被你捉去监禁了!儿子还要给你打死!叫我怎么活下去呢……我要我这条命做什么……"

她劈入人群里。人们的身子都闪开一条路来。她直冲到群众围住的中心去,迎面便看见那个五短身材,三角眼睛,铁黑着脸的李大宝,手拿着那旱烟筒,立在人群的中心,好像城隍庙里的降魔神似的。但她不怕他了!她现在所受的痛苦,比到地狱里去要更加可怕而且难忍;她的绝望的灵魂,亦变得像魔鬼一样的狞恶,而且要向那压迫着她的敌人复仇叛反了!她的眼睛从泪湿里射出两道怒火来。她连哭带骂地叫喊着:

"李老虎!……我不怕你!我现在不怕你了……你!李老虎!太把我迫得没路可走了!……就是狗!它被人家追到没路的时候,还要掉过头来咬一口呢!我!我现在可不怕你了!我现在同你拼个死活!……谁不知道你有钱,又会结交官府?……官府都是你们的人了!我可要到哪里哭诉去呢?……李老虎!我只有同你拼命呀!……"

她一面说,一面把头碰上李大宝的身上去。

"五嫂子可疯了!"财源老伯走过来,猛拉开了五老婶。

五老婶被拉转过来,苍白的脸上湿着斑驳的泪痕。她才要挣扎,便看见她的儿子死一般地躺在地上,瘦小的脸儿,灰白得像纸一般,羸弱的薄口唇,亦像褪了色的土赤布似的,眼睛紧闭,只在鼻孔里有一股幽幽的呼吸气。她的眼睛立刻又变得愁苦,暗黑而且可怕。她像一只中了毒箭的野兽一般地狂号起来。她从财源老伯的手上摆脱了的时候,她把身子扑在文生近旁,用她的粗而不很大的手儿抚着文生的重伤的身子。她忽又坐了起来,把文生拥在怀抱中缓缓地掀开文生的衣角,露出一条条青肿的伤痕,隆起处又有点点的鲜红的血珠。

"我的可怜的孩子呀!"她凄然说着,又号哭起来了。

同时,李大宝却拿着旱烟筒狠狠地站着,脸上显出得意的神色,好像他对于他的残忍的毒打,觉得很畅快,很有趣的样子。

财源老伯张开着他的没牙齿的大口,好像一条死鲈鱼一般,正在呆看着五老婶掀起文生的衣服，露着一个青肿带血的孩子的瘦背来。他的少发而光滑的老脑袋，微微地摇着，像一只石榴在微风里。对面有一只孩子的好奇怪的眼睛，正望着他发笑。

叉着手臂的福顺，却愤恨地瞪着李大宝。

人隙里时闪着急切的头和怜悯的眼光，又浮上许多挚情的叹息的低语：

"可怜呀！"

"我的天！打成这样子！"

"这孩子真是太倒运了！"

"可怜的孩子呀！"一个农妇用她自己的袖子在拭着眼泪。

"真是岂有此理！"一个比较大而且粗重的声音。

文生被抱在五老婶的怀里，无力的四肢下垂，跟着她的跳动而摇摆着，像枯瘦将断的小树枝在怒风里摆动着一般。

五老婶狂哭了一阵，又呼喊着昏迷的孩子，然后再跳着痛骂起李大宝来。她的头发本来因早起忙着事情，还没修理，现在更加蓬松而且散乱。被愤怒和痛苦所支配着的她，简直像一只垂死的狂跳着的野兽，又好像一只绝望地啼叫着的母羊。

"你李老虎！……我……"

李大宝只把手里的旱烟筒一扬，嘴唇只蠕动了一下，从人层里闪出两个大汉来。他们像驴一般的庞然大物，像资本家的狗一样的聪明，知主人的意旨，虽然他们的主人还没有开口，他们用着强大的手臂，把在怒骂着，狂号着的老五婶抓住，又把她的手翻向背后缚着，让那个昏死的小孩丢在地上。

群众怒骂着呼号起来，但是仍立着。

"不要噪闹！"李大宝怒着眼，大踏步踩避去了。

"打！打！"年轻的福顺，扎起粗大的拳头，大声喊着。

群众的暴怒终于露出来了！

"打！打！"

"打走狗！"

那两个大汉在拳影喊声中逃脱，飞奔去了。

"追！"

"打他们个粉骨碎尸！"

福顺抢先追赶去，喊道："兄弟们！一起来呀！"财源老伯给人家碰倒在地上，自己挣扎不起来。老五婶亦已被解开了绳索，抱起她的垂死的儿子，喊着，骂着回去了。

群众完全骚动了，叫骂声，叱"打"声，嘈杂声，农妇的尖锐声，孩子的啼哭声……

忽然间，从巷里走出一个三十多岁的人来，手拿着一张凳子，走到群众之前，把凳子放稳，立即跳上去，两手乱挥着，喊道：

"兄弟们！听！听！……"

"什么？什么？"

"这鬼！"

"什么事呀！"

"他又要演讲吧！"

"静些！静些！"那站在凳上的人叫着。

"静呀！静呀！"

"不要乱嚷呀！"

"听他说些什么！"

"静！静！请大家静着！"一个嘶破的喊声。

喧哗的群众缓缓地静下去，只余零碎的低语和孩子的哭声。

"兄弟们！"那人开始了，"我们被土豪劣绅压迫得够了！现在是我们起来争斗的时候了！……我们辛辛苦苦的耕种，他们安安稳稳地拿去吃了！还不够！他们还要把我们当狗看！喜欢骂就骂，喜欢打就打！……我们真的是狗么？我们真的没中用么？……"

这问题从听众的耳朵，直挤到他们的脑里去，搅醒了他们。每个人的心里想：

"我们真的没中用么？"

"不！我们是最有用的人，我们不应该给他们无理的压迫！李老虎把那小孩活活打死，是应该的么？还是他强横呢？"——

"强横！"听众齐声地答，声音好像怒涛的呼啸。

"他为什么这样强横呢？"

群众好像一个多眼多头的怪物，呆呆地站着，静静地望着那个站在凳上的、头发蓬松、浓眉大眼的演说者，听着他从满着胡子的厚唇里所喷出来的一种粗重而且有力的声音。

他缓慢地把李大宝的强横的缘故，和他的罪恶，说得这样动听，这样真切，好像从他们的心里所要喷出来的一般。

"这个人是谁呢？说得这样对啊！"一个惊叹的声音。

"你连桂叔都不认得！"一个带怒的低答声。

"他一向在外头呢！"

"他回来差不多三个月了！你还不晓得！？笨货！"

桂叔这时正在说着劣绅土豪和现在的官吏，互相交结，狼狈为奸，来压迫民众，剥夺民众的膏腴。他的声音提得很高，脸儿亦涨红了。他的手扎着拳头，好像十分用力地捶着空气。

福顺气喘喘地亦挤进人群里来了。有些向他闪着疑问的眼波，好像在问着他追赶大汉的消息。但是没有一个开口问他。

"所以我们欲反抗压迫我们的一切，就应该组织起来。没有组织，就没有力量去反抗！"桂叔把眉头亦紧蹙起来了。

"我们组织起来吧！"一个高喊声。

"是的！我们到'公厅'开会，议组织去！"福顺挤到桂叔的旁边大声地叫着。他的大拳头在空中挥舞。

"去！"

"即刻就去！"

桂叔亦藏在人群里走了。

小　丰

小丰今日起得特别早。他的朦胧的睡眼还睁不大开的时候,他便自己跑到门前的阶上生火煮粥去了。

等到锅里满溢出一些白沫湿着火咝咝作响的当儿,他的母亲才醒过来,呢喃地道:

"小丰,你起来了么?在弄着什么呀?"

小丰正提着勺子,在锅里捞着热腾腾的发酵似的白沫,脸儿被熊熊的火光映得通红,汗珠从赤色的小额上滚将下来。他的大而活泼的眼睛,凝视着那烟蓬蓬的膨胀的米粒在开水里乱跳着。他的精神完全集中在煮粥的事情了。所以他听到他的母亲的话,只是"唔"的一声回答。

"小丰,你在生火么?仔细着你的手呀!"他的母亲说着也就起身了。

"唔!"

"小丰呀!尚早咧,还多睡一下子罢。"他的父亲因小丰的母亲的起身,也醒过来了。父亲是个铁路工人。满身都是铁的气味。小丰从这种气味中,认识了他的父亲。所以若有人问小丰长

大起来要做什么人,他老是答道:

"铁路工人!"

真有趣呀!机轮的旋动,轧轧的车声,正像他的跳动的生命,生命的春之响唤一样。他喜欢动的东西,就是锅里的米跳动,他也觉得有相当的趣味。

"今天是什么日子呢?"小丰一手揩着脸上的汗珠,一手拿着勺子,走到床前对他的父亲这样问。

"今天不是六月念三吗?"他的父亲惊奇的眼光,把脸上的睡态驱去了。

"是的。今天对帝国主义的示威巡行,你可忘了吗?"他的眼睛闪着兴奋之光。

"唔唔!"他的父亲也跳起床来。

小丰在沉思着。他呆望着他的父亲,细看他的父亲的脸上摺着的劳苦的皱纹,注视到他的父亲的笨而且粗的大手;然后他才迟疑地说道:

"上海怎样被惨杀呢?"

"惨杀工人和学生!……哼!可恶的洋鬼子!"他的父亲吐了一口痰。

"昨晚,先生也叫我们今天去参加示威大巡行呢。"他说着,贴在学校里墙上的一张图画,闪到他的脑里来。一个狞恶的黑巨人,站在一块圆而大的金镑上面,下面压着的一群人,都在挣扎着。有些人把斧头和镰刀向那黑巨人的身上戳去。而且,在他的想象中,那些人都像在叫喊着似的。他的耳畔恍惚地听到呼喊的声音了。那黑巨人就是帝国主义!——他记得。他又觉得那黑巨人似他的母亲所说的故事里的母夜叉一样。只要杀人和吃吮人家的血肉的，真是我们的仇敌，人类的恶鬼！他想，最好是一只手执斧头，一只手执镰刀，把那黑巨人砍成肉酱！……

他的母亲在门外嚷道："小丰，勺子呢？"

他笑着，跳跃到他的母亲的面前，把勺子交给她。

虽然是清晨，赤热的太阳还没有出来。但是室里因火炉的熏蒸，已是十分闷热了。粥才上锅，更热得烫嘴。小丰很辛苦地吃了一碗热粥，口唇亦烫得红起来了。

因为他的心里充满着热情和高兴，很是急切；所以他不再吃第二碗，就走到里边忙着换衣服去了。他再也不理他的母亲在喊道："乖乖！吃多一点呀！"

他穿着一条黑的短裤和他的父亲新买给他的一件白衬衣。脚踏着一双破旧的皮鞋。啊，没有袜子。算了罢，天气热得很呢！

他手舞足蹈地走上街来。太阳才在天边，和一团团的像狮如虎的黑云挣扎着，尚未尝放出伟大的炎热的红光。街上的店户，才在开着门。

今天他真的高兴极了。平常的时候，他只是吃了早饭，便机械地跟着他的父亲到工场里去，机械地做整天的工作。有时，若停了一下，便有一个穿着污满石油的白色的衫和裤连在一起的人，憎恶地睨了他一眼。他的对于机轮旋转的趣味，也就被这一睨勾销了。他想最好是在那个人的脸上击了一拳！可是今天呢，不用领受那可恨的眼波了，而且是自由地走向学校集队去——走向日里不能去的学校里集队巡行去。一切的东西，都在他的面前跳舞着，为着他的自由之快乐而跳舞着。

路旁的两株大榕树，他夜里上学去的时候，最怕打树下经过，好像从那巍峨而且浓黑的树影里，会跳出那个母夜叉般的黑巨人，张牙舞爪地来抓人吮血去似的。但是，今天可不是这样了。他走到树下，只觉得有一阵清凉的晓风，柔和地亲着他的红热的脸儿。叶儿也像上了油漆的一般，在高高的树杪，朝阳的光中，摇曳着而且闪烁着。

"啊！我们要示威了！"他的心这样想着，手也扎着小拳头，胸也挺得高高的，表示着有充分的力量足以反抗的样子。

"小丰！小丰！"阿明在后面，口里乱嚷着他的名字，追着他来了。

"阿明！你这时候才来吗？"小丰看见阿明，也喜叫着。

阿明也是穿得同小丰一样，只是白衬衣的肩上补了一块灰布罢了。皮鞋也是旧的，但是昨天他的父亲才同他补的，没有小丰的那样难看。他的父亲是个皮厂里的工人。

"阿明，我今天真高兴，我们要示威了！"他不觉喜跃着。

"示威是什么呢？"阿明年纪比小丰大一岁，但是好像没有小丰那样聪明。就是身材也不比小丰高。

"示威就是表示反抗啊！"小丰照先生昨夜的话答阿明。

"反抗什么呢？"阿明仍不明白。

小丰有点着急了，大声说道：

"反抗帝国主义！"

"帝国主义？"

"是的！反抗那同母夜叉一样的黑巨人帝国主义！它要吮尽我们的血呀！"

"唔。你看他们的皮鞋那么好看呀！发光呢！"阿明看见前面两个小学生，脚上的两只黑皮鞋，随着他们的活泼的足步闪着光，便换转了话头了。

"我去碰他们个翻筋斗!"小丰动了好奇心,便猛奔向前面去。

"小丰!你乱跑做什么?"工人夜学的教员从大学的门口出来,要到大学对面的小饭馆里吃早粥去。

小丰在那教员面前立住了脚,向他行了举手礼。

教员走向饭馆去了。两个小学生也已到小学部去了。小丰却眯着眼睛,伸着舌头,缩着颈子,走进大门里来。

工人夜学是附设在大学北边的两层楼下面的一间课室里。

小丰走进回廊,走入课室里,一切都呈着灿朗的微笑,不同夜里一般,幢幢地闪着许多黑影。他的心花怒放了。

墙上那张黑巨人的图画,也没有夜里那样可怕。真可恶!你这母夜叉般的帝国主义,胆敢在上海杀死我们的同胞么?真可恶!一定要打倒的!他狠狠地用小拳在黑巨人的头上打一下。

"嗳呀!"他打得太用力,手指着实痛得难受。

"你疯了吗?"阿明也走进课室来,"你打它做什么?"

"它五月卅日在上海惨杀华人呢!"小丰不觉愤愤然,把痛忘记了。

"上海怎样被惨杀呢?"阿明问。

"惨杀工人和学生!……哼!可恶的洋鬼子!"他学着他的父亲老成的口吻答着,便跳出回廊去了。

工人夜学的队子出发了,到东校场参加群众大会去。一共有八十人左右。好像一队到战场去的小战士。每人手中拿着一枝红底黑字的三角小纸旗。小丰的旗子是写着"打倒帝国主义!",阿明手里的却是写着"全世界被压迫民族联合起来!",还有很多很多的，小丰却看不清楚，也无心去细看了。他的心被旗子闪得忐忑不已，恨不得立刻就到了东校场了。

东校场黑压压地站满了人。他们从人丛里走将过去，好像穿过狭窄的小巷一般。小丰把手里的旗子乱挥着。挥得不小心，旗子险些打着旁边的人，被那个人的手儿只一扫，旗子离了旗杆，飘飘然落到地上去。小丰手里只执着一条小竹枝。他又气又急，几乎哭了出来。他还听见那扯裂他的旗子的人骂道：

"狂狗一般的野种！"

他立住脚，扎紧拳头，便要向那人示威了。走在后面的阿明两只眼睛东张西望，并没有看路，只是本能地走向前去，却和小丰撞个满怀。于是两个便互相扭住，打起架来，队伍大乱。队长和两个维持会场的秩序的童子军走过来排解。两个孩子脸子都涨得红红的，各按照秩序走进前去了。小丰口里还在乱骂着。

离演说台三丈多远的地方，他们的队子站住了。

台前挂一块白布，写着"五卅惨案示威运动群众大会"一行横行的大字。小丰看了这行字，全身都战抖起来。既不是快乐，也不是愤怒，他只觉得有一种无限的感动力，在他的身心里骚动着。他长长地吁了一口气。

一柄大旗在阳光底下，万人头上招展着，好像全民众的愤怒和反抗的精神，都集中在上面耀武扬威的样子。小丰一见便知道是工人联合会的旗帜。阿明的父亲也站在那儿揩汗呢！

"阿明！看看你的爸爸在那里呀！"他好像把刚才的打架的事情忘却了，很高兴地指着阿明的父亲给阿明看。

"是的。"阿明看见了他的父亲，用锐声叫道，"爸——爸！我——在——这——里，——你——看——见——我——吗？"

如投小石子在腾沸的大海里一般,一点声浪也没有,阿明的父亲听不着。惟有喧哗的声音,和热腾的人气,在空中旋转,飘荡。各色的小旗子在人丛的隙处,像蝴蝶一般地飞舞着。

看去好像一大群白鹭一样的是学生联合会的团体。白的学生制服,在炎烈的日光里,白得发光,炫着人们的眼睛。一群日炙的皮色的乡下人,也站在人群里,执着旗子。还有一行整齐的武装队子,看来好像一行篱笆似的。阿明对小丰道:

"那可是兵么?"

"学生军呢。"小丰听见旁边的一个穿白短衣服的人这样说,便假作聪明地大声答道:

"不是兵,是学生军呢!"

忽然全场寂静起来。只余一两阵吱嗟的声音而已。

台上出现了一个长发瘦脸的人。他用嘶破的壮声演说着:

"五月卅日的惨杀,是我们,中华民族,受帝国主义,蹂躏得最可怜,顶无理,极悲痛的惨剧。是我们,中华民族,莫大耻辱的污点!……"

往下说的是什么,被一阵杂沓的人声扰乱了。

"捉住!捉住他!"

"真是岂有此理!"

"会场也有人来当扒手!"

"送警区去!"

"才十六七岁呢,真大胆!"

"捉住了没有?"

"喂喂!童子军!请维护会场的秩序呀。"

"捉到了扒手了!呜哗!"小丰锐声叫着。站离小丰不远的童子军，拖着木棍，走过来干涉：

"不要乱嚷呀！不然的话，就要逐你出会场去！"

小丰没趣地掉转了头。心里着实愤恨。也做个童子军去罢！因为他的愤激，他也没再注意到台上的演说了。

"一个女子！你看！她是女学生呢！"阿明向小丰耳语。

小丰看见台上有一个涨红着脸儿，白衣白裙的年轻的女学生在演说着。字音辨别不清，只是像鸟叫的一般，锐利地啼着。小丰也同其他的人一样，觉得很有趣地注意着她。

女学生退去，接着就是穿中山装的工人领袖走上台来。台下鼓起一阵如雷的掌声。他用的男性的高音演说着。不知是因为他说了什么话，群众又都鼓起掌来。小丰也跟着人家鼓掌。

"打倒帝国主义！"在怒气如狂潮的呼唤声中，小丰捉住了这句话，也就狂呼起来。他觉得心头骤然起了一阵热气，升到脸上，把脸皮都烧红了。

群众愤怒地呼号，把手里的旗子都向头顶的空中乱挥着。"头颅之原野"展成"旗子之林"了。在"旗子之林"中，那一柄最高最大的工人联合会的大旗，巍巍地在半空招展着，好像一切的旗子的领袖。在"头颅之原野"上，旋卷着一阵怒狮似的吼声，声浪震得"旗子之林"索索作响。

铜乐队在人群里奏着悲壮的歌声。"头颅之原野"像地震一般地移动了。

群众示威的大队，如长蛇一般，向街上匍匐着去。

小丰带着一双鼓得红热了的手儿，在阿明的前面，跟着大队走着。没有旗子，不能挥舞，他只得把头东转西斜地张望着。童子军在大队之旁维持秩序。步道上，站着许多路人在观看。

沉沉地，可以听到一阵"引它南逊拿尔"①的歌声；杂着呼口号的叫唤。

"世界被压迫民族联合起来！"一个粗而重的男子的高声呼着。

这高声跌入小丰的耳鼓，尖锐的回响，从他的口里喷了出来：

"世界被压迫民族联合起来！"

"这小鬼子也跟着嚷，懂得什么呢？"那是一个站在路旁观看着的老妇人的口气。

"我不懂么？你这老不死的才不懂呢！我们学校里的墙上，黑巨人就是帝国主义，压在下面的就是被压迫的人们呢。先生也是这样说。你这老妖精！我真不懂么？"小丰心里这样想着。他鄙弃地睥了那老妇人一眼，便傲然走向前去了。

真的，帝国主义似母夜叉，要吭吃人的血肉，小丰懂得这个。但是若有人问他道：

"上海怎样被惨杀呢？"

他一定又是学着他的父亲的老调子：

"惨杀工人和学生！……可恶的洋鬼子！"

炎热而高碧的天空，不知从哪里飞来一团团的浓云，把金光灿朗，炎威懔慄的太阳遮住，做弄着雨意。示威的群众的大队，在浓云的队影里前进着。江上吹来一阵阵凉风，吹干了忙碌而且愤激的群众的额上的汗珠。

---

① 今译英特纳雄耐尔，即international，国际共产主义的理想。

几个小学生围着摆在步道上叫卖者的担子吃冰淇淋。童子军也没来干涉。因为中暑的人太多，童子军都去干救伤的事情了。

"小王巴蛋！这样扰乱秩序都行吗？要是我做了童子军，给他们几下巴掌！"眼光光地看着人家吃得好开心，小丰觉得喉里痒痒地；他这样地想着。他咽不下这点不平之气。

"小孩子，凉快吗？好在一点太阳也没有了！"一个穿着学生制服的青年，背着红十字的药袋，走到小丰的身边来，用手轻轻地抚摩着他的汗湿的头，"你的帽子呢？"

小丰觉得在他的头上抚摩着的手，好像一片烘得半溶的铁板一般，烙得他的脑袋烦乱了。他把头只一溜，就板着脸。撮翘了嘴唇，泛起愤怒的眼光，懊恶地睨着那青年。他的没有吃冰淇淋的一般怨气，好像要找这青年人来发作似的。

那青年笑着脸，转向阿明问道：

"你的喉干吗？可要吃两粒人丹？"

"请你把两粒给我罢。"阿明笑着红热的脸儿，乞求地答道。

小丰转过头来，又睨了阿明和那青年一眼。

那青年用他的小丰所懊恶的手，从药袋里拿出一个人丹盒，倾出几粒朱红的，圆溜溜的人丹，在阿明的小手掌里。阿明把手往口里送，人丹都滚将进去了。一下子，舌尖生了一条幽幽的凉气，直透到喉头去。阿明的烘干了似的口里，滋润着清凉的唾液。人丹比冰淇淋好，不像吃了冰淇淋之后，喉里更热得难受！

小丰从眼角看得明明白白。人丹怎样可爱地在阿明的手里滚着。阿明怎样贪馋地吞下四五粒珍丹，小丰一切都知道。而且，他连人丹在口里的滋味，也想象得清清楚楚呢。其他的小孩子争着向那青年要人丹。小丰心里也起了两次要求的欲望。他不要把自己示弱，所以没有说出来。但是他第三次决定向那青年要的时候，已经来不及了。

"喂，老陈！快来呀！又有一个女学生发昏了！"同那青年一样装束而年岁更轻点的另一个人在呼唤着。

"啊，来了！就来了！孩子们！算了罢！"他不打理很多伸得高高的急切的小手，却把人丹盒子再藏入药袋里面去了。他口里还咕噜道："女子毕竟是弱者！"

小丰虽听不清那句话的意思，但是觉得刺耳。他的怨气又转向那句话去了。

大队已转了弯，沿着河流走去。河里的午潮初落，小舟的篷窗却与河岸齐平。"蛋家①"的儿女站在船头看热闹。群众的集合的激昂的愤气，被江风卷起，真冲上黑云乍布的天空去。群众的分开的团体，却被凉风吹得疏松快意，向前走着不等分的足步。铜乐队也奏着更加悲壮而且激昂的声调。

小丰的怨气，也随着风儿，杂在天空的集合的愤气里。他的心儿里的血潮，也跟着铜乐的声音，激昂地奔腾起来。那壁上的画图，也在小丰的脑里活动着。黑巨人会压迫，我们却会反抗！我们示威运动呢！他又用那早上在榕树下的高傲的威风，挺着胸，向前走。

"同胞们！大家严庄一点，整齐一点！我们在大队要从沙基的前面经过了，要给那外国人笑话呀！"一个血气颇盛，态度好像很忙的中处人，挥着手儿，涨着颈上的血管，用破铜锅似的声音喊着。真是叫喊得急切而且真挚啊！他且叫且走，人也几乎被

---

① 同"蜑家"。

他闯翻了!

小丰看见那人的像失羁的疯狂的瞎马一般的态度,大着嗓子笑了起来。其他的人也笑了。但是,大多数的人都因那拼命的叫喊,才注意到自己在队里的行伍的位置呢。小丰自然不是在大多数中,因为自己已经先就这样做了。

一阵阵热烈的,激昂的民族自觉的呼声,谁听了都会起了同情之念,谁听了都会动了真挚的心。小丰的队里的每个孩子,都打着声音的最高点呼着"打倒帝国主义""取消不平等的条约"等等的口号。每个声音,都从天真的,纯洁的,红热的小心儿里震喷出来。他们的身体里的每一条血管都膨胀了。他们的小生命,都有反抗的精神潜在着。他们的坚实而尖锐的呼喊声,杂在群众的广大的声中,一些儿也不减轻它的力量。

但是,在呼叫声中,黑巨人帝国主义,却从小丰的脑里,真的活动起来,而且走到它强横地占据了对岸的沙面岛上去。在沿岸预先排布好了的沙包后面,它闪着狞恶的眼光,切着锐利的牙齿,好像发怒的野兽一般。它命令它的走狗瞄准那要争得自由的,反抗压迫的民族之示威运动的队伍开枪。那是天真的小丰所没有想到的。其实,就是激昂的大人们也是想不到的。

"拍!拍!"

"谁放枪呢?"在问着话的人的身旁,那个同伴胸部流着血地倒下去了。他的低音的叹声,简直连自己都听不着。

"拍!拍拍!"

"不好了!洋人放枪呢!"一个被子弹中伤着耳朵的农人,手掩着耳朵,慌忙地逃走了。

"洋人放枪!"

"赶快些跑呀!还了得!"

"拍!拍!拍拍!拍拍!"

惊慌而逃走的群众,应着枪声而倒。热血四溅,污染了道路,喷洒着近旁的人们的衣服。

嘈杂,号叫,孩子和女人的锐利的哭声,无情的,奸恶的,猛烈的枪声。一切的恐怖的声音,罩住了河岸。

"同志们!没枪的跑入街里躲避去!有枪的跟着我同他们死战罢!"一个粗厉而勇敢的唤声,在喧哗里飘荡着,旋又消失了。一个学生军倒下去了,肩上污着鲜血。其他的学生军都伏在地上,列成一横行,对着沙面开火。他们的头,就是他们的保障的营垒了。

"拍拍!拍拍!拍拍拍!拍拍……"

"嗳呀!"

"唉——唉!"阿明在小丰的身旁也倒下去了。

"阿明!"小丰看见阿明的背上流着红热的血,在地上搯搦着。他的四肢打战得利害,一点支持的力量也没有了。一阵黑暗的恐怖的影子,直透入他的全身。脑的机器也停止旋转了。他跌倒在惨死的阿明的身上。

忽然下起大雨来。失措的群众像土堤溃决了一般,在大雨里互相践踏,互相枕藉。吓昏了的小丰,被葬在枕藉的死人和活人的堆里。汗臭的"人身之壁"把他的小身体紧紧地压住。大颗的雨点从"人身之壁"的漏隙处,打湿了他的身子。

滂沱的大雨声。血红的流潦入河里的冲激声①。湿水的,惨

---

① 同"冲击声"。

白的死尸。弱小民族的可怜的灵魂。河岸充满着悲惨的,痛心的景象。

那个黑巨人呢?大约还藏在戒备森严的对岸的沙包后面,在狞笑着罢?谁知道得真切呢?小丰却已经失了知觉了。

夜里小丰卧在家里的床上。白天红热的脸儿,已变得苍白了。奋兴的眼光,也闭在薄薄的眼睫里。他的胸部被压伤了,在胸骨里微微地作痛。但是那是微伤,不大要紧。不过他觉得全身的骨节好像分散了一般,不大愿意动着;而皮肤里的每个细胞,又被疲乏所占据着了。所以他觉得躺着较好。

他的母亲坐在床沿,静听着雨后的,在天畔隐隐的雷声。她的忧愁而且呆滞的眼睛,注视着静卧着的小丰。烦恼的黑云罩住她的慈爱的心儿了。

那是一个恐怖而且骚动的夜。阴晴不定的天气,这时候雨已经停止了。黑云在天边浮动着。雷声在云里怒号。助威风的电光,时在云的后面,闪视着阴湿而且惨淡的天空;照耀着血迹未干的沙基河岸。

日里的惨杀,也似电火一般,闪过静卧着的小丰的脑里。锐利的枪……群众的拥挤……鲜红的热血……阿明的死尸……

阿明的可怖的流血的尸身,又令他的神经战抖。他张开着他的惊恐的眼睛,望着他的母亲,颤声地说:

"妈——妈!我……怕!"

"乖乖。不要紧,妈妈在这里!"她把她的慈爱的手,抚摩着她的儿子的身体。

小丰身上的血痕斑驳的,湿的白衣,已被他的母亲同他换去。看来不像刚才的同那躺在河岸的死尸一样可怜而绝望的样子了。仍是夜里睡在床上的小丰,虽然他的神态恐怖而且倦乏。

他闪视了装满油灯的黄光的房里一周,于是问道:

"爸爸呢?"

"爸爸背你回来,同我救醒了你,才吃了晚饭,工会里的人就催他开会去了。"他的母亲用她日常讲故事的声音说。

"开什么会呢?"小丰也像日常听故事听到不清楚的地方,便插问他的母亲的样子。

"对于帝国主义的惨杀,他们要商量出一种较好的反抗法子。"

"我的学校里可会来叫我开会吗?"小丰迟疑地问道。

"没有。"

"不!你诳我呢!我也开会去!"小丰从床上跳起来。

"乖乖,睡着养神罢!你病呢!"他的母亲急切地把他抱入怀里去。

"哪里病呢?我要开会去!"小丰在母亲怀里挣扎着,啼叫着。

"怎么哭起来呢?胸膛痛么?"父亲回来了,他的庄严而急切的声音,把小丰吓住了。

"他闹着要去开会呢。"他的母亲叹了一口气。

"开什么会?"他的父亲泛着疑问的眼光。

"他听我说你开会去,所以他也要到夜校里开会呀。"她的母亲微笑地摇一摇头,向伏在她的怀里的小丰轻打了一下,说道,"好大性儿的孩子!"

"别胡闹。小孩子也开会么?"他的父亲也笑着。

他听了这话，一声不响地从他的母亲的怀里脱开，背向里面地自睡在床上。

小丰虽是年轻，但是那惨无人道的惨杀，帝国主义的强横，被压迫民族的痛苦，这一切都深印在他的脑里，扰动他的天真的心儿，助长了他的反抗的精神了。而他的父亲不知道他，反说他是胡闹。他觉得真是可气！

愤恨的小丰，也不打理他的父母亲的谈话，却自己打算着。

"明天一早，我也不吃早饭，便瞒过爸爸和妈妈，走到学校里去，召集开会……提议……通过……散传单……演讲……我一定要把那黑巨人帝国主义的强横，阿明的惨死，向他们报告；鼓励他们一同联合起来，把那个黑巨人斫做肉酱！……"

他想得入神时，阿明的可怖的死尸，不会来搅扰他，让他沉沉地睡去。

他的父亲正向母亲在说着刚才怎样开会，怎样议决通电全国，请求政府交涉，大罢外国人的工，和组织纠察队等等的议案。他看见小丰睡觉去了，微笑向小丰的母亲说道：

"这孩子也可以做打倒帝国主义的后备队呢！"

她没有回答，只是愁锁着眉头。

天畔的雷声，电影，隐隐地还在轰闹着，闪烁着，却与小丰的鼾息声遥相应和。这时候若有人来问道：

"小丰，上海怎样惨杀呢？"不知道小丰怎样地回答？或者他说：

"惨杀么？明天我一定同你说罢！"

陆阿六

这里有一个勇敢而率直的战士，他的名字叫陆阿六，是个非常年轻的农民。他的躯干非常之壮健。他的容貌是纯朴而且非常有趣。在必要的时候，他能够一气跑了几十里路，而没有休息。有人喘着气地问：

"喂，阿六，还走得动吗？"

"还来得，到哪里去呢？"他揩着汗，爽快地笑了，又接道："你老大概是喉渴了罢，我到什么地方找点水来喝。嘻！没有水真要命！"

他对于每一个同伴都很卖气力，这是谁都知道而且称赞着他的。而对于革命呢，那是更不用多说；他的生命便是斗争的本体啊！

像这样，他跟着队伍到乡村，到县城，到乱山荒林里，不觉也过了两年多了。在这艰难困苦的奋斗中间，在这枪林弹雨以至于东逃西跑的状况底下，他愈见长大起来；他的眼光更加锐利，他的皮肤更加漆黑，而他的心也更加坚决地要打倒一切不合理的阶级社会。

"老哥，前进罢，落伍是不行的啊！"当他看见同伴们有时因为太疲倦而现着衰颓的样子的时候，他总是天真而勇敢地鼓励了几句。

有许多人都惊叹地道："真看不出来呢！像他这样的年轻，倒是一个坚决的革命者！"

但是，假如你听了他述说着这以前的孩子的生活，你便不会有什么奇怪的了。

太小的时候的事情，他自然是不能够记得很清楚的。到现在他所记得的，而且常常和同伴们述说的是从他家里的猪的事情开头说起。

那是在他还没有十一岁的时候，他的家也还没有像现在的这么穷困，有一头牛和两只猪。他每天都是到田野间去看牛，那两只猪是他的母亲饲养的；她对待猪好像对待儿子们一般，非常的爱惜。人们说猪总是过着猪的生活，但是他们的猪可过着和他们一样的生活。这是他们的生活降低得很和猪一样呢，或者是他们把猪的生活提高得和人一样呢？他那时自然不能够正确地回答这个问题，不过他总觉得他们一家的生活和猪是极其接近的。他的父母亲是大的猪，他和他的弟妹们是小的猪。但是，在事实上，那时候他的妹妹还没有生出来，弟弟也还在他的母亲的肚子里才有了五个多月。

他的母亲大着肚子，很辛苦地在喂着猪。猪有时候真是顽皮，总不肯好好地吃着。有时要给他的母亲大声地吓叱，有时却受了他的母亲的劝告，那猪才吃得肚皮涨得光光的连门限也走不过去。

虽然他的责任是看牛,但是陆阿六也时常给母亲叫去人家的园里挑着番薯藤来给猪吃。在母亲的叱骂和劝诱都没有效果的时候,他也被母亲叫到邻居去要来了一点细糠。

猪是一大一小,大的很胖大,已经养了半年,小的是两个月前才从墟里买来的。大的猪总要咬着小的猪,欺它的力量薄弱;同在一槽里吃东西的时候,那小的也没有一次吃得舒服。他的母亲说:

"可怜的,小的给大的欺负,等大的卖了才得快活地过日子呢!"

"不要可怜了,妈妈!大的欺负小的是不对的!"他说。

真的,他并不像他的母亲那样的柔和。当他看见大的猪用着长长的嘴巴去犁着那小猪的时候,他便狠狠地在大猪的背上捶了一拳,猪锐叫着直冲出门外去,在远远的那边作着吁吁的叹气。他站在门口还扎紧着小拳头向猪示威呢。他这样做,时常受着他的母亲的责骂。可是他总是要鸣不平,当那强者无理地压迫着弱者的时候。

可怜的,那只大猪并不算是强者,它也一样的遭受了许多的压迫。有一次,它腿部流着血地跑回家来,带着失惊的样子。他的母亲细细地看出在它的后腿给刀刺伤了。她一面抚着伤痕一面呢喃着:

"都是不安分守己,才受了灾难呢。"

而在陆阿六觉得,事情并不像他的母亲说的那样。有好多次他亲自看见他们的猪给三老爷和其他的有钱有势的人的儿子们任情地驱赶;或者用竹鞭抽它,或者用他们的穿着小皮鞋的脚踏它。有一次他问道:

"为什么打我们的猪呢？"

"是的！要打！"那个三老爷的儿子恶声地说。

"臭鸟！你打它我便要打你的！"阿六怒叫着。

"嗳呀！你是什么人敢打我！"

"我就是敢打你！"

于是骂着，骂着，便打起架来了。他骑在那三老爷的儿子身上，一拳一拳地用力捶将下去。直等到大人们来了，把他拉起来；可是那个被打的孩子已经满脸泥土了。

"你这野种！你怎能够打他呢？"一个中年的农妇说。

"不能够？他打我们的猪，我便要打他呢！"阿六站在一旁，愤愤地说。

"这样蛮横！三老爷自然会去问你的父亲的。"

"我不怕！"

大人们都啧啧称怪起来。而那三老爷的儿子尽哭啼啼地叫个不住。他的干净的衣服都污满了尘土；脚上的鞋子也掉去了一只。

"我怕你么？我找我爸爸去！看一看罢！"说着哭着便要回家去。

不知道谁走去报告阿六的父亲，老陆，他从园里赶了来，远远地便可以听到他的粗暴的恶骂。

"狗种！肏娘的！你怎敢打三爷的儿子呢？你想害我们一家吗？……"

也不待他的分辩，他的父亲便撑起了那铁锤般大的拳头，用着掘园的猛力，在他的头上捶了几下。虽然农家的孩儿总要时常受着父亲和其他的管教人的无情的捶打，但是陆阿六终于感到疼痛而啼叫起来了。他的父亲也不理他，自去哄着那三老爷的儿子住了哭，带着回三老爷的家去。

"孩子，你要知道的，他们的人是打不得的。"当阿六一面哭一面向母亲诉说着这事情的时候，他的母亲连教训带安慰地说着，"孩子，乖乖的，不要哭罢，你爸爸不打你怎受得起他们的责问呢？爸爸不是安心要打你的。……乖乖，不要哭罢，他们是有钱人，他们的儿子是银是金，我们的是……唉，谁教你不生在他们家呢？至少也会少了一些枉屈……"他的母亲说到这里，已经忍不住地软泣着了。这时，那大猪和小猪，蹒跚地到了他们的旁边，或者是为着肚子饿，或者为着别的事情，也在"嘘嘘！嘘嘘！"地叫着。

这给这个无知的孩子感到非常深的印象。——穷苦的农民的生活正和猪一般，受了一切的无理的压迫也不敢去反抗，只好逃避着和忍受着。

但是这里又发生了一件使他忍受不住的事情。那是无知的小猪惹出来的。

也许是吃不饱，或者是为着别的缘故，那小猪有一次冲坏了篱笆跑进三老爷的菜园里去。也许小猪会咬掉了几棵芥菜，也许一点菜儿也没动；但是三老爷这人不要讲事实，只有了小猪闯入他的菜园的理由便够了。立刻地，他派了那个凶恶的侄儿到老陆的家里，同着几个走狗的帮手，捉住了那只大猪，用大铁针穿着它的耳朵，系上了麻绳，把他的母亲辛苦地饲养了半年的大猪牵去了。那侄儿声言道："赔偿我们的损失！"

那时，他的父亲一句话也不会说；他的母亲藏在角落里掉着眼泪，反在咒骂着那小的猪呢！而陆阿六这时恰才回家来要一块蕃薯①作点心，看见了这情形，觉得大大的不痛快，心里填满了小小的一腔愤怒，比看见三老爷的儿子踢着猪的时候还要增加一百倍；但是他看见他的父亲和母亲都不作声，所以也不敢发作，扎紧着小拳头隐忍着。他只是悄悄地跟着他们的大猪走向三老爷的新屋去，因为他总是舍不得那又肥又大又好玩的猪呢。

三老爷的新屋非常的宽大，是他做了保卫团绅之后才建筑的。屋的前面有着金碧辉煌的大门和栏杆；而阿六却看见那大猪是从屋后的小黑门被拉进去的。猪在路上还常常不肯走想转回老陆的家；那个横蛮的侄儿便从路旁拔出一根竹篱，狠死力地抽着猪，猪才忍痛不过地一任他们赶进屋里去了。

"爸爸，我们的猪为什么给他们抢去呢？我们把它夺回来罢！爸爸一个人便够打败他们了！"当陆阿六走回家来的时候他愤愤地说。

他的母亲仍然为着猪在拭着眼泪，而他的父亲含怒而很可怜地阻止着他说：

"打败？想闹着什么呢？你这狗种！"

这样的又讨了没趣，他几乎急出眼泪来了。

但是他没有哭，他只一溜便溜到田野看牛去。

田野正值春天，碧绿的草地从山坡展伸下来，好像一件伟大的绿绒的袍子。远处近处都疏疏落落地点缀着矮棘丛，小枝繁叶正在柔和的春风里微笑着，跳舞着。一望无垠的野田里，涟漪般地细翻着麦浪。水牛和黄牛成群地在草地上闲散着吃着青草；有

---

① 同"番薯"。

的却横卧着，频频地动着它们的嘴巴，它们是在反刍着呢。小犊忽然一跃地扑到母牛的身旁，又忽然地跳到远远的那边去，咩咩地鸣叫起来。——这是一幅田野之春天的图画，在受过了充分的教育的人们一定会说它是很美丽的。但是阿六只觉得他的受尽委屈的心骤然澎涨①起来，好像痛定思痛一般地在内里凄动着了。他向周围环视了一下，天真地呼了一口气，悲愤的眼泪不自觉地流将下来了。

"阿六呀！你作死的！你跑到哪儿去呢？你们的牛又和我们的打起架来了……"和阿六差不多年纪的一个邻居的小牧女，当看见阿六走了来的时候她这样锐声地叫着。

阿六并没有回答，只一步一步地走将过去。

"怎么哭了呢？你这作死的！"那牧女泛着惊异的眼波，背过手去摩挲着她的没得擦油的赤褐色的小辫子。

"三老爷抢了我们的猪……而爸爸骂我！"

"怎么？他为什么抢猪了？那砍头的呀！"

阿六听见了这同情的声音，便拭干了眼泪，打起精神来述说着三老爷强抢他们的猪的事。牧童们都像听新闻般地围拢了来，瞪大着眼睛在看着阿六的描写的手势。一种不平之感暗暗地从阿六那儿传到各个听者的心儿里去了。他们都发出了愤怒的声音："噫！那狗种！"

是暮晚的时候了。夕阳收敛了它的镀在麦陇上的最后的黄金光。轻烟从远处的树林里偷爬出来了。乌鸦成阵地投向树林中去。小犊又鸣叫起来了，头向着炊烟縈縈的乡村，好像要回到牛

---

① 同"膨胀"。

棚里去休息的样子。但是陆阿六和他的听者们都仍在述说着一些孩子所感觉得到的村间不平的事件，几乎忘记太阳下山已经好久了。那好像在这样美丽的田野的晚景中间，无形地充满着农村的贫富阶级间的明争暗斗。

不过孩子的不平总归是孩子的不平罢了。

在事实上，不平真的不仅仅在孩子的心里，不平也在青年、壮年、老年的人们的心里；不平充满着陆阿六的一家，不平充满着一切的农村，不平充满着全中国，不平充满着全世界。因为人类社会一有了阶级，便充满着不平的现象了。而陆阿六已经有机会去认识这不平的原因，知道去消灭这不平的法子。不是被蹂躏便是反抗，不反抗便一定要被蹂躏，这道理是非常简单，陆阿六在16岁的时候的确认识得清清楚楚了。

那时候他的母亲已经没有养猪，镇日忙着看顾他的弟妹，一方面还要给人家看牛去。他自己也帮着父亲到田间工作。他们自己的牛也没有剩下来。这一头牛的卖掉，在阿六全不感觉到什么。可是他的父亲和母亲却因之而吵架起来了。

"一共只有这头牛，因为这也想卖掉，因为那也想卖掉；真是运道太衰了！"他的母亲听见了父亲要卖牛的时候，她自己呢喃着。但是父亲忽然大怒起来，喊道：

"衰吗？还有更衰的在后头呢！不卖牛还有什么办法；欠饷欠粮都要坐监呀！你是女人，我知道！可是我——呼！你的娘呀！"

而母亲大声地哭起来了。悲哀的眼泪不能够软化了走头没路[1]

---

[1] 同"走投无路"。

的穷促的父亲，他的心中的郁积的愤怒可被热泪引沸起来了。他怒着眼睛，而他的晒得黑黑的，受尽人生的折磨的脸庞在发着光。他猛跃到母亲的旁边，伸手去挽着母亲的发髻，用力地把她拖倒在地上。母亲发着嗞嗞的声音，紧抱着在怀里的婴孩，恐怕婴孩受了惊慌和伤害。婴孩哇哇地哭泣着。阿六的弟弟阿七躲在灰暗的角落里哀叫着，带着颤音在说道"妈……妈……爸……爸"，而阿六却走过来呆站在门口，惨白着嘴唇屏息着，好像有什么巨大的灾祸临到这不幸的家庭里来了。

"呼！"父亲也没有捶打着母亲，只是快快地向各人环视了一下，便带怒地走出去办理卖牛的手续了。

到晚上，父亲从腰袋里扭出四只光洋给母亲，带着得意的微笑。但是母亲庄严地接了过来，紧噙着嘴唇，眼泪又簌簌地滴下来了。她是想念到自己被拖倒的情景。

"这是给你自己的，这是给你自己的。还哭？还哭！"父亲好像着急的样子，但是他的性情已没有一点儿凶暴了。

母亲一面拭着泪，一面点头微应着："知道了。"

于是父亲又从腰袋中摸出了两角钱，粗声而急促地说道："这给孩子，这是给他们——阿六！来拿去！"说了之后，他给母亲投射着献媚的眼波；好像他也知道了农村的夫妇间的爱抚，是由于亲爱着儿子们便能够表现出来了。

这样的，老陆的家庭又和乐地过将下去。

不久之后，1926年的革命浪潮波动了各个农村，"农会"这个名词在各个穷苦的农民的心头发生了热烈的，亲切的情感。就是看牛看得长大起来的阿六，也有同样的感觉。

有一天，阿六听了那些从城里来的宣讲员的演说之后，他非常的受感动，奋兴地，如有所得地跑回家里来。

"妈！事情好了，我们要有农会了！"他对他的母亲说。他好像获得了什么宝贵的东西似的。

"什么农会呢？"

"就是我们农民自己合在一起议事呢。"

"议什么事？"他的母亲忧愁地问。

"什么事都议，都是对我们有好处的事。"他恐怕他的母亲不明白，解释着道，"如果我们的猪再给他妈的三老爷抢去，我们便到农会告去，农会就能够替我们出力，把猪牵回来给我们了。"

"唔！有这样的事！那末，三老爷也是农会的人么？"

"不！他是劣绅土豪的。他不会来赞成我们的。"阿六得意地笑着，他深深地自喜着他听懂了宣讲员的话。

"我的儿！那可不要去惹它！"

"妈！不要怕！现在的时代，是给穷苦的我们抬头的时候了！有许多许多的人会帮助我们呢——有工人，有兵士，还有什么国际和别的什么，我说不出的。"

"你怎么知道了呢？"母亲有些惊异了。

"他们和我们这样说。我们有农会，官府也不敢来欺负我们的。"

"你相信么？"

"为什么不信，他们骗了我们有什么好处？只要有农会，他们也不敢欺骗我们了。"

"真的？"母亲长叹着。

"妈！那是真的！我要加入农会。"阿六想了一想又加道，"你不要和爸说。"

陆阿六便加入农会了，农会也已经成立起来了。开头的会员不到十个人，都是年纪轻的；年老的是不加入，因为他们的被压迫得麻木和顽固的头脑还不能够立刻便苏生过来的缘故。但是不到半年，只要没有地主、土豪、劣绅的关系，都大多数是农会的会员了。村间也设立了劳动学校了，往日的沉闷的农家生活也活泼起来了。大家都忙着谈讲农会的事情，以及一些浅显的政治问题。而阿六也从学校里学到资产阶级、无产阶级和××国际等名词及其意义。因为加入农会而和他的父亲驳论的时候，他居然也会指出父亲的思想是封建的残余。现在的陆阿六，可已经和从前的只会在田野看牛的陆阿六完全不同了。

不同的事情多着呢！这是新时代的开始。陆阿六一变而成为新时代的青年了！试想想阿六是怎样地高兴啊！

但是忙是忙得要命！阿六日里又要帮父亲的工作，夜里又要读书，一有余暇便又要到会里去。有时候他又要整天地走到村巷里和大路的两旁的大树旁边贴着五色的标语。他一面贴着标语还一面在唱着"先锋歌"。这种歌声是新鲜的，有力量的；那在村里不用说的是第一次的歌声了，那青青的树叶儿也跟着伟大的壮音而在律动着呢！阿六真的忙着社会事业而忘记了自己的私事了。

这给老陆非常的不满意。

"造你娘的！干吗不到田里去！"当老陆看见阿六在张贴着一大张标语的时候，他走过去抢下它，而因为惯于握锄头的大手是太粗陋的缘故，那薄薄的纸给扯破了。于是阿六涨红着脸孔，怒道：

"爸！撕破了标语可要受罪的呀！我们农会是不准一切的人有这不法的行动的！现在去！和我到农会去！"

"哇！你这狗种！你不认父了！"老陆气得连手儿都在发颤。

"我怎么不晓得你是爸爸呢？可是，可是这标语是农会的，不是我的；农会也是大众的，不是我的！你想摆什么架子呢，一个没加入农会的老东西！"阿六也声色俱厉地回答着。

老陆真是糟糕，儿子一大声，他便退让了，他不自觉地总以为阿六所说的话是词严义正。但是他不肯自认理短，还是怒声地说道："好！你这狗种！我不要你了！"说后便自己负着锄头到田间工作去。从此他便不和阿六面对面地说话。便是和阿六同到田里工作的时候，若果阿六在东头，他就一定要到西边去掘着土。

但是阿六不打理这些，他自干他的；正像一颗破谷的种子，是鲜嫩的，蓬勃的；是充满着希望的；是勇敢而有力地前进着的。他现在也会宣传群众而组织群众了。他把从前的牧牛的同伴组织起来了。在秋收的时候，他和农会的熟练的工作人员举行了一次抗租的××运动。在进行中他有着不可形容的高兴和努力。他做着这个又做着那个；他又能够在×色的标语上歪歪斜斜地写着那仅可以看得清楚的"××归农民"的五个字。

示威的那一天，全村都轰动了。不！不但轰动了陆阿六的一村，便是邻村的居民也跑到村间的大路旁边看热闹去。

在清晨的秋天的艳阳之下，在初熟的黄金色的稻田中间，示威的队伍好像蚂蚁下山般地走将过来了。陆阿六走在最前头，高挺着胸膛，执着一面"抗租大示威"的大旗子；那用不着说是阿六自告奋勇去抢先的——但是示威队里有这样的一个勇敢的前锋,不能说是很坏的啊!

这一队人还不满一百个,有的短裤子还高高地卷到屁股上边去,自膝盖以下都污满着泥酱①,他们是一早便到田间车水去的。还有一些人把镰刀插在背后的腰带间,走路的时候那如钩的刀叶拼着旱烟袋叮当叮当地响着。比较有点年纪的农民还要把他们的头低下,手中的旗子也不敢高举一点,有的还尽让那旗子倒垂地拿着。——他们害羞呢,因为这是第一次。

阿六转到大路中来,看见聚看的人们这么多,有男的也有女的,有小孩也有老妇人;于是他越发有勇气,得意地摆起迈往直前的姿势。忽然他高声地呼道:"打倒地主!"接着在后面便发出共鸣的声音,那声音是杂乱的然而是有力量的,是沉郁的然而又是有集体的精神的;好像那在声言道:非达到目的不行呀!那些站在路边的旁观者,有的笑着,有的惊异地呆视着;小孩子也学着呼口号,尖锐的声音直刺进碧空去,村妇们忙着鼓动她们的哓舌的嘴唇,在谈话着这些又批评着那些——真是热闹极了!

"打倒帝国主义!"的口号突然地浮在空中。有一个旁观者问阿六道:"孩子,帝国主义是什么?"

"连帝国主义便是洋人也不知道!当农会在演讲的时候,你有空也得去,听一听呀!"阿六用着半宣传半责问的口吻回答着。

当队伍打从三老爷的新屋经过的时候,打倒土豪劣绅的声音更加来得有力而且响亮——自然阿六尤其要狂热地呼叫着。

示威的队伍不但只在自己的村里游行,他们也走到邻近的村庄去。那好像一串电磁石,不遗余力地在吸引着各个农民的身

---

① 同"泥浆"。

心；又好像一堆熟烘烘的煤炭，在布散着和给与人间以光明和热力。

就是顽固的老陆，阿六的父亲，当他看见阿六参加这次的示威，晚上散了队喘呼呼地走回家来的时候，他虽是傲然地坐在石门限上，也还给他的儿子的满脸热蓬蓬的生机所吸引着；暗自偷偷地睨视了阿六一下。直至农村的抗租的声音扩大而成为力量，政府实行"二五减租"的时候，老陆简直高兴得连口也几乎忘记合拢着。那已经是在第二年的春天的时候，大麦才吞着青青的穗子。陆阿六越发能干，被选为农会的执委的候补人；同时又是一个自卫队员，时常练习着放枪。起初的时候，他每放一枪便要闪一次眼睛，所以放枪的成绩很坏；到现在他的眼睛不但不闪视，而且能够瞄得准确。他是一个年青的好枪手。但是他不能够经常地帮助着他的父亲了。

当老陆在忙着农事的时候，和老陆相识的人打那里走过，说道："陆伯伯多辛苦了。阿六呢？""阿六！他怎会来帮我的忙呢！"老陆这样回答着，叹了一口气，同时又微笑起来；这有时给问话的人莫名其妙地走开去了。

有时，阿六走到田间去，而老陆说道：

"狗种！为什么来了呢？"

"帮爸的忙呀！"阿六笑起来。

老陆也笑着在呢喃道："要是那边忙，我可要你来帮我么？可不给大家咀骂①我么？"

阿六自己深深地觉得，这顽强的老东西也渐渐地心向着农会了。

---

① 同"诅骂"。

莫说阿六的父亲，他是和儿子同一阶级的人；便是农会的敌人三老爷这一类的东西，也像鼹鼠一般紧藏着在洞穴里，一点威风也没有了。不过他们不是像老陆一般地暗地里赞成，而表面上仍然是固执；他们是根本的痛恨——这是因为阶级的利害的不同的缘故。农会知道这个，陆阿六也知道这个，所以非根本打倒他们不可！

上面所记下来的便是陆阿六的述说，他时常地说到这里便停止；每当他滔滔地说到这儿便有事情阻止着他了。不过，也有他不想再说下去的时候。有一次，同伴们逗他道：

"毕竟你的爹爹是反革命了？"

"不，我相信他不会。"阿六说着这话的时候，他总是不向着问话的人，时常把头朝向南方的平原去，凝望着那苍青的平林和澄碧的天空的接合线；要是在夜里的时候，他便注视着那黑暗里的星星。这样子，他好像在想象着那白色恐怖下的故村是怎样的不堪，他的父母亲和弟妹们又是如何地过活着。

"阿六！想什么？"近旁的同伴用枪杆轻碰着他的膝盖，这样地问着。

"他妈的反动！……"他忽然转了话头道，"没有什么，空谈是不中用的！"

他和同伴们相视而微笑着。

村中的早晨

当老魏到山头村来会他的儿子的时候,他的儿子阿荣正站在祠堂前面的石阶上,和几个武装的农民在讨论着什么急切的问题。老魏的眼睛很快便把他的儿子扯住;虽然三年没有见面,但是无论如何总认得他的儿子:高高的身材,短短的下颔①,明亮而有光的眼睛,更加炙黑了的脸色——那是他从小抚养大了的唯一的亲骨肉。

而阿荣也在惊视着他的父亲,蹙皱着眉头,好像这个50多岁的渐形衰老的老农民,带来了一些绝不能够解决的难题,使他的心绪烦乱起来的样子。但是他仍然转回去说着他的话。

"阿荣!你的老父来了,你看不见吗?"老魏颤着声音怒着说。

"啊!阿爹,你来了啊!"阿荣抬起头来说。

"是的,我来了,你知道我为什么来了?"

阿荣的脸上萦着烦乱的微笑,他只无意识地回响着:"为

---

① 同"下颔"。

什么？"

"我只要来问你，来问你到底在干什么勾当！"老魏沉重着声音说。

"爹，我没有……"

"没有什么？你说你没有什么？鬼才知道你有没有什么呢！喝！你这狗种！"

"爹！别动气吧！如果你是来看你的儿子，你应该爱惜他，别使他太难受了。"

"难受？你真会说！我给你太难受吗？我想你的苦还在后头呢！现在正是你给我这老骨头捱苦的时候。我真想不透呢！我真想不透我和你的娘，把你辛辛苦苦地养到这么大，只落得这么一个下场呀！……你的娘，她没有一天过得安乐。现在她头发也白了，眼睛也花了，还是颤着手儿去挑水，又要给人家看牛去。我叫她不要哭泣，她还是哭泣，她说不知道为什么，一想念着你，便想起一大串的事情，那末眼泪便流将下来了。她的眼睛，便是给泪水洗坏了呢！……"老魏说到这里，不但没有怒气，几乎连说话的气力都消沉了下去。他的心在痛着。

和阿荣说话的几个武装的农民，都静默着，把眉头也蹙皱起来了。而阿荣可仍是紫着烦乱的微笑，但是他的眉头更皱得利害。

"爹，到里面歇歇吧！"过了一忽阿荣说。

"到里面去干吗呢？我只要和你讨个回答，我立刻便要回去的！我想……"

老魏还没有说完，阿荣可已经被里面的人叫进去了。

才得到了消息，白党正在进行着围攻这个乡村，这正是忙着准备防敌的时候。阿荣是负责之一，也正在忙着计划一切，有时走出，有时走进祠堂里去，里面也有几个人在开着会议。

老魏呆呆地站在石阶下，眼睛跟着他的儿子来去地转动着，忽然，他听见两个打他身旁经过的青年农民的私语。

"这老牛是谁？现在要提防着侦探！"

"不！他是魏先生的爹，不要紧的。"

说着便投射了老魏一下亲切的眼光，他们自去了。

"侦探！探你娘的下私的！"老魏满腔愤怒地这样想，但是他并没有说出来，他好像有点害怕的样子。

"老伯伯，进来吧！"

忽然地有一个女子的声音在叫着他，他吓了一跳地抬起头来。他看见从里面走出来一个活泼而健康的女子，穿着一件赤布大襟衫和一条黑裤子，头发盘成一个圆髻子，是农女的装束。但是从她的动作看起来，老魏觉得她是从城里来的。不然的话，她的手为什么不老老实实地垂在两旁呢，它们来去的动着，好像一对翅膀似的。她满脸和气地在欢迎着，她也没有一点儿害羞的意思。而老魏虽然有满脸的胡子遮盖住，可是他的心却真的在急跳着。

"老伯伯，进来吧！"

他觉得很不高兴，但是他踏进祠堂里去。

在厅上放着一张八仙桌，围住着四五个穿着赤布衫的青年男子，他们一面在争论，一面在写着。他们的声音并不高；但是从他们的发光的眼睛和躁急的嘴唇，可以知道他们是沉没在一种紧张而镇定的气氛里。阿荣也站在那边，好像在催促着他们赶快议出一个办法的样子。老魏很想使他的儿子知道他的进来，故意地咳嗽着,渴想着和儿子的眼睛相遇;而阿荣的眼睛却注视在那桌子上。

"不肖子!"他愤愤地想,"不肖子!我找他来做什么?他全不理我呢!"

"老伯伯可是自己一个人来的?"那女的问。

他不高兴而又不舒服地闪视了她一下,简单地答道:"是的。"

"做什么来呢?看魏同志?"

老魏惊异地睥了她一下,没有开口。

"你怎么来的呢?你怎么知道他在这里呢?走了不少的路?路上辛苦吧?唔?"

"姑娘贵姓?"老魏禁不起这么多的好意的询问,他的心头的气恼也减了一半了。

"姓简,——但是,老伯伯,请你别要叫我做姑娘,别的什么都可以,或者叫我的名字——"

"不!不!还是有个称呼才行呢。"

"那末,那末叫我做同志好了。"

"同志?"老魏又惊异地闪了一眼,说道,"什么叫同志。"

"就叫同志吧,我们都是革命的同志。"她忍着笑地说。

"啊,同志,简同志,我老早便知道阿荣在这里。这里离我们的村尾村才不过三十里路。虽是山路,平坦得很呢!你看我年纪这么老,可是这三十里路我还走得来;并不辛苦,不辛苦啊!"

老魏带着客气的口吻说着,被导进一间耳房里去。当他坐在一条长凳上之后，才要询问着一些关于他的儿子的事，而这位姓简的，要人们称她做同志的女子已经跨出了那石门限，很和善而亲切地和老魏点了一下头。她一直地走到桌子旁边去，坐了一忽，又匆匆地出去了。

老魏的心充满着气恼和烦乱，细细地观察着那房子。房子不很大，墙壁不知道为什么可被火熏得黑一处，灰一处。近角落里打着榻子，是睡觉的地方，除了他坐着的椅子之外，还有一张长方的木桌，上面放着一盏油灯。此外什么也没有，只是空洞洞地，满着黄昏的幻影。

他呆坐着，他的眉头仍蹙皱在一处——他并没有忘记他是来找他的儿子的。

儿子究竟是个什么人呢？——他自想着。许多人都说他是一个××党，村里有钱的人们咒骂他，城里的"官府"要捉他，而他却是他自己的儿子！这个儿子，也不要家乡，也不要父母，就是自己的生命也好像是不要紧的。他怎么会这样呢？他究竟为着什么呢？有人说他是革命，又是革谁的命呢？革"满清"的，"满清"不是没有了吗？那末是革民国的命？不错，就是革民国的命，这才会给官府通缉呢。

"唉！我的儿，官府在通缉你了！"他继续地想，"通缉你，你逃在外面，得着神明的保佑，幸而还得平安无事。可是，我们一家人给你累死了！"他自叹了一口气。

当他卖了唯一的那头牛，给阿荣读书去的时候，他并不尝想到现在是这样的结局。但是没有读书的苦处，他自己大概是感觉得到的；写一封书信也要拜托人家，记一条数目也要央求人家，而且，不识字总是给人看不起的：无论到什么地方，都没有你发

表意见的机会。所以,当阿荣在半私塾半学校的学堂里读了两年的时候,他便问:

"阿荣,你还想读书呢,还想种田呢?"

"我要读书,读了书不会给人家欺负。"阿荣率直地说。也许这句话激动了他自己的心头的受压迫的旧伤痕,他非常兴奋地说:

"不错!你就读书去!钱我来想法子就是了!不错!不受人家的欺负!"

也没有和老婆商量一声,他第二天便把他们的那头牛卖给邻村的林大爷,得了八十块钱,他自己只留下了七块,其余七十三块全给了他的儿子,他说:

"阿荣,你到城里要刻苦念书,后来才有长进。现在我把我们的牛卖了,这些钱全交给你……我本来没把得定要卖牛给你读书去,可是当我想到我们从前也曾养了两头牛,那两头牛都是为了粮饷军费便卖掉了,没有一头是留得住的;这么,我才下了决心,把这一头牛也卖了……"

"那么太苦了爹了。"

"不要紧的,我吃多的苦是不要紧的,我苦到现在也有几十年了,再苦些也不过是这样子。"他说着笑了,好像他总吃苦也是快乐的,只要儿子给他有个希望便够了。

但是当他的儿子从城里回来的时候,村里的有钱人更加不高兴他,说他在城里做一个××党。

"阿荣,你是他们说的那种人吗?"有一次他问着他的儿子。

"不!革命是劳苦的人们一定要参加的,像我们这样的人们；但是，我并不是一个××党。"阿荣向他这样说。他自然是相信他的儿子的。他也不管人家怎样在他的面前警告他，他总是爱着他的儿子。儿子这一回的回家，给了他无限的快乐和安慰。在短短的五六天之间，他和儿子到田园里工作着，一面掘着土一面听他的儿子谈着从城市里带来的消息，或者从书里学了来的学问。阿荣知道电灯，知道电报，也知道美国犁田不用牛而用机器，他们的牛像猪一样只是养来吃的。

"这样吗?! 书里这样告诉你吗？"老魏俯下去拾着一块瓦片，把它掷到园外去，一面这样说。

"不是书里说的，这是我从别的地方听来的。"

老魏没有说什么，可是称心地微笑着。

可是，在第二年的春天，有一天的夜里，老魏才要睡觉的时候，忽然他的儿子回来了，满身穿着农民的装束，头上戴着一顶大笠子。老魏失惊得几乎叫了起来。而他的儿子说：

"爹！别作声！人家要捉我呢！"

于是他把儿子藏在阁楼里，连饭也搬到那里给他吃，第三天的夜里，又有一个人来找阿荣，在阁楼里谈了一整夜。在第四天黄昏的时候，他们又匆匆地出去了，不再回来了。

在家里，老魏问阿荣碰到了什么事，阿荣只是笑着说没有什么，但是老魏知道他的儿子一定有着天大的灾难。当他和那个生人要离家的时候，老魏很忧愁地问：

"往哪儿去？不危险吗？"

"不，到这位朋友家里去。"

"是的，老伯伯。"那个朋友说，"我们是没有危险的，藏在家里才危险啦！"

"我担心呢。"老魏说。

"不用担心，"那个朋友说，"我们的人多着呢。官府不敢来捉我们的。只是，只是老伯伯要忍着苦，我们总得胜利，总有一天来和老伯伯活在一起快乐的。"

忍苦倒是老魏的生涯，但是从此之后，可有别的一种愁苦在咬啮着他的心了。

不知道为什么，村里的有钱人都在痛恨他了，邻居的人们也不和他往来。他碰见人的时候，没有一个人愿意和他打招呼。他每天孤独地往田里去，孤独地回到家里来。他的老婆也是这样，她忍不住地每天在饮泣着。

"保甲"是要三家保一家的，但是谁也不愿意给老魏的家作保人。老魏走遍了全村，可是他们说：

"谁敢呢？哪怕你的家不会闹出什么花样，你的儿子是个××党！"

不过许多穷苦得没有家的人们，可非常同情着他，时常偷潜到老魏的家里来安慰他，鼓励他，好像老魏的愁苦正和他们自己的一样。他们说：

"老魏！怕什么！不保甲你也得活下去啊！难道他们敢来什么样吗？老魏，不要怕！不保便不保！"

为着要生活下去的缘故，老魏也是同意着人们安慰他的说话。算了吧！保什么甲，那是骗人的！不过，话虽如此，而老魏总觉得有什么沉重的压迫紧压在他的心坎里。他好像不是活在人类的社会里，他已经陷在黑暗的深渊之中。

深渊之中还有深渊，压迫之下再有压迫，不幸的事情又临到他的头上来了。有一天，这里的四个警察和一个队长来到他的面前,说阿荣藏在他的家里。也不等老魏的分辩,便走进屋里乱搜起来。乡下人怕官府,老魏尤其骇怕,因为他的灵魂可比较蚕丝还要柔驯。他只在门口打颤着,没有精神去打理着别的事情,不知道他们像强盗一般,也是要抢东西的——但是他后来是知道的。

他的老婆是给邻村的人家看牛去,当她回到家里的时候,她才知道家里的愁惨的遭遇,她的丈夫老魏却昏倒在门的旁边,而第二天,老魏便被捉进牢狱里去了。

像一般的情形一样,入狱的时间的长短,是以金钱的多寡为正比例。因为没有钱,又因为老婆不懂得黑暗的社会里的人情世事的缘故,老魏整整地过了半年的牢狱生活。后来才有人教他的老婆把唯一的一块园地卖给大家,得了一百多块钱,把老魏弄了出来。……但是,老魏出得了城里的牢狱,却出不了这社会的大牢狱!他的园地是没有了,他的气力也消失了;他在村里走着的时候,人家也嘲笑他起来了。就是亲戚也没有人敢来亲近他。邻居的元昌兄,原是谈话最投机的伙伴,每当晚饭后的时候,总是两个人蹲在石阶下一谈便谈到天黑的;近来也不行了,简直说不上三句话!像这样,他只得躲在家里发脾气,诅咒着上天,咒骂着他的老婆,因为他的柔驯的灵魂全被扯碎了。而这一切的不幸,这一切的愁苦,都是他的儿子惹下来的。于是老魏痛恨着他的儿子。

"狗种!生下那狗种!害父害母的!"

但是当他听到阿荣在山头村的消息,他便打算去看他了。他想向儿子诉苦,向儿子发气,也想向儿子讨个解决的办法。不过他的儿子是这样的忙,连说多一句话的空儿都没有!儿子好像不知道他,他做父亲的苦处——不!简直忘记了父亲了!……

等到简同志领他吃晚饭去的时候,桌旁有几个农民在欢迎着他,也还看不见阿荣;他真是又气又恨。但是在这充满着战斗生活的人群里,又有谁有功夫来理会他的老人的心事呢?

在吃饭时候听来的消息,老魏知道城里派了侦缉队,要来扑灭他们所谓"反动"的山头村的农民。而这些农民,从老魏的眼光里看来,都是纯朴,正直,而且吃得苦的,正和别的村落的农民一样,没有什么特别凶恶的地方。不过,还有使老魏觉得有点惊异的,那便是他们蔑视官府,而生机活泼,好像摆脱了许多生活的重负的样子。还有一层,老魏始终不会明白的,就是这些人开口都是说:

"我们一定要打败他们,现在正是他们的最后的日子了!"

"他们"是谁?"他们的最后日子"又是什么意思呢?这真要使老魏想破了他的老脑袋。但是从农民们的谈话中间,从他们的坚决而自信的态度底下,老魏可以感到了一种生命的力和希望,好像这希望和力在诱惑着他,使他在这人群中间局促不安起来。觉得他自己是错怪了他的儿子。因为这样,所以他在许多人的询问之间,不愿意一点儿发表着他自己的愁苦和愤恨。他只是说:

"我不过来看一看阿荣罢了。"

听了这句话,坐在他对面的简同志微微地笑着。她说:

"老伯伯,请你安心吧,魏同志是再好也没有的一个人,他做的也是现在顶有意义,顶重要的事情呢。请你老人家别发愁吧!有这样的儿子,你做父亲的也够有面子了!"

老魏用着愤恨的眼光看着简同志,但是他的心里头是在高兴着。他做梦也想不到有人会说他是有面子的呢!

"简同志,你说有面子,那是真话吗?"当简同志去伴着他到耳房里去的时候,他悄悄地问。

"是真的!"简同志很肯定地说。

老魏很满意地在黑暗里看了她一眼。但是,他立即又伤心起来,因为他总觉得他的儿子不是他的。他好像把儿子失掉了,从他的胸怀间失掉了。他觉得,第一,他失掉了他的亲戚;第二,他失掉了他的邻居;最后,他又失掉了他的儿子!他的老景是多么可怜呀!他不觉地低下头而流下了眼泪了。

"嗳呀!老伯伯!你哭了呀!为什么呢?"当他们走进耳房里的时候,简同志惊喊着。

"我觉得很伤心。"

"为什么伤心呢?"简同志笑起来了,"可是为着你的儿子?为着你儿子没有来照顾你吗?但是他现在正忙,他往下郊乡去了,他不能够来在你的身边,所以才托我照顾你呢。"

"那多多的谢你!多多感谢!"老魏带着悲声在呢喃着。

"说哪里话呢!我也是忙的,不过我总可以偷点空儿来看你的。"她亲热地说着。

老魏偷偷地看了简同志一眼,觉得她很可爱。在他感到寂寞的时候,他常常想到,如果他有了一个女儿,那就不怕他的儿子不理他了。同时,他又记着他的儿子还没有媳妇。但是,他一想起他的儿子的无情,他当真是不愿意替他娶媳妇的!

"老伯伯,你很痛苦吗?你的脸色看来真是阴郁呢。"简同志凝视着老魏说道,"你的儿子在这里干事情,你在家里一定是受了许多无理的压迫。但是,这是没有办法,我们为着未来的光明而受苦,这种苦受得有代价,不像往前的受苦,是白受的呢。老伯伯,可不是么?"

老魏只是叹着气。

"为什么叹气呢?"简同志站了起来,担忧地说,"你一定是因为魏同志没有功夫来和你细谈吧?但是,谈不谈横竖是一样的,这里的我们个个都知道呢;这个村有组织,有武装,还得反抗一些无理的压迫,没有的自然是更不堪言状啊!……"

"那么,你们都知道了,阿荣也知道了?"老魏惊异地说。

"真的!我们知道得很详细!哪怕老伯伯亲身受了许多痛苦,还没有知道那是什么呢!"

"那是什么?"老魏张大着眼睛地问。

"那是白色恐怖啊!"

"恐怖?"

"是的,像你所遭受,所目击的一切无理的压迫,都是叫作白色恐怖。这是不可避免的一个时期,除了用血冲破白色恐怖之外,实在是没有别的办法了……"

隐隐的一阵枪声,把简同志的滔滔不竭的话头打断了。

"阿,枪声!"简同志望望外面说,"在冲破白色恐怖的枪声呀!"

于是,又来了一阵鼓声,她一跳便跳到门外去,转回头来说:

"老伯伯,我还有事情,那边在召集人呢。可是,你睡觉吧,别发愁了,把你的儿子交给群众斗争吧,别再死死地捉住在心头吧!现在我去了,请你随便地睡一睡啊!明天再谈。"

然而老魏整整一夜没有睡,他饱听了一夜的枪声,他惊怕而打颤了一夜。他惊怕着，惊怕着，在惊怕之中他决定明天一早便走回家里去。

他在出村口的路上，他碰到了他的儿子了。

阿荣同着一小队武装的斗士，从朝阳洒遍的竹林里走将出来了。老魏站在路旁，听着步伐的整齐的声音，嗅着泥土和汗臭的气味。他们的脸上带着夜战后的倦容，但是眼角却萦着严肃的笑意。

"啊，爹！你往哪里去呢？我们下一夜的死力，卒之我们胜利了！"当阿荣看见老魏的时候，他高兴地叫道，"可是，爹，你怎么才来了便想回去？我刚才在打算，你来得正好，我们开胜利大会的时候，你可以作一次被压迫者的痛苦的报告呢！"

"我……我要回去！"

"为什么呢？"阿荣着急地问。

为什么呢？老魏为什么要回去呢？他不能够回答他的儿子。不过他总觉得非回去不可。他呆立着。晨光漏过竹影，映在他的愁苦的老脸上。他的眼睛不转瞬地凝视着他的儿子。这个站立在他面前的就是他的儿子，他武装着，驳壳枪在他的手里发着钢铁的光芒；在他的炙黑的脸庞上，放射着一种胜利的微笑。这就是他的亲儿子，他所日夜想念着的亲儿子，而这个儿子可不是他所有的了。他把头低将下去，他好像下了决心地放大着足步，离开了他的儿子自去了。

当他出了竹林，刚踏上那高岗的时候，太阳已经从山隙间露出阔大的红脸，在窥探着这大地。小鸟在竹林中喜乐地歌唱着，好像不知道在听着它们的歌声的是一个孤独的老人，而在竹林的后面，在那老魏刚才离开的村中，隐隐地传来了胜利的歌声，欢笑和热烈的口号。这是村中的早晨。

老魏一个人踏着无力的足步,缓缓地走下山岗去,一步步地走近他的故村,在那白色恐怖下的林尾村,在那里,他须受尽人们的白眼,富人的怒骂,村中的无赖者的嘲笑,而把他的残年消磨着。可是,说不定这一回去,那可怕的牢狱又张开了它的黑色的大口,在等候着他呢!

老魏凝着泪眼,回头去望着那鲜美的晨光,晨光下的山头村,自己呢喃道:

"也许儿子不会把我忘掉了,我错了!"

交给伟大的事业

　　同志，你不认得侠姑吗？真的吗？你敢用同志的资格担保你不骗我吗？如果你真的不认得她，那么我同你说吧……啊！她真是一个很好的同志呀！

　　但是，你不要误会呀！我和她没有什么特别的关系呢！我们不过都是同在一处做工作的同志罢了。真的，没有特别的关系呀！你在闪着狡猾的眼光了，我知道你一定要说："你这小东西也在谈着恋爱史了！"但是我不怕，我们没有恋爱呢！你真的以为我和她有爱情吗？嗄！怎么能够呢？我们的环境不允许的。我们只有工作着，工作着，忙得很，几乎没有时候谈闲天。我们不需要爱情呢，爱情不是我们的工作，那是有闲的先生们才研究着这个问题。我们只晓得干，干，努力地干下去！爱情，它有妨害我们的工作的进展……真的……

　　你说什么，同志？你不相信在我们的一群中间，没有爱情存在？你是对的，有时候它会静悄悄地走了来，但是我们总要把它赶出去，因为有爱情的人容易不努力，怠慢了工作，那不就是反革命了么？唉，我们的生活是太紧张了……

啊？你问我多大年纪吗？我十四岁了，不，已经十五了，那时才十四岁。我本来是一个学生，但是社会不给我乖乖地做学生，迫得我做小暴徒！哈哈，算了吧，小暴徒！他妈的！

我们一共十二个人。我们都在一间卖水果和纸烟的小店的楼上会集，有的同志在那里睡觉。呀！那间楼多么脏啊！又是那样的狭隘，只可以铺了三张破席子！我们便在上面睡觉；乱七八糟地睡着。下雨的时候，雨水从墙角流下来。有一次，阿盛那笨东西，因为睡得太熟了，几乎给水流了去！

我们十二个中间，我和阿盛年纪最小，侠姑算是最大的一个。她和铁精差不多同一样大。不过铁精不在我们这一群里。他是一个巡视各地方的同志，他自己说他是"飞毛腿"。他亦是一个很好的同志呀！他真努力，他不知道疲倦。他整天整夜地跑，他愿意把他的生命交给工作，直至他的生命停止了的时候。同志，我们都应该这样的呀……

啊，你的性子真急！比我们小孩子的还急！你要让我缓缓地说吧，好吗？不愿意吗？啊，你又打呵欠了！你很倦吗？你今天的工作忙吗？不么？好的，好的！我就同你说侠姑吧！侠姑，啊！我真敬爱她，我走了这么远的路，我常常想着她……

什么？啊，你错了！侠姑不是她的名字，她的名字叫侠云。不过，我们都叫她做侠姑。为什么我们都这样叫她称呼她，我不大知道。或者因为我这样地叫她罢。但是我和她有点亲戚的关系，才叫她做侠姑呢。其他的人，我可不知道为什么也跟着这样地叫她了。

她住在西门路，你晓得罢？就是从前的西门街，现在已经拆成马路了。同志，你三年没有回家去吗？不止罢，五年么？那真是一个长久的时间啊！但是不要紧，西门街你一定是晓得的。她就是住在那里，和我的家相隔一条街那么远。那不算远吧，才一条街呢？她到真如学校里去上课，一定要从我家的门口经过。我常常在半路上碰见她。那时我才考进了初级中学。我们的学校在西门外，面着河，远远地传来电灯局的机器的哗音。当我在路上碰见她的时候，她总是淡淡地向我微笑着："上学去？"或者是："下课了。"其他的什么话亦不说。

但是在我们变成同志之后，我们便不是这样了……唉，我们不幸得很，因为那一次暴风雨之后，我们都逃散了，有的禁在牢狱里。我也被父亲禁在家里，不准我出来。嗳哎，我真苦，禁在家里两个月，真比那些监禁在牢狱里的人们还要苦闷！啊，同志，我不是说漂亮话，和劣绅们一样地惯说漂亮话呀！真的，我是那样地觉得。

后来，我忍不住了，我像受惊后的蟋蟀一般，从藏身的洞穴里伸一伸它的头，见外面没有什么天大的可怕的事情发生，便跳了出来。父亲也没有法子再不准我出来了。他只是悄悄地走到我的身旁问道：

"阿辉，你是赤化吗？"

"我不是！"我把手叉在胸前，挺直着身子说。

"不是才好！不是才好！"

哈哈，同志，真羞死人呢，我的父亲！他这样地咕噜着！

我穿着木屐，白短褂，和一条白笠衫，在街上乱走着。"唉，真讨厌！走到哪里去呢？"我一面走着一面这样想。忽然又想到找侠姑去。真倒霉，她不在家！她的母亲是一个讨厌的带资产阶级色彩的母亲。她问我做什么。我说："没有，找侠姑呢。"她说："她两夜没有回来了。不知道去哪里，那我恨的女儿！"她说"我恨"两个字的时候，把牙齿咬着口唇，同志，就是这样地说着……嗳呀！同时她流下泪来！我很急切地问她道："什么？"

"都是你们这班小妖怪教坏了她！"她转过脸儿，好像在埋怨着我似的。

我亦不告辞，愤愤地走出门外来。我用力地把屐子在路上拖得干脆地响着。我又走到清的家里去。打了许久的门，才有一个头在开着的门缝闪一闪，过了一忽，那头又伸出来，对我说道："他不在家！"门又闭上了。

我赌着气再到怀诗家里去。门上贴着两条县署的封条。他的家被封了！后来我才知道他们，那班反革命的贪官污吏，看他的家有点钱，硬诬他是赤化，把他捉去了，要他的父亲五百块。因为他的父亲不肯，只给他们四百块，那些反革命的狗便把他的家封了。

啊，一切都变了，反了，和两月前不一样了！我那时真气愤啊……

我为什么不被他们捉到呢？你觉得这样奇怪吗？没有什么稀罕的，因为我还小呢，他们不注意。而且我的父亲没有钱，五年前破产了，谁不知道……

有一天雨后的晚上，我一个人走到西门外去，凉风缓缓地吹着，树上的雨水一点一点地滴在地上，得答得答地响着。啊！真快乐啊，我那时！我望一望天，又望向河的对岸去。夕阳懒懒地铺在那通南村的大堤上。忽然，我碰到几个旧时的同学。他们说：

"辉，你不读书了么？"

"读什么书！啐，读书真无聊！"我很痛快似的说。真的啊，同志，一切都是他们的人，我不愿意和他们在一起！他妈的，那些反动的狗！

啊，同志，你知道他们怎样答应我么？他们说："学校不要你了！"他们一齐地羞着我，呼着口号："被革退的学生，滚你娘的！""打倒赤化的学生！"要是我那时手里有炸弹，我一定把他们炸死得干干净净！他妈的！我真气急了，我从地上拾起了两块瓦片向他们打去。哎！真了不得，他们也一片一片地打转了来，好像密雨似的。我一溜烟跑到那边的堤上去。他们赶了一会儿便不赶了。我立住脚，回转头来破口大骂着他们。我看他们没有再赶我的勇气了，我便大声地骂道：

"反革命的狗！打倒投机派！打倒反动派！"

他们不追了，我从那堤上要走进城里去。

忽然，我看见一个乡姑娘，挑着一些东西，走向城里去。她好像侠姑，她在堤下面一条小路上走着。我注视着她，她好像也看见我，但是她匆匆地登上了石级，走进城门里去。

她扮得很像呢！一点也看不出她是一个女学生。她穿着一件长长的赤布衫，和一条黑麻布裤子；梳着一个农妇常梳的髻子，那种髻子我不晓得它的名字，那是把头发盘得圆圆地，中间有一条红心插着一枝银首饰。她平常的活泼的城市式的走路的态度亦变得呆板了。她一步一步地走着。你看，就是这样地走着啊！你说像么？就是这样。你笑什么？不像么？自然啦！我不是一个女子！就是别一个女同志怕也扮不来呢。而且别的女同志却是很薄弱，不敢扮，而且不肯扮。真的！局面若是严重起来，她们便脸青唇白的，真没中用！只有她，侠姑，她会说会干……

是呀，同志，我是认识革命的，正如我现在认识你一般。我是革命的好同志，也是你的好同志。我们都是革命的忠诚的仆人啊！不是么？啊，对的，同志，我们都愿为革命牺牲一切！我敢这样说，因为我的心是这样想……

你说什么，同志？啊，叫我不要这样啰嗦①么？好的好的，我立刻说她罢。

就是那一天晚上，我看见了她之后，我才知道她还是和从前一样继续地努力着。我觉得有点惭愧，好像很对不起她，很对不起许多同志似的。而且，我不愿意落后呢。可不是么，同志？你想一个有志气的青年可愿意给人家说不勇敢的，退缩的人么？我那时真不快乐！几乎一晚都没有睡觉！

第二天，我在路上碰到她了。我很高兴地叫道：

"侠姑！"

"什么？"她笑着问。

我们两个月没有见面说话了，我可觉得好像很久的样子，我又觉得我有很多很多的话想说，但是我不能够说出来。我的心只是跳着，跳着。

"什么！？"我不知道为什么，听了她的简单的"什么"，我的心觉得好像很悲哀似的，虽然她的脸儿是向我微笑着。

"啊，辉弟！"她好像从前对待同志一样亲切地对待我，握着我的手，紧紧地！

---

① 同"啰唆"。

"我落伍了！"我停了一会儿说。我那时有点气恼。

"怎么说呀！"她好像明白我的心事似的。一定的，她昨天亦看见我呢。她拉着我说："到我的家里去罢！"我们在路上没有说什么。

我们走进她的屋里的时候，她的母亲这样地说道：

"我的侠儿呀！你到哪儿去了？三天没有回来！"

你笑什么呢？同志？我学得她的声音很像吗？她说话的时候还尖着嘴巴，皱着眉头呢！

侠姑呢，她照例不打理她的母亲，只是"啊"的一声就拉倒了，有时，她简单地说："到表姊家去。"

但是她的母亲仍是很爱她。啊，我也不是说她恨她的母亲呀！她也想爱她，和被她所爱，但是她不能够！因为这个时代的母子的思想冲突得太厉害了。不是吗？我说：是的！

有一次我问她："你的母亲很爱你的呢。你为什么那样地对她？"

"太好了，所以我觉得痛苦。"她把眼睛闭了一会，又说道，"我希望她恨我！"

"为什么呢？"我惊异地问。我又接道："可是我没有这样爱我的母亲……"

"没有倒快乐得多了！"她插着说。

我怀疑地瞪着她。

"辉弟，你不知道呢。我们都是旧时代的母亲的儿子，同时我们亦是新时代的儿子。我们爱新时代，美丽的新时代。我们不喜欢旧时代，因为旧时代太坏了……"

是的，太坏了，不么？同志。啊，是的，旧时代是会死去的……

你说我的话太无系统么？那是不要紧的，横竖你终会明白的呀。我还是说下去罢。

当她和我走进她的卧室，一间小小的房子的时候，她低声问我道：

"你为了什么？这样的生气，而且好像在生着我的气似的。"

"是的，我真气！我真悲哀！"我坐在一张椅上，注视着她。我的眼睛是睁得圆圆的，那时。

她低下头去，好像不好意思似的。忽然她又抬起头来，很庄严地问道：

"你究竟为了什么事？"

"你们用不着我了么？"我嗫嚅着嘴唇。

"用不着你了！"她好像又惊又喜的样子。

"是的，我被放弃了！侠姑，是么？"我颤着很真挚的高音，恳求着她的回答。

"低声点！不要被我家里的人听到！"她坐到我的身旁来，低着声音说，"你怎么这样说呢？你怎么起了这样的心呢？革命是最严肃的，他不愿意弃掉一切的人，只要你自己需要他，不怕他呢！"

"但是，你怎么一个人自己工作去，不教我一同去？这是什么意思？"我切实地追问着。

她笑了。她紧紧地拥抱着我说道：

"我们一同勇敢地工作去吧！你是一个好孩子！"

嗳哎！同志，我那时是何等快乐啊！当我们一同到一间狭窄的楼里去的时候,天已经昏黑了。街上闪着许多灿烂的电灯,天上挂着一个淡黄色的大的月球。它们都好像很快乐似的,在预祝着我们的美丽的世界的实现……

说到我们的生活,辛苦也是很辛苦的,快乐也是很快乐的。当我们走进那间楼上的时候,有几个同志不知在闹着什么。年纪轻的阿盛在地板上滚着。我们走进去,他们都高兴得乱跳,乱喊,争先来拥抱着我。

"欢迎我们的年轻的战士!"

"我们又添了一员少年先锋!哈啦!"

我们叫喊着。但是我们不是尽量地把我们的快乐和活力那样自由地叫出来的啊!我们是用着极低极低的声音叫着,像公鸭一般,咿咿哟哟地。在这样的时候,我们便感到被压迫的痛苦。嘎!他妈的!同志……嗳哎,做什么打我的嘴巴呢?会痛呀!什么!我骂你吗?不!你误会了!我说快了呢!哈哈,对不起!对不起!

好罢,说正话罢。同志,你细听啊!当我们闹着玩笑的时候,侠姑只是在笑着,指头夹着一支香烟……喂,同志,你有香烟吗?给我一支罢。我三天没有吸烟了。什么?没有吗?有?给我一支,半支半支,好吗?啊,我这样年纪便不能够抽烟吗?损害身体吗?多几天说不定会给他们抓去打靶了呢?损害什么身体!请给我一支吧!我是没有瘾的,不过吸吸罢了……啊,侠姑,她的瘾真大!怕比你还大!她是香烟不离手的。她学时髦呢,渐渐地便学上了瘾。我想,若是她来了——当那扇门砉地猛开了的时候,她的瘦瘦的男性化的身子便掷了进来。她用着滑稽而又很爽快的语气，说道：

"趣事年年有，大小不相同。"

接着她便和我们报告外边的一切消息。她说到那反革命的狗儿们捉同志，或枪毙了同志的时候，她的声音变沉重了，而且很有力，带着一点点战颤的尾音。我们都被感动了，几乎流下泪来；同时增加了我们许多勇气。然后，她把烟掉在地上，瘦瘦的手指扎着一个小小的有力量的拳头，结束道：

"所以我们要干！要干！干到底！"

她的脸亦微微地发红了。她的长长的嘴唇只是颤着，颤着。当这时候，你若再给她一支烟，她便下意识地狂吸起来，一任我们像小麻雀一样地噪闹着。我们胡扯着许多滑稽而且无理的话，有时笑得气都转不过来。她也吐了一口烟，漠然地笑了。但是，那笑好像不是她自己作动的，倒是我们的笑声波动了她的嘴唇似的，只是一闪便消逝了。接着她又是烧起一支香烟来。忽然，她的活泼的眼睛变得庄严，态度也和眼睛一样，低声骂着我们，道：

"小王八蛋！你们闹！闹！闹什么？给他们听到了，看看你们的皮厚，还是子弹坚实呢！你娘的！"

她骂人的时候，她的话的内容和音调同男子一般，娘的妈的骂着。我们给她一骂，便像羊一般驯服了。是的，有时我们想反抗她，但是她的道理长呢，我们总是静默下去，服从了她。

但是，我们不怕她。我们敢抢她的香烟来吃，或者其他的东西呢。

真的！你不相信吗？不相信我亦是没有法子。可是，真有趣啊！当她把外衣脱出来挂在壁上的时候，我们总是抢上去把它拿下来，搜着她袋里的香烟……你要知道她袋里常常藏着一包"三星牌"……啊——呀！我们抢着烟，闹成一团！她却在那里抽着烟，笑着。不过，若是她手里没有烟你便一定要留下一支给她。不然的话，她就要生气了。唉，我真倒霉，我常常抢不到！我有一次走到她的面前，像小弟弟一般地乞求她的烟给我吸一下。她却深深地吸了一口，便递给我，笑道：

"怪样子，拿去吧！"

她说着话的时候，她的眼睛是多么美丽啊！那样的温柔而且和善……

不是！不是！你在诬蔑我！我们不是有爱情的！她是我的同志姊姊呢！同志，你不知道我这个人的奇怪吧。我真恨女子！我在学校读书的时候，我常常和她们相骂呢！她们真讨厌，只会谄媚人，背地里又喜欢说人家的坏话，一点反抗性都没有！嘎！真讨厌！

你说侠姑亦是女子吗？你的话是对的。但是我忘记她是女子了，的确，她没有寻常一般女子的做作的神态。是的，我敢说。我们没有爱情。我们有的是热烈，勇敢的同情。不过，我们常常接近，也不是男女一接近便是情人了。笑话！同志！可以吗？他妈的！情人是什么？我们不需要！

但是，我们里面有人怀疑她和那个"飞毛腿"有爱情呢！我可不大相信。有一天，"飞毛腿"到我们这里来，带来许多小册子和旗子。我们都坐在地板上听他的政治报告。我们用着渴望的，亲切的眼光注视着他。他站在我们的中间的地板上。他的头发很乱，但不很长。他比上一次来的时候瘦了许多了。他的失色的唇上常常萦着微笑。他穿着一套赤布的学生制服，很脏！一看就知道他是一个奔波的人,而且负着病……自然啦,他带着许多许多新鲜的消息来给我们,国际的,和国内的。我们对于一切的情势更加明瞭①了;我们十分高兴,可是我们不能够唱歌,呼口号。他妈的!我们那时真是又痛苦,又生气!但是,我们是知道解拆②环境的呀……

当我们散了会的时候,侠姑和他一同出去。阿义真卑劣,静静地跟着他们。我要骂他,又被其他的人的警告的眼光禁住了。

第二天,我们中间有许多人起了情感作用了。他们都预备着攻击她。那是我后来才知道的。当我走进楼里的时候,阿义从地板上跳起来,很高兴似的向我说道:

"辉同志。我探到侠姑的秘密了!"

"什么秘密?什么秘密?"我失惊地而且急切地问。

"就是她和'飞毛腿'的爱情啊!"他喜欢得跳跃起来。

"是的,我们有证据了!"

"我们一定要攻击她!"

"她说她是否认爱情呢!她欺骗了我们!"

"有什么证据呢?"我拉着阿义问。

"就是这样呀!我跟他们出去。他们在路上说了许多情话呢。"

"什么情话呀?"我追问。

"就是那些,'我愿和你永远在同在一条战线上做同志!''我们都是头一行的战士!''我们一定要互相帮助。'和很多很多……是的。被我发觉了!"

---

① 同"明了"。
② 同"分析"。

"这也是情话么?"我说。

"怎么不是呢?秀文和被牺牲了的刚同志可也是这么谈话和通信呀!但是他们恋爱了!"一个比我高许多的同志越强说。

"而且,还有呢!他们在河边同坐在一块石头上。谈得很亲密!可是我听不见他们说什么。我是藏在一棵大榕树后面的。我看得最清楚的是在河水上面映着他们紧挤着身子的人影!"阿义说着,又向我道:"这还不可以做证据吗?"

我那时也觉得千真万确了,和着说:"我们一定要攻击她!"

我们正在兴高采烈地闹着。一个穿着白布衣服的瘦健的身子从门外掷进里面来了,一缕荡动着而且飞旋着的烟气跟在后面。我们一齐低声说:

"她来了!"

我们的眼睛集中着她,又互相睥睨着。

替代她的"趣事年年有"的是:

"你们捣什么鬼?"

没有回答!

她不自在地笑着,望着我们。一会儿,她又吸着烟,不大打理我们了。

忽然,一个声音从我的喉里滚出来:

"我们要攻击你!"

"为什么?"她好像很严重地问。

"为什么!"

"你和铁精恋爱着,不是么?"

"你真的否认爱情了!"

"石头上的风凉啦!"

"啊，啊，我们都知道了！"

"我不晓得恋爱！"阿盛学着她往日说着这话的口调说。

她呢，冷冷地笑着。

"静！"她开始了，"你们用不着这样卖力吧！我以为是什么反革命的事情临到我的头上来了！我和他恋爱了，你们又怎样？我不和他恋爱了，那你们又怎样？真真岂有此理！"

"呀！简直是英雄主义！"

"不呀！是皇帝！"

"不是我皇帝不皇帝的问题吧！是你们无端捣乱！我和他在河边坐谈，也不见得是反革命的行为吧？我也不来和我自己辩护，空谈是无益的。现在，我十二分诚恳地请你们监视着我，如果我和他恋爱了，搅出许多不努力，甚至不革命反革命的事情来的时候，我自愿处分！我是服从纪律的！"她郑重地说。

我们噤住口，一声也没响。室里的空气好像变得严重起来了。

于是她笑了。她又安慰着我们道：

"同志们，你们这样热心地监视同志的态度是对的。但是，不要太幼稚了。"

"真的，我们太幼稚了！"我们都觉得是我们的不对呀！我们有点惭愧。我们讨论起幼稚这个问题来，全室又充满着活泼生动的空气了。

但是我们真顽皮！我们暗地里还叫她做"毛腿嫂"。同志，你觉得有趣么，这个名字？你笑什么呢？真的有趣吗？是的，我们就是因为那个名字怪新颖，所以我们渐渐地公开出来了。有时在她面前我们也是这样地叫她。她有时半恼怒地睨着我们一眼。有时她笑道：

"我真的愿意和人家恋爱的么？我和他事实上没有爱情，我可怕你们嘲弄么？"

我那时真弄不清他们两个真的有没有恋爱呢。她的态度很坦白呀！铁精寄给她的信，我们要求她拿出来公开，她便爽快地拿出来，信里头也没有什么关于爱情一类的话。同志，情信照例是不公开的，是么？

说她完全没有亦是难说的。

有一天，我们正在争着一个什么问题，我现在可忘记了。那时，侠姑好像很颓丧地走进来，无声无息地坐在墙角，蹙着眉头自抽着烟，大大口地抽着，好像在烧着纸条一般。我们知道她是已经听到铁精被抓去的风声了。我们一致地不愿意这消息的证实。我们不敢问她，也不敢再继续争论下去。我们都静默着，好像在等着什么可怕的事情似的。

她从袋里拿出"三星牌"来分给我们。我们悄悄地吸着，紊乱的烟丝在静默里荡漾着，飘浮着。

忽然，门开了。一个通信息的孩子穿着一件蓝布衫，走进门来，他把一封信给我们。侠姑从墙角跳起来，很兴奋地问：

"什么消息？"

我们拆开来一看，是一张通告，我捉到中间的一句，惊念道：

"……铁精同志牺牲了，各事由毅同志负责……"

一种闷塞住的女性的悲惨的锐声，把我们的眼从通告上转移到那屋角去。侠姑！啊——唉！她的脸色变得惨白了。眼泪从她的痛苦的眼睛里滚出，似檐前的水滴一般地直流下来！啊！同志，我没有再见过一个人的表情和她一样悲惨的了！我们都被吓住了，我们围站在她的前面呆望着她。她哭了一分钟那么久，便站起来，笑了说道：

"好！我们复仇吧！"

接着我们开了一个小小的追悼会。我们都十分地悲愤！

以后，因为局面又严紧起来了。我们努力地，紧张地工作着，工作着，侠姑用着紧张而又镇定的态度工作着，和平常一般。啊！同志。她真是可佩服的呀！她工作着，通夜没有睡觉！她吸着烟，和她的工作一样地紧张……

环境是一天一天地恶劣起来。但是我们仍是继续地干下去。你问我们干什么吗？那自然啦！我们是负担着通消息和宣传的工作。

啊，同志，问题多着呢！我们那个楼不能够再秘密了，我们已经决定搬地方了。可是因为忙和穷的缘故，还没有搬成功。

有一天，那是很早很早的时候呀！同志！阿王在叫醒我们。我们以为他又是在捣鬼了！啊，同志，我们中间有几个真坏，他们夜里睡不着觉的时候，便一定要把一群人都搅醒……唉，真无理！我有一次被阿王用纸捻子穿着我的鼻孔。我忽然醒转来，打了几个喷嚏，鼻孔里还是发痒。我真气，我真想打他几下巴掌，但是我没有做到，他妈的！真讨厌呢，我们常常这样闹着，直到天要发亮的时候才止。啊？我也不是老实的人吗？是的，我也曾穿过许多人的鼻孔。呀！我白给人家玩弄吗？所以我也穿起别人的鼻孔来呢！

好的好的，我不要胡七道八了。那一天，因为我们忙了一个整夜，又被蚊子咬得很苦，到鸡鸣的时候才缓缓地入睡去。可是，我们都被他闹醒了。

"做什么啦？做什么啦？"我擦着我的张不开的眼睛，生气地说。

"你这狗！"

"你入得不舒服吗？"

"你娘的！阿王！"

"做什么啦？妈的！"

我们都骂他。他哭丧着脸，他的八字式的眉也变成入字了。真的，他的眉一撇高一撇低地皱拢着。我们知道他是在担忧了。他没有气力地说道：

"米——没——有——了！"

"为什么没有了？"

"就是没——有——了！"他重复一句。

"你为什么不早说呀！"越强着急地叫了出来。我们那时候真生气，但是骂他也是没有用了。

"唉，怎么办呢？"我叹了一口气说。

唉，同志，我们那时真苦。侠姑忽然昨天一天没有来，那使我们更苦。

"还是找侠姑来吧，辉同志！"一个比我大的工人同志对我说。他好像一点也不觉得忙乱似的……啊，工人同志真好！

我匆匆地走下楼来，街上的电灯还未曾熄灭。天是黎明了……我才转到西门路口。我是低下头来很快地走着的，忽然，我的手被紧握住了。那真吓死我呢，同志！这样地骤然把我一捉！我抬起头来。侠姑手挟着一小包衣服，很匆促地说：

"辉！赶快！赶快去叫他们逃走吧！那地方已被他们知道

了,就捉人去!你!你快去!"

她说了之后,向我笑了一下,便走向那大马路去。

我飞也似的跑到我们的地方,向他们说:

"快跑!快跑!捉人来了!"

我自己也跑回家去。我自己想:

"捉他妈的,我们已经跑干净了!我们不怕,我们要干到底!革命是一件伟大的事业!"

自然啊,那一间楼是被查封了,那是不成问题的,同志。

三天过去了,我见没有什么变化,又走到侠姑的家里去。

"阿辉,阿辉!侠云哪里去了呢?带来还给我们吧!"侠姑的母亲带着哭声这样说。她的眉仍是皱着,嘴唇仍是尖出来。

"什么?侠姑不在家吗?"我惊问着。

"你还装傻!"她大声地说。"我知道什么呢?真奇怪!"我冷冷地答。

"她天天和你们在一起,鬼鬼祟祟的,什么事你会不知道的!你一定知道的!一定的!我和你要人!"她的手指都屈拢着,只伸出一个食指在我的面前乱画,就是这样地画着。

她是多么无理啊,我那时真冒火了!我大声地说:

"谁知道呢?知道的是魔鬼!她和你说她不回来了吗?"

那个旧时代的母亲拭着泪和我说:

"怎么不呢?昨天不许她出去,她在家里生气了一天。我今天起身晚一点,看她还没有走出卧房来,便去看一看她在房里干什么?呀!房里空着没人!桌上只留着一张字……你看吧!你看吧!"她从衣袋里摸出一张纸来交给我。那纸湿了许多泪痕,我也不知道是她或者她的母亲滴下的。那不要紧,我们也用不着去管这个。在纸上她写着一封很长的信，是写给她的母亲的。现在我也忘记了。我不能背给你听，大概是诉说她的痛苦，她的抛弃母亲的痛苦，和她不能不离开家庭的情境的。不过，我记得几句是这样说的：

"母亲呀！你不幸有了一个女儿，那一个不愿意如你的希望去嫁给一个无聊的大学生，而愿意把她的生命交给伟大的革命事业的女儿呀！那真是增加了你的暮年的悲哀，同时那悲哀也深深地刻印在我的青年的血热的心儿里了！唉，母亲！我现在和你离别了！我是到前线去的。我希望能够在世界大放着美丽的自由之光的时候再和你相见……"

啊，还有许多，我可不记得了。我只记得我看那封信的时候，我的脑里忽现着在墙角时的侠姑的悲惨的样子来。我也记得，那时我有点恨她，恨她要走也不来和我说一声呢……

再过了两天，我也离开家庭到乡下去，那时，我预料侠姑也是躲在那里的。但是我问那些工作的人们，他们说：前两天被派到前线去了。我也立即请求到前方去，可是那个有长长的头发的苍白着瘦脸的人摇着头，说：

"你太年轻了！喀！喀！喀！"

嘎！他说我年纪太小啊！真讨厌，那个没有停止咳嗽的同志……

后来，我被派到一个小村落工作去，又再被派到一个小县城里去。我经过了好多地方，现在又来到这里了。我已经差不多一年没有得到侠姑的消息，问了许多同志都说不知道。现在她一定比我更忙碌地工作着。我想她死掉是不会的吧，革命是慈祥的，他一定会保护着她呢……喂，同志，她不是一个可敬爱的同志吗？不吗？怎么不答应我呢……啊哎！你静悄悄地偷睡着觉了！啊！真是岂有此理！你，呼呼地鼾着，倒像在蒸着馒头似的！我可要给你穿一穿鼻孔来了，嘻嘻……

八，十五，一九二八，初稿

（原载《我们月刊》第3期，1928年8月20日出版，署名戴万叶）

都市之夜

真糟！看见什么东西都好！当我在街上流浪着的时候，天上又下起了密密的而且细细的寒雨了。寒冷的冬天最不宜于穷苦的人们，而且又是下着这样讨厌的细雨。那夜是已经很深的了。街上除了几家娱乐场和酒店之外，都关上了铺门，而且还锁上了铁栏！电灯一点点地倒映着在泥湿的道路上，在污秽的水沟里朦胧地微笑着。世界仍然是美丽的，虽然冷了一点和脏了一些。我爱着这个世界，因为它是人类生存着的地方。我爱着这些寒雨，因为它沾了我的棉衣还不至于湿透，虽然鞋是全湿了，在我的脚下咝咝地叫着。……

当我走下N.S路的时候电影院大概是散场了，泥泞的道路上，吱吱喳喳地响着汽车的骄傲的声音。还有一阵阵轻软的笑语和叫黄包车的哗声。一个落拓的音乐家，西洋人，抱着一把包在黑皮袋里的大提琴，那样无聊地而且笨拙地走下电影院的石级，站在最末的一级上，好像在找着车子。……

雨在电灯的辉光里更加明亮而且凄寒。从黑暗的小巷里咳嗽了一声，走出一个衣衫褴褛的黄瘦的人来，他凝视了我一忽，又失望似的缩进黑暗里去。他知道我是没有能力去帮助他的。

但是我到哪儿去呢？……雨仍是这样地下着，夜又是这样的寒冷！

我刚从那电影院的对面的一条街转过去，我碰见了老韩了。啊，是他呀！那个大学生！

"喂，老韩！这样夜了，你还想到哪儿去？"我高兴地问着。我打算到他那边借宿一晚。但是，他说：

"真倒霉！我不想回去了！世上有那样的人啊！"他愤愤地，好像在什么地方和人家打架了回来的样子。他算是一个漂亮的人物，只要除了他的脸上的圈子似的三两点疮皮。而且，他穿着时髦的西装，走起路来也很惹人的眼睛的。

"不想回去？"我惊异着，"为什么呢？"

他叹了一口气，忽然又笑将起来了。

"那里有这样的一个女人呀！"他呢喃地说。

"什么女人？给谁骗了吗？不要紧的！横竖的是喜欢女人的呀！"我想起有一次和他在街上走路的时候，他总是拣着女人多的地方碰去的情形，他说那是苦闷的表示。现在他可碰到表示的对手了！

"不要胡闹呀！我真倒霉！"

"为什么呢！"我真奇怪极了。

"为什么？为什么？不要问罢！……你现在到哪里去呢？"他问着。

"我没有地方去。你呢？"

"我也是。"他又笑起来了。

我不禁又问他笑什么。

"不要问罢！找一块地方过夜再说。你老是没有地方去的么？……嗄！你这人真奇怪，为什么不到我那儿去呢？妈妈的！不去倒也好些！……"

我不能够去和他住在一起，自然有我的大理由，可是我不能和他解释呢。我看他这样兴奋而且滑稽的样子。我笑了。

"开旅馆去罢！"他说，"你现在也是在找宿处的，我想。"

于是他和我走到旅馆去。

在他把房税交给那侍者拿去了后，我开始问他的不回寓所的理由了。

"糟极！我说出来你一定不相信。我不说罢！睡觉好了！……"他懒洋洋地倒在床上。

"喂！不准你睡觉的，要是你不说！"我过去拉他起来。

"谁相信有这一回事的！"他又停止了，打了一个呵欠。

"我相信！究竟是哪一回事？"我又催促着他。我是按不住我的好奇心的了。

"那么，我就说罢！这里租房子是很困难的，你老人家自己也吃过这苦的罢？他们不是怕绑票匪便是怕××党。就是在租界也是时常捉人的，闹得小市民的心都慌了。一见单身的客人，那女房东总是撒着那上海腔说：房子租榻哉！尤其是碰到了青年人，还要加多一下子冷眼。现在的青年都行着倒运了，在全国都不受人们的欢迎，有时还要在老家被赶出来流浪的。你看，这还成世界吗？……"他停止着。

"是的。老早就不成世界了。"我答着，含着促他说下去的意思。

"自从我们学校里发生了风潮以后,我好像是众矢之的,不得不暂时搬了出来……后来那腐化到不得了的校长,还很客气似的和我说了他的不是。你看!亏他有了那一付厚皮的老脸!那风潮不是他叫他的大脚客和我捣蛋的吗?他还因为我发表骂着××派的那些老朽的一篇文章,便说我是捣乱分子,有意侮蔑政府的吗?……嘎!那坏入骨髓的老头子!好像现在在社会上干事的人,无论老的少的,都要那样滑头,虚伪,连一点人味都没有了的样子!……就是他,和我说了许多自己不是的话呀!妈妈的!我愿他和资产阶级一齐消灭了!……"他又在发着他自己的牢骚。

"现在社会是不成社会,也是老早证实的了。请谈谈下文好罢。而且,不要乱发牢骚啊!自己的脑袋要紧呢!"我安静地说。

"谁有那性子忍得住呢?连一句感觉得到的实在话也不许说!政府是不能够批评的么?政治是大多数人的,并不是几个政客包办的啊!青年并不像那班老腐败说得那么坏呀!青年人知道这一点!……"他越说越起劲了,他好像在演说。

"不要闹罢!这儿又没有群众给你煽动的。"我的意见有点和他不同,不觉得有什么牢骚可发。虽然是在苦闷的环境里,我觉得还是把伤感和发牢骚的时候,去做些有意义的事好些。因为在这样的年头,徒有悲愤的热情是不够的呀!

他笑了。他走到那小茶几边倒了一杯茶喝着。

"就是在那时搬出了学校,便受了租房子的苦了。我一连走了八九家都被回绝了。我那时真气愤,想在一个油光着头的女人的脸上打趣一下巴掌,但是还没有做到。……后来在一家开老虎灶家里的前楼租下了。谁知道他有一个儿子是印刷局的工人，有一天被捉去了，说是赤化；而同时他的那个两撇胡子的父亲，——他是连脑里面都长着胡子的，现在的青年大概是应该有这样的一个父亲的罢？他无端说我教坏了他的儿子，说他的儿子就是清党的时候也不会被嫌疑的。于是藉词把我赶了出来。他的儿子虽会和我说话，但是并没有说什么！……现在呢，现在的工人哪一个没有革命的思想，正好像现在的青年每一个人都要谈政治似的。但是那些脑筋里长着胡子的人们又哪里知道呢？便是他的儿子写信痛骂老子是反革命的，做父亲的还是说是人家教坏了他呢！啊！这个世界真是要不得！……"他吐了一口痰，又喝了一杯茶。等了一下，继续地说：

"就是那样，我在五六天以前便搬家了。搬到七元里第十号。那里的女房东倒很客气似的，当我搬去的时候我这样的觉得。她有着一付忧郁的脸庞，初望见时是怪可怜的。她的肉感倒也十足地有刺激性，可是太凶了！……"他又停止着，笑了，又插着：

"她大概不是有钱的，但是楼里自家的房子倒陈设得华丽，镜橱、衣橱、金碧辉煌的铁床、沙发，等等都有，这都是都市人日夜里渴望着的空架子！我搬进去的时候，她过来帮我的忙，还借给我一张沙发，我着实很感谢她。我想不出为什么单身的房客倒给他欢迎着的理由来。我租的是一间亭子间，虽不很宽，四面的墙倒也雪白得可爱。我便把 Davis[①] 的两张针雕贴在墙上。

"到外边吃了晚饭之后，我走回来，扭亮了电灯，四壁正浴在灯光里，十二分的美丽。我坐在沙发上，在想着人生的真正的

---

① 人名。

目的，有点闷闷地。

"忽然地，啄啄的打门声，把我吓了一跳。我新搬的家，我的朋友们还没有知道的呢。

"'谁呀？'我惊问着。我走去开了门。……啊！是她！那个女房东！

"她那晚上穿着一件白地红纹的睡衣，纤黄的手和雪白的脚都露着在外面。在灯光下她的脸儿很好看，眼圈儿黑得爱人，嘴唇也薄得可以，不过太荡了些。说话时，她的眼睛比舌头还来得厉害，我可被她睁得有点骇怕。她的身上散布着一种都市的病态的香气。……"他静默着，好像在回味着他的肉感的女房东。

一阵女人的笑声从门口掠将过去。我抬起头来窗外还下着寒雨，因为静默的缘故，潇疏的雨声还可以听得到。都市是已经死了，不死的只有电灯和在马路上踯躅着的穷人。

"我请她坐下。"老韩继续着，"她第一句便问我在什么学校读书，我回答了她。她第二句又问：

"'韩先生可讨了太太吗？'

"'没有。哪里有这样的能力养妻子！'我惊异地而又镇定地答着。

"于是她和我说着现在的女子跟男人的辛苦。她一切都不客气地，好像在玩弄着我似的说着她的男子。她不说他的名字，只说'那只''那只'，那是在表示着痛恨他的意思。在两三天间从她的自述里，我知道了她是一个小县城的女子，羡慕着都市的繁华和美丽，跑到这儿来的。她以为都市的人们都是整天地娱乐着，找事情是不成问题的，所以她勇敢地来了。那自然是要大大地碰壁了啊！她曾一度做过明星，但是因交际不漂亮被遗弃了。

她哭了几天,她的希望消灭了。……后来为环境所迫而嫁给现在的'那只'。

"'那只是一个洋行的走狗。'她说,'真的是走狗,连洋人自己养的小狗还不如呢。有一次我跟他到那洋人的家里去,那只小狗还是和洋人坐着吃面包,他可站在桌子旁边听那洋人说话,好像戏台上给小旦踢屁股的小丑一般,两只手紧贴在屁股上,弯着腰答应着'Yes! Yes!'……啐!你看那还是个男子汉吗?我真是气煞!但是,钱钱!为着钱的缘故,老鼠还要做呢!唉!'

"她还和我说她起初不知道'那只'有几个老婆,后来他不常来了,她才探问出他有四个小姨太,而且都是个个比她自己年轻的,顶轻的不过十六岁。'那只'不来还不要紧,可是连钱也不大供给她了。……

"那些都是她咕啦咕啦一大串地说给我听的,我也不打理许多,现在也记不清了。可是她一坐便坐到十三点钟才回去!而且有点依依不舍似的,频频地瞟着我。然而终于去了。

"有一天早上,当我起身下楼的时候,我在梯口碰着一个十三四岁的女学生,挟着①书包。她羞红着脸儿地和我点一下头便下楼到学校去了。她是从房东那里出来的,我也不知道她是她的什么人。我站在梯口等着她下去了我才下楼去,望着她的静默的有趣的天真的背影。她穿着一件蓝布长袍的学校制服。那时,那个女房东在她的房里叫我:

"'韩先生!韩先生!'

---

① 同"夹着"。

"我不知道她叫得这么紧有什么说话,便跨进她的房里去,呀!她还没有起身呢!我不自觉地便缩了出来。但是她在帐里笑了,说道:'倒像一个未见过世面的小孩子似的!'那真令我气恼了!我勇敢地走到她的床前去,问她有什么事情。她半侧着身子,把一只肥润的手腕拉开了帐子,教我坐在床沿上。我便坐下了,心里愤愤地而且不安地跳着。她的睡衣半敞开着,露出她的胸膛和乳头来。

"'你知道你碰见的是谁呢?'她笑着说,'她是我的孩子。你看怎么样呢?漂亮罢?中意罢?'

"我没有回答着她,只是惊异地瞪着她一眼。

"接着她便硬要把那女学生给我做老婆。

"'我是很穷的!'我用力地说。

"'穷也不要紧!'她扭着声音说,'穷的大学生怕什么?'她明白地是不相信我的话的了。她死缠着,而且和我打算着什么大学毕业了便娶老婆,那是多么写意的事。……

"'我的婚姻要问我父亲的主意的。'我没有办法,只得这样说了。

"'那么,便赶快写信问去好了。我看你的为人很好的,我真喜欢你,请你赶快写信啊!'她说着,紧握着我的手,迫着我答应她。那真是没有办法,我只得胡乱地答应她了。我走了出来,心里充满着怀疑。……那究竟是个什么人呢?她的态度也来得太奇怪了!她为什么有一个这么大的女儿呢?看她自己的样子也不过二十七八岁罢了。……我沉思着,我已经有再搬一间房子的意思了。……"

"不用搬罢?你不是……"我想到他的走路碰女人的样子,

这样地插着口，打趣着他。

"你且不要说嘴，现代的青年谁个不苦闷呢？这是一个苦闷的时代呀！不过我们青年人都有两种矛盾的心理。一种是向上的苦斗的心，一种是向下的享乐的心。这两种心理在作祟着，有时使你苦闷，有时使你兴奋，如果没有相当的训练，是很难积极的；大学自然是一个赶不上潮流的知识阶级的存货栈罢了，谁都不能在那里得到什么的，不会给那些腐化的毛菌熏臭了已经是够侥幸的了！可不是么？"他在房里走来走去，而且奋兴着，好像一只野性未除的野兽。

我请他坐下，安静着他，劝他赶快找出路。于是又催促着他说完他的出奇的遭遇。这时，电灯也有点寒意了。

"当我从学校回去的时候，我才坐下来，打算看一点书。这时那女房东又走进来了。她粉着脸儿，穿着一件紧身的羊毛背心和一条短裤，脚穿着一双丝袜和绿花的拖鞋。我在一瞬间好像很迷惑似的，坐在椅上没有动。她自己坐在我的布床上。第一句她问：

"'韩先生，你写了信了没有？'

"'就写了。'我答着。

"她伸着懒腰，倒在我的床上，说了许多肉麻的话。一说又是半天。她的说话中间有一段很沉痛，不过那是资产阶级的末路的哀音罢了。

"'我这个人也不知道是生下来做什么呢？'她说，'我真不知道！我觉得活着和死去都是一样的无聊，倒还是及时享乐罢！但是什么是苦，什么是乐倒也难分，也不过消遣罢了。唉！生做女子有什么用呢？自己不糟蹋着自己，还让给男人来糟蹋吗？横竖女子有的是肉，男子有的是钱，那么肉和钱交换了，人生便是这么一个场合，正像那交易所似的。'她是微笑地说着的，她大概是活在这一种人生的解释里。那也无足怪，环境迫出她的人生观来呢。人生观也是免不掉有阶级性的，好像战斗的伟大的精神，在沉于逸乐里的资产阶级是很难找得到的一般。我倒有点可恨着她，同时也有点可怜着她呢。

"这样地每天当我回到亭子间里来的时候，她总要到我这边来催我，问我的父亲的回信。妈妈的！真要命！弄得我不得不把自己锁在房子里。要不是房子困难，我一定住不了三天的。但是现在捱到了六天，已经达到不得不搬的情境了。……"他恼怒地笑着，"这种女人实少见呢！"

"那么，你决定搬家了吗？"我站了起来，把湿的鞋子脱掉了。……我真傻气！到这会子才记得除去它！可是那双脚已经不是我自己的了！

"还不止呢！"老韩张大着眼睛说，"有一天，昨天罢？当我开门的时候，她便跟着进来了。

"'韩先生为什么锁着门子呢？我们这里是没有小偷子的。'

"'我不一定是防小偷子的。不过锁着比较安心一些。'我淡淡地说。她又问我可有回信。

"她仍然是卧在我的床上，半闭着眼睛，微开着口。实在说，那是富有刺激性的，可是太凶了。那非一个青年人所能禁受的。我那时好像觉得又骇怕又愤怒。但是不能够发作。我怕她反诬蔑起来呢！我只得呆呆地坐着，眼睛望在书上，不打理她。……你看，她还说：'你一个人不寂寞吗？……壁上为什么也挂着裸体画片呢，真的不是更好吗？……'但是我不答应她。后来她才回去。我已经决心搬家了。

"今天下午，我看见她在笑着。她一见我便和我诉说着她今天到她的'那只'那边去，和他要钱，可是给打了一阵回来。她是说得那样的动听的，悲惨的。在我的房里，她还把身上的伤痕掀出来给我看着，她的衣服都脱出来了，只剩了条短裤子！的确的，一条青一条红的鞭痕划在她的雪白的皮肤上。可怜是很可怜的了。她的遭遇也许是很悲惨的。也许她是在找着同情着她的人：不过她的同情好像是没有止境的。那么，我便同情着她，也没有什么方法的了。我只是强迫着她把衣服穿上去。她穿了，硬要我和她扣钮子①。我没有法子，和她扣了。但是她！那个肉猪！她可把我拥抱着，紧紧拥抱着。我急得一推，把她推到沙发上去。我自己也颤着手足地坐在布床上。她又悲楚地哭了，伏在沙发上。直至那女小学生的足步声上楼来的时候，她才走了回去。

"碰到这样的人有什么办法呢？我真不知道生气好，还是发笑好，或者是怜悯着她好呢！我在房子里绕了两周，觉得非常的懊恼。我恨恨地把桌上的课本只一丢都丢到墙角落里去。于是拿桌上的锁匙塞进衣袋里，锁上了门走出来了。

"今晚我回去，已经是十一点钟了。我真有点不愿意再看见那十号的门呢！但是我除了这个地方之外，再没有地方去了，我只得打门进去。我开了房门才反锁了，坐将下来。忽然门开了。我回头一望，是她呀！她把睡衣解开着，里面一丝不挂！我无意识地跳了起来，惊呆地站着。她便扑了过来，好像哭又好像笑似

---

① 同"纽子"。

的看着我,把我拥抱着。我便推也推不开她。她骤然地咬着我的颈子,那使我叫了一声,用着全力地把她推倒在地上,我便一溜烟逃走了出来了,就是这样!"他骤然地站了起来,好像看见了他的女房东走进来了似的。过了一忽,他才说:"呀!你看她是一个多么奇怪的人啊!现在的都市生活是多么可怕的啊!……但是我也不知道她哪个时候把我的另一枝锁匙偷了去呢!呀!多么奇怪的女子!"

第二天我们在街上分别了。以后我再没有看见老韩,也不知道他究竟搬家了没有,而且是怎样的搬法……

新　　生

　　楝花开了，三月八日的国际妇女节到来了。

　　这一天，南方的一个才从豪绅的手里夺过来的农村——七区田，正预备开着一个热烈的纪念大会。负责的同志许多人之中，只有一个是在城里读过书的女同志，她名叫阿玉，是一个强健而晒黑了的女性。她原是本地人，她的父母亲都被反动的狗儿们残杀了。但是现在她皱着眉头专为这节日忙了整整三天，也预备着演讲，也预备着唱《国际歌》，和"劳动妇女歌"。这"妇女歌"是她自己编的，几天来她无论走路或者坐地都在唱着，好像怕忘记了的样子。

　　——起来！全世界的劳工妇女！

　　起来！全中华的被压迫的女囚徒……

　　为着太忙的缘故，精神很疲乏，她只枯燥无味地念着，并不像在唱歌。——她需要人来帮忙着她呢。

　　但是能够帮她的人很少。而妇女群众也还很少有起来参加工作的。和她在一起的"女流氓"和"女兵"都不很行。前一个倒可以做点事，可是因为初到的时候，不知道农村的封建残余的老脾气，举动太随便了，见着男人便握手；而且她的确有点流氓情绪，所以在不知不觉之间就完成了这个不好听的绰号。因此活动起来也就不很得到妇女们的信仰。而"女兵"呢，那更糟糕！可是并不是因为她武装着的缘故，而是因为她不懂得这里的土话，连懂不懂的"懂"字都成"灯"字了。那么就你灯不灯，你灯不灯地灯了起来，鬼才知道她要灯了几时才会懂了呢！

可是她们两人都很忠于革命，在老早老早的时候便做了革命的女儿了。所以她们一早在路上遇见阿玉，睡眼朦胧，头发蓬松，匆匆地走了过来的时候，她们便问道：

"玉同志，怎样呢，今天？"

"今天又怎样？除了工作还有什么？"

"不呀！问你今天大会的事情呀！"

"唔，纪念大会吗？那一定很好的，我敢相信！"阿玉扎着小拳头，把手交叉在胸前，好像一个男同志的举动。在她的疲乏的脸上，闪着得意的微笑。

"很好？哎？"女兵问。

"是的，一定好得很，回头你们便知道了。"阿玉说着把手扬了一扬，就打算离开她们了。

而突然地，那女兵开玩笑地叫道："立正！"

阿玉下意识地立正起来了。于是她们笑了。

"哈哈哈！够傻气呢！"女流氓说。

"玉同志，你说这会一定开得好？"女兵带笑地追问着，"究竟怎么好法呢？"

"怎么不好？又是妇女节，又是祝捷大会，并且，并且还有了两个女子演讲和唱歌！"

"谁？"

"就是那两姐妹。"

"哪个？可是你天天夸说的阿花和阿叶？"女流氓插着问。阿玉笑着点了头。

"她们真能干啊！"

"怎不能干？你怎会当女兵呢？现在还不是女子急起直追的时候吗？"阿玉带气似的说着，又接道，"我昨夜里鼓励了她们一晚，她们都答应了，真好！她们……"她说着，高兴地笑着，便去了；一面又在唱着：

——起来！全世界的劳工妇女！

起来！全中华的被压迫的女囚徒……

村中看见太阳很早，还不到七点钟的时候便满地都是树影和阳光了。玉同志带着她的又疲倦又兴奋的身躯，用着她的急促的足步在踏着阳光和树影，走向祠堂去，在那里预备着开会的会场。她一面走着，一面在回忆着阿花和阿叶，她们都有活生生的希望，她们都相信着革命，她们很好！

当阿玉随着游击的军队回到七区田，她的故乡来的时候，她的心充满着胜利的热情和高兴，她想努力解救着妇女，妇女受压迫几千年了，尤其是农村的妇女。但是村中和她相识的女伴，都出嫁去了，年纪多一点的妇人却老是顽固，她说什么她们便听着什么，可是把听来的话立即地从那一边的耳朵送出去了，还不能够有多大的影响，于是她在着急，她在想办法，在寻找炸药的引子。

有一天，她无意间找到了引子了，那就是邻居的阿花和阿叶。虽然是她的邻居,但是她起初并没有去注意她们。恰巧她的衣裳的钮子扯断了,而她自己并没有针和线,便想到邻居借去。一进门,阿花和阿叶便笑着让座,她们都知道她是个女党人,但是不知道女党人在做什么事情,都以为那不过是个男党人的老婆,因为丈夫革命,她便变成一个女革命家罢了。

"同志们,"阿玉一进门便说,"请借条黑线和把针给我,我的衣钮弄坏了。"

"坏了哪里?让我们来和你缝一缝好了。"阿叶客气地说。

玉同志便把穿在身上的衣裳的最末的钮子指点给她看。

"啊,这倒容易呢!"阿叶看了说,"这只是断了线。"

阿花连忙在一只竹篮里拿起了一块肮脏的腊块①,和缠在一段竹板上的黑线。她从腊块上拔了一把针,穿起了黑线,便交给阿叶。阿叶接过来便缝起来了。玉同志定要自己缝,但是阿花说:"妹子给你缝罢。你们做事情的人,怎会缝衣裳呢。"

——糟糕!我难道做工作做得忘记了拿针儿吗?——玉同志想着,又转念道:也好,让她缝去,借此和她们联络联络感情罢!

而当她看见阿花很灵巧地,很周到地伏下身子在缝着的时候,她又气愤了。她觉得女子为什么要这么温柔,总是服侍着人,受了一切的支配呢!但是她立即便明白了这种温柔和软弱的由来,正是几千年被压迫的结果。于是她自己呢喃道:加紧工作!加紧工作!于是惹起她们姊妹两个笑起来了。于是她们互相认识了……

于是玉同志若有机会便跑到她们家里去,教她们许许多多的事

---

① 同"蜡块"。

情,如反对军阀战争,打倒地主,土地革命,妇女解放,等等。

姊姊阿花是个二十六岁的寡妇,她的丈夫当兵死去了;当她听见玉同志述说着军阀的罪恶的时候,她恨恨地说:

"啊!那些原来便是军阀!谁都知道他们不是为着公家的公事,只是为着他们自己才打仗的呢……恨!那短命的军阀!"

而她的妹妹是个被卖在本村的大地主家中做婢子的,革命来了,她才跑回姊姊的家里来的,现在她也知道说,这是革命救了她!

"那么,革命救了你,你可该替革命服务呢!"玉同志没有一天会忘记要她们出来帮助她,于是乘机地这样说着。而阿叶答道:

"我懂得什么,如果姊姊要我那里去,我便去好了。"

"不是我要你去,"玉同志高兴得很,大声说道,"那是工作需要我们去的啊!"

但是,这可证明阿叶已经引子着火了,渐渐觉醒过来了。只是阿花总有点顽固,总是说她是寡妇,露不得面,这才糟糕啦!不过,这点小小的旧观念,不久便给觉醒了的妹妹克服过来了。

"姊姊!你才傻呢!人家可曾因为你是寡妇便不欺负你吗?哪怕人家还要欺负多一点!"

"欺负!只有你才不识羞耻!"阿花愤愤地说。

"哎呀!姊姊真是个害羞的人!为什么你不坐在家里,像大少奶一般,天天要到路角掘园去……害羞,这可像玉同志说的一样,是封建思想呢!"

这样地经过了几回的辩论,阿花也就决定了。但是当她们和玉同志组织成"家庭宣传队"到人们的家里演讲的时候,第一次阿花也还是不大肯说话，不过在一次比一次的进步中间，阿花缓缓地闪出了她的沉毅着实的个性。她会避去一切锋芒，缓缓地把正确的主张深打进对方的心坎里。于是人们被她说服了。于是她的工作进展了。

这样地，玉同志更加决定地想把她们两个放到群众的前面，去作进一步的训练。因为她主张着，惟有无产阶级才能够领导革命，惟有革命群众才能够训练天才！而她们也愿意参加这"三八"节的大会，并且答应着妹妹唱歌而姊姊演讲……

玉同志想到这里，她笑了，好像农民播种而得到收获般得意地笑了。但是她怕阿花的演讲词忘掉了，又怕阿叶的歌记不清，又悔恨她为什么不老早就该把这歌做成呢。那么她又——

起来！全世界的劳工妇女！

起来！全中华的被压迫的女囚徒……

大会的会场正是祠堂旁边的一片大草地，满地尽是青青的春草。演讲台就搭在东边。它站在那里，好像预备着演社戏的戏台似的，不过横跨在台前的那块大红布，上面跳着九个大字：

"三八节祝捷纪念大会。"

那下面的台柱，还有几个顽皮的，肮脏的小孩子在攀登着。台上的管理人不知道一面在弄着什么，一面却在骂着孩子们。还有一些小孩们在草地上面扮演着乡间的×动和×卫队的袭击，以及胜利后队子进乡在唱着革命歌和呼口号。因为要一个小孩子作地主给群众审判，而被那小孩拒绝，于是他们吵嘴起来了……

在台子对面远远的那边，崛起着一带高地，高地过去便是竹林，竹林后面便是一条小溪流。鸟在草原周遭的树上叫着，风在笑着,太阳在照耀着,而楝树在开花着。这一切都好像在庆祝着革命的胜利……

玉同志打那草地上经过,来到讲台的旁边,她稍为站住一下。她看了一看台子,又望一望四周。她也呈着胜利的微笑。

她旁边来了一个老村妇,手牵着一个三四岁的女孙子,望着演讲台,自己呢喃道:

"他们不信神的,为什么搭起戏台来呢?今天又不是什么'神生'……"

而那个孩子却说:

"祖母!看!我们的苏唯耶……开大会。"

玉同志听了向一老一少的她们闪了一下,便笑起来了。她觉得这倒是新旧时代的对照。

说到新旧对照的事情多着呢!全村都是,全国都是,全世界也还是。就是墙壁也仍是这样。往日的祠堂现在变为×××政府。昔日写着"鸿禧"的照壁,现在变成写着革命标语的短墙。雪白而鲜明的笔画,压倒了暗渗的黑字的残痕。这正是在说明着那个豪绅阶级的最后的命运;也在说明着社会变革的历史的过程。——这个七区田,传说创村的时候才有七区田,后来随着时代的进展,不但有了几十百亩的田野,并且有些人已经变成地主,而其他的做了佃户和雇农,以及别的做碎工者。自从洋鬼子战败了中国人以后,村中暗地里变动了,有些地主也中落了,他们的收入都归到城里的有钱人那里去,但是他们仍在村中做有钱人的工具,剥削着劳苦的农民……而现在,已经推翻了豪绅的统治,建设了工农兵×××政府,实现着土地××了。……

于是玉同志高兴地走进祠堂里去。

"玉同志,我们的宣传真是不普遍!"当玉同志走进前厅的时候,她碰见农会的负责人躁急地说。

"怎么着?"

"没收土地这问题,农友们有了许多的误会呢!"

她还没有说出口,便听见了农会长的粗重的声音,在正厅里响着。原来是在开着谈话会。

"……土地是农友们迫切要求的东西,也就是我们死活和地主豪绅斗争的主要目标。这是我们谁都知道,谁都明白的。但是政府没收土地,并不是永远没收,而是要把来平均分配给大家耕种……"

"那么不是没收了去?"

"并不是!×××要守着这些土地干吗?可要让它发满着草,而叫人们去吃草吗?"

于是祠堂里充满着嘈杂的笑声。

"是的,就是这话!"

"那么,会长同志,怎么分配呢!"

"这里有两种方法,现在看我们是哪一种方便……第一种是以劳动和以人口为标准;第二种是以劳动力为标准,也以人口为标准。那就是说……"

突然地,玉同志看见一个年轻的农民,永添同志,满脸烦闷地在看着她。于是她问:

"永添同志,有什么事?"

永添同志就被这一问,好像不好开口的样子;但是他讷讷地道:

"玉同志！玉……同志！……我有话要和你说……"

"什么要紧的事情？"

因为前厅太嘈杂，他们走进耳房去。里面秘书同志伏案在写着，一面打着呵欠，好像几天没有睡觉的样子。他们进来，他也没有抬起头来说话。玉同志满鼻子闻到他的那件穿了十几天的军装所发出的汗臭。

"那么，说罢！"玉同志说。

"我想问你，你可在鼓吹着妇女解放吗？那我是反对的！你是想把妇女们怎样了？"

"怎样？"玉同志把眉皱了一下，急切地问着。

"今天，今天我的老婆，她，她不服从我，她说，现在妇女解放了……"

"怎么不服你呢？"玉同志笑着问。

"她本来什么事情都要听从我，就是生气了打着她，她也不敢回手回嘴的！就是几天前也还老实。谁知道……谁知道这几天来，那个守寡娼妇和她的妹子常常到我的家里去说了些什么造脾话，她立刻就变了……"

"你可是说阿花和阿叶？"

"骚仔才知道她的名字！就是那个寡妇……"

"别骂人家罢！"玉同志催促着。

"要我不骂她，只有叫她不要去我的家里！"他愤愤地回答。

"就是不去，你的老婆便不起来反抗你吗？你这么对待你的老婆，如果不改变了，哪怕你不会变成一个鳏夫！……你要她服从你，给你捶打，为什么她不可以反抗你，不给你捶打呢？你不打她，她便不反对你了。"

"不,她说要加入妇女协会,而我说,女人家加什么会,入什么党;而她便生气起来了,和我闹起来了!"那青年的农民好像无可奈何地说。

"那么你不要反对她、嘲笑她,她便不闹了。"

"可是,她们要组织妇女协会呢!加入妇女协会的会员是专和男人做对头的!"

玉同志笑出来了,替他解释着那断没有这么蠢笨的事情。妇协是团结着革命的女同志,正和农会和工会一样,重心是在政治斗争,并不是专来对付男子的……

一个少年先锋队匆匆地走进耳房里来找铜锣,说开大会的时间到了。但是锣声在外面热闹地响起来了。他笑骂着一个人的名字便出去了。而那年轻的农民也走出来。

正厅上的谈话会也停止了,大家都赴群众大会去了。被召集来谈话的农友好像都明白了没收土地的意义了,脸上都带着快乐而安心的微笑。

玉同志对着那一言不发而只在写字的秘书同志,问道:"秘书同志,你也参加去吗?秘书同志?"

他也不望向玉同志,只嘶破着声音地叫道:

"参加,参加,谁有工夫去参加。左写他们也不懂,右写他们也不懂,还是把一切的文字掉落粪坑罢……"

玉同志笑了一笑,从耳房里走了出来,听见两个年老的农民在谈话:

"阿木哥,别怕,那好似传错了话呢!我们的安乐日子到来了!阿木哥,别怕,别怕,有好日子!"

"我老早便知道不是抢去我们的田园呢。我又不大认得字,他们的什么章程又看不懂,忽然听见要没收田地,那才慌了呢。谁知道那只传了一半意思?"

"是的,别怕。我们有好日子!我们开大会去,也跟着游行去。"

说着说着高兴地到会场去了。玉同志也匆匆地走了出去,她怕阿花和阿叶找她不到,因为她约着带她们到演讲台上来的。

群众在演讲台前展了开来。草地的空间充满着嘈杂的笑声,尖锐的叫唤,小孩的啼哭。同时,树间的青鸟在叫着,风在笑着,太阳在照耀着。远一点的传来×卫队放下枪来的一二三的整齐的口号。

活泼的少年先锋队穿着短裤,执着竹棒在人海里乱窜着。有两个在那树下把竹棒当戏台上的大刀在比试着。还有几个用来作提竿跳高。与其说他们是在维持会场的秩序,莫若说他们是在捣乱秩序呢。这是因为他们才组织成队,还缺少着训练的缘故。

农妇到会的也不少,只是远远地站着,在议论着是非。在那棵大榕树之下,阿花、阿叶和女兵以及那女流氓都站在那里。一些好奇的农妇在围着那女兵,听她在灯不灯地灯着什么。玉同志远远地看见了,她想,也莫笑她灯不懂土话的,鼓励妇女参加×卫队,她便是顶好的一条导火线呢!

而同时,阿花和阿叶已经看见她们的热烈的女前驱了。她们虽然是初出茅庐的,才被解放出来的女性;但是在玉同志的心里,以为那正像初春的嫩芽,尤其是从最下层的地下吐出来的嫩芽,它更能够在艰难困苦之中成长,更能够在革命的阵营里负着重大的责任。

她们两人的互相模仿的尖尖的鼻子,一样强壮的身体,虽然阿花庄重而阿叶活泼,但是都藏着从前被旧社会所忽视了的智慧。而这智慧给玉同志发现了!

"玉同志!这里呢!"阿叶叫道。

于是用着同志的热情,玉同志紧握着她们的手:"去罢!开会了!"

大会开始了。响了三下枪声作为开会礼。接着便宣布开会的理由。接着便有×卫队长作一次简短而热烈的报告说着这次斗争的经过,和应该怎样去庆祝它。同时这其中杂着许多掌声。当阿花站到台前去的时候,掌声更响,而同时杂着一些嘲笑声。但是她镇定着,看了一下子台下的黑压压的群众的头,有些还戴着笠子;立即她又望向前面的竹林去,她说话了:

"农友们!姐妹们……"

"大声点呀!"

"怕羞便别上台去!"

于是她提高着声音说下去:

"今天是妇女节,又是祝捷会,我们是很高兴,很热烈来纪念它!我们这一村和地主、劣绅苦斗的经过,刚才已经有队长同志报告了。现在我要来报告妇女节的故事……"

于是她一句一句地把妇女节的故事说下去,说得很真切。热情在她的心里缓缓地烧起来了,她从俄国的工女的要求面包与政权,一转便转到中国的工女,又一转而到农村的妇女。说话中间也有了煽动的话句了。她的声音也更加响亮起来了。她高声说道:

"我们妇女被压迫几千年了,现在正是我们出头天的时候了!我们不要永生永世做奴隶,我们也起来罢,和俄国的妇女一样,大声地要求自由与面包罢……我们不要以为我们一村胜利了,便只是高兴着,我们还要想到别的乡村,别的县城,别的省份!在那里,有着更多的被压迫的妇女啊!……"

于是她又说到城市的女工的痛苦,以及她们的斗争,而这些都是玉同志和她零星地说过的。但是连玉同志也还不知道为什么她会说出来。其实连她自己也是不知道的呢。她只觉得她的舌头不是她所有的,而是受了一种强大的力量所支配着。——她的舌头好像变成群众的,是在服从着群众的意志。

"……所以我们应该把我们的力量进展到邻村去,到县城去,到都会去,到全世界去!"

她偷了那队长同志的结语作结,在如雷的掌声之中她退到后面来了。

"同志,你成功了!"那农会长同志对她这样说。

她真的进一步地成长了!玉同志的心头更是如何高兴啊!

但是阿叶可糟了。她的歌被一阵掌声吓跑了。只是"起来!全世界的劳工妇女!起来!全世界的劳工妇女!"连第二句也忘了。她又羞又急,恨恨地望四周一下便退回来了,几乎哭出来了。但是台下的群众接着唱着《××歌》,和呼口号。而在这群众的宏大的声中,也没有高兴,也没有失望,只有集团的情绪和集团的意志,热烈而又坚强地,合成队子示威巡行去……

第二天,玉同志一早便去看她们,安慰着阿叶道:

"叶同志,你别发愁,机会多着呢!"

"我发什么愁?不过,我真有点气恼,为什么听见掌声便心跳起来呢?"

"那是没经验,第二次便好了。"

"我也是这样想着呢。"

"那就好了。那就好了。五一节再来一下,五一节……"她看见阿叶不灰心,真是喜欢得了不得,说着又笑着,紧握着她的手。于是她不自觉地又——

起来!全世界的劳工妇女!

起来!全中华被压迫的女囚徒!……

(原载《拓荒者》第3期,1930年3月10日出版,署名平万)

佩 佩

（又名《满州琐记》）

有几个游击队里的朋友想和我见面，但因为环境的关系，不能到城里来看我，寄信要我到他们认为安全的一个屯里会晤，并且约我一早到城外的一座树林里等候带路的人，据信中说，那人是个认识我的女孩子。当时我一点也想不出是谁，我到"满洲"还不到一年，怎么有这样的女人认得我呢？但是我信托我的朋友们，决定如期赴约。

那一天早上，太阳初升的时候，我已在指定的杂木林中踱来踱去，踱了好久了。林里非常静寂，连一个虫声一个鸟声都没有，我等得有点不耐烦。而突然间，有一种急行的足音走近我这儿来，同时，我已看到一个白衣黑裙的高丽装的女子，在树隙间向我微笑。

"你不认得我吗？"

她站在我的面前，第一句便这样问。她是个体格健康，鼻子宽大的十五六岁的高丽姑娘。

"好像有点面善,可是我忘记了。"我呆站着。

"啊!小李先生,你真健忘啦,可是我永远不会忘了的。你的哥哥老李先生好么?"

这一问,使我记起来了。那是在我刚到奉天的时候。那时,想多了解一些社会的情况,我决定在沈阳逗留一个充分的时间,可是住的问题倒不易解决。住小店吧,花钱还在其次,最讨厌的是夜里的检查旅客。在三更半夜的时候,旅客们时常会从梦里被拉了起来,非常不舒服,而且我也看不惯那些宪兵们的似笑非笑的嘴脸。租房子也很困难,要报户口,又要铺保,此外还有许多麻烦的手续。这使我十分为难。后来,却不过朋友的好意,只得搬到隔离沈阳十多里地的老李家里去住。为要省却许多麻烦,冒认这个朋友做亲哥哥,而且改姓李。我的朋友是个铁路工厂的工人,人家都叫他老李,而我变成了小李。此后,老李就被公认为我的哥哥了……

"啊!我现在记起来了!"我叫道,"你就是我们隔屋的佩佩吗?"

"对啦!"她高兴地点点头。

"你可完全变了,北方话也说得进步了。"

"可是我还做不成中国人啊!"

我们都笑了,从林里的小径穿过去,密叶繁枝打断了我们的谈话,可是白杨却发出唧唧的低语,榉树也在风中摇起头来了。她在前面走着,注意着碍路的刺棘丛。我默默地跟在后面,一边在回想到半年前的往事。

那时,我既确定了姓氏,又认了哥哥,以为很可以在朋友家里安居下去了。但是,住不了两天,还是觉得不很安适,因为全院子里的人们都用怀疑的眼光在注意着我。老实说，我的确有点不伦不类，既不干活，又不上街，整天呆在屋子里；况且又是个"蛮子"，耳朵和舌头都不大灵巧。总之，是值得人家怀疑的。不过，这并非由于敌意，只是出乎人类的好奇心。所以一听到我的诳话，说我住到这里来是因为失业，人们也就释然了。大概住在同院子的人们都能容易谅解到一个人失了业，生活是很难合于常态的。

然而，我仍是未能安居下去，仍受同院子的人们的注意，这一趟还加上一些酸溜溜的轻蔑。起因是我结识了隔屋的高丽人家。

我住的院子很小，只平列着六间小屋，每屋一家，每家各以不同的方法在过活。除了头一家住着替房东管屋收税的管院人之外，他们都是穷人，卖菜的卖菜，赶马车的赶马车，而我的朋友老李（不，应该说是哥哥老李），算是一个殷实的门户，他每月在"大厂"可以领到三十几块钱的工资。其中最苦的要算那家高丽人，家里没有男当家的，只是母亲和女儿两口子，母亲已上年纪，工厂不要她，整天伏在家中打草绳子，而女儿的年纪又太轻，不能在这无情的社会环境中，找到一点生活的方法。

有一天晚上，大约八点钟的时候，我还不能睡觉，听见隔屋的母女吵得很厉害，满屋都是啼哭声，母亲生气的打骂声，女儿的回答声，直闹到老李也从睡梦中惊醒过来。

"操他妈！"老李呢喃地骂道，"尽闹些什么鸡巴玩儿！"

"那是我们的隔屋。"我说。

"是隔屋，隔屋的那个老娘儿真该死，整天迫女儿去卖淫！可是那女儿有志气，老是不肯。现在，又在打她女儿了，妈妈的！"

所谓伟大的母爱，已往哪里去了呢，我自想着……

第二天早上，当我走出去倒水的时候，那个高丽女儿蓬松着头发坐在门槛上发呆，脸上仿佛还有一些泪痕。她的确有个很好的身体，胖胖的，就是褴褛的衣裙，也掩不了她的青春的活力。也许觉到我在看她，她抬起头来胆怯地问：

"你也是中国人吗？"

"你为什么这样问我？"

"整个院子的人都想问的啊！你不会说中国话。"

"不错，北方话我说得不好，我是中国的南方人。"

"那是真的吗？南方人也要学说中国话吗？那很好！"她的眼睛突然明亮起来，她又诚恳地说，"小李先生，我想求你帮帮忙。请你告诉我，怎么才可以做一个中国的南方人？我想学，我真想学！"

她想学做一个中国的南方人？为什么？那不太奇怪了吗？我没有作声。

"我找活儿，"她解释道，"什么地方都不要我，骂我'高丽板子'，我到处受人家的气。要是我是个中国人，就不会这样受气了。可是我的中国话老是学不像，一开口就给人家看穿了，真倒霉，我想，我能做个南方人，像你这样，就行啦！"

她的话太异想天开了，使我怀疑她在和我开玩笑，但是看她说话时的又天真又诚恳的样儿，我知道她已是想尽了各种方法在找活儿，我只说：

"做中国人不一定能找到活儿吧？"

"能的，能的！"她确定地说，"在纱厂、烟厂、羊毛厂，统统是，都只要中国娘儿们干活。"

这话也许是事实。自从"事变"以后,人们都集中到铁道和工厂的周围,像饥渴的鸦群,从荒芜田地里,从被枪炮扰乱的山林中,从远方,从近处,都奔趋到城市里来了,带着生存的希望。于是,无论工厂或作坊,都有人满之患。而在这生存竞争剧烈化的时候,种族的歧视就有时会给利用出来了。可不是么,日本工人、中国工人的工资就大不相同,中国人每月最多只有三十多块钱,而日本工人是一百多块,这是谁都明白的歧视。我不能不相信她的话。我决定帮助她。

我告诉老李,他也答应帮她的忙。

后来,她终于以中国的南方人的资格,在纱厂的粗纱间当一个女工。这使她乐得连中国话也说得更糊涂了!

"老李先生,小李先生,我说不会,不会说,我真不知道,怎样谢谢你老两位啊!"

此后,她时常要求我告诉她一些中国南方的情形,一心一意地想做一个南方姑娘。有时,听到我谈及南方的气候是怎样温和,山川是怎样柔媚的时候,她高兴极了。

"南方真不错啊,那是个好地方,比我们汉城还要好。我一定要到南方去一趟,"她说,"就是做个乞儿也是好的!"

她活泼地跳着,好像马上就到了南方了。她时常有一种青年人的勇气和幻想,而她的个性又是那么的倔强。她不会因为她的妈妈的打骂而让步,甚至当面骂她妈妈做老昏蛋。

这个活泼而倔强的她,就是现在引导我到屯里去的佩佩。佩佩也许不是她的名,只是因为她妈妈叫她,近似这声音,同院住的人们就这么叫开去,而我依着那声音写下这个连我自己也觉得太中国化了的"佩佩"两个字。

佩佩才隔半年，真的大大地变了。她现在不但变得更乐天，更活泼，思想也有进步了。当我问她：

"佩佩，你的老昏蛋怎样了？"

"什么老昏蛋？"她停住脚步反问我。

"就是你的妈妈啊！"我笑了。

"哈哈，这趟算你的记性好，还叫她老昏蛋。我的妈妈死了，还是老昏蛋一样地死了。"她停了一下，又叹气道，"我的妈妈也可怜，她只知道要活，可是一点也不知道怎样活下去。"

这时，我们已经穿出了杂木林，开始着赶路。展开在前面的是一片无垠的田野，大豆和花生的碎叶，正绿得爱人，可是有一半以上的土地已是荒芜了，好像远在"事变"前才有人来耕种，到现在，连那若隐若显的锄犁痕，都给杂草盖住了。一条黄泥的大路，笔直地穿过这个原野，要不是给远远的松林阻住，怕已经忘记了转弯了。明媚的朝阳却跑在我们的后面，把长长的人影印在黄泥路上。我加紧脚步追上佩佩，问道：

"那末，你就知道怎样生活下去吗？"

"当然啦！"她笑着说，"要是不，我现在怎会来给你带路呢！"

"啊，对了，我忘记问你，你是怎样来的，我走的时候，你不是还在纱厂吗？"

"是在纱厂啊。可是不久，就出了岔子了。"

"啊？"我追问她。

"我那时候不是冒认南方人吗？厂里的先生和班长，都相信我是的，就要我。可是同车间的走狗，那个混蛋，她缓缓地看出来了。有一天，她叫住我：'你是高丽板子，我知道。'我吃了一吓,又带笑地声明说:'嗳呀,大姊,你说话要留心,别这样诬害了人啊!我是南方人呢。南方,在关里的中国的南方。'她冷笑,就跑去告诉班长,那个混蛋真是混蛋!……"

大概她生气时,就会骂人家混蛋的。老混蛋,小混蛋,真混蛋!那怪难听,我笑了。

"笑什么,她是真混蛋啊!"也不理我更大声的笑,又接下去,那末,班长和先生来叫我,他们审问我:'你为什么要说谎?是谁教你来的?可是红党教你来吗?'把我问糊涂了,干活也要人家教才会懂得来吗?我说我自己来的。他们又问:'那末红党呢,你知道吗?'我说:'不知道,什么红党?''红党就是和我们作对,唆使你们闹乱子的坏东西。'他们这样和我解释,我只好答道:'是的,知道了。'他们就生气:'那你刚才怎么说不知道?'我急了,我说:'你先生告诉我,我就知道啦!'他们气得笑了,骂我'妈妈的',又告诉我,他们不用高丽人,叫我马上滚……"

"那末,你就不干了?"

"不,我回车间里,哭起来了,姊姊们围住我问干吗哭,我说了,她们都生气,走去责骂那混蛋走狗。那走狗真混蛋,和我们对骂,蛮不讲理,就给我们打个半死。可是事情就闹大了。厂里要带我和胖姊姊、三姊姊!我的妈妈死了,我就住在她们家里。她们都待我很好,像亲姊妹……"

前面尘土飞扬起来,好像一团黄雾,雾里闪出一驾铁轮马车,迎着我们驶来。那是空车子,只有一个庄稼人坐在上面,前额伏着一块又大又脏的厚纸,当作坐子遮住太阳光,真是简朴得令人发笑。我们分开走,我让佩佩一个人走向前面去,不给路人看出我们是同行者，对我们发生一种无意义的注意。直等到走进那座松林里，我们才又攀谈起来。

那松林不很大，但都是一些古老的大松树，尤其是长在广漠的原野上，更显得像苍龙一样，每一棵都好像真要飞上天去。里面也不像南方的林子，有许多杂树和野花；在松根蟠踞的黄泥地上，只长着一些稀疏的青草，长长的，软软的，好像老妇人的头发。虽然在松林里，仍使我不会忘记我是在满洲，并非到了故乡。我的故乡的山地上，也有一座大松林……可是佩佩又继续她的说话了。

"我们得到要带我们的信儿，那是在夜里，大姊姊歇了夜班跑来告诉我们的。我们听了非常生气，几乎忘掉了害怕。可是大姊姊警告我们，劝我们避一避。真的，他们完全不讲理，除非打死了他们，才有理可讲，我现在完全明白了。可是那时还糊涂，我们还以为他们是好人，多少总有点公道，还希望他们饶恕我们。嗳呀，小李先生，那时真险啊！要是迟跑了一步，我们三个人现在怕已经死在监牢里了。我们逃走，我们在王家屯藏了好几天，那是藏在胖姊姊的亲戚家。后来亲戚也怕起来了，我们又只好赶路，可是我们没有地方去，不知道上哪儿好。胖姊姊的亲戚劝我们上关里，而我主张上南方，我告诉她们南方比什么地方都好，我说了许多话，可是胖姊姊和三姊姊还把不定主意，我气得哭了，一定主张非上南方不可。那末她们两人答应了，我们就走上南方的路。可是我们都不认得路，胖姊姊又胖，走不到二十里地就走不动了，只好缓缓地走，又害怕他们追上，心里真是乱得糊里糊涂。可是一糊涂，就走岔了路，我们原是上朝阳城，可是我们朝东走，越走越背方向，错走上东边道了。那走得我们真苦啊！有一次，我们找不到宿头，躲在树林里过夜。又有一次在高粱地里，我们又疲倦又伤心，三个人抱在一起哭了老半天，一想到我们受苦的原由，我们又痛恨他们起来了。有一天，三姊姊和胖姊姊忽然在秘密地商量事情，不让我知道，我一定要她们告诉我，可是她们不肯说，后来我发脾气了，她们才说打算上间岛，听说间岛那边收留我们这样的人。谁都没有反对，那末我们就上间岛，那末我们就知道怎样活下去了……"

"那末，你们就碰见我的朋友们？"我插着问。

"对啦，碰见了他们，我们和他们在一起已有两个多月了。"

"可是，佩佩，你现在还想做南方人不？"

"不想了！"她笑着，"做什么南方人，中国人，都是一样，胖姊姊她们可不是中国人，可不和我一样倒霉吗？不！不想做了！穷人总是一样的苦命，连日本穷人也是一样的。我真不做了！"

"那末，你还是做个道地的高丽板子好了。"我逗她，她盯我一眼，又笑了，干脆地说：

"高丽人也不做，横竖我是没有国家的。"

"那末，你就做着没有国界的女战士吧。"

"哈哈！"她大笑了，在笑声中可以听出她乐意这个名称："一个没有国界的女战士。"可是她表示着："女战士，算你会说。可是，我还不会打枪呢。"

我们已经出了松林。林外尽是一片丰饶的田野，水秀的嫩绿像云一样地在暖风中飘荡。田地里点缀着一些工作的人们，有的在锄草，有的在引水，还有的在阡陌间走着。只要看了这景色，我就知道距离我们的目的地不远了……好了！好了！我望见那庄墙外的柳树梢，那可不是已在点头表示欢迎了吗？……

"我们到了。"佩佩掉过头来对我说。

（原载1936年6月10日《光明》）

哈尔滨的一夜

这是我到哈尔滨第一天的遭遇。

当我和到车站接我的陈君，突出马车和汽车的重围，走上松花江街的时候，夏天的绿色的哈尔滨，在我这新来的外乡人面前展开来了。

也许是午梦未醒吧，为什么低低的绿荫丛中的洋房，都是那样闷沉沉呢？也许是给天空的日本飞机激恼了罢，为什么茂密的树林中，听不到一声鸣蝉，一声啼鸟呢？

——啊，多么沉闷的哈尔滨的夏天呀！

我带着郁闷的心，跟着陈君走上南岗的斜坡。后面是一层低似一层的绿林，前面是缓缓升高起去的石头道。一条条笔直的浓荫小路，从石头道两旁伸出去，伸得远远的好像没有尽头。路上瞧不见行人，只是矮篱笆的花丛中，有时传出一阵小孩刚刚睡醒的哭声。在小树林里的长凳上坐着的中国人和老毛子，都板起一付苦脸，怪不合卫生的。

——啊，多么沉闷的哈尔滨的夏天呀！

我不禁呼了一口气。

"累了吗？西八乍市快到啦。西八乍市有地方给你住。"陈君一面走，一面说。

"是谁家？"我凑近陈君的身边问。

"老李家。"陈君又接下去："他是北京大学的学生，当过义勇军，现在住在此地。你就在他家住十天八天罢。"

"他乐意吗？我可不认得他。"

"没有关系，我早已告诉他了。他是一个儿住的，很方便。"

陈君又加道，"他这人又热情又爽快，就是爱说话。"

说着，我们已闯进一条狭小的街道，道旁的木板路在脚底下咕嗒咕嗒地响了起来。一位老毛子老太太，坐在她自家门口，睁大眼睛望住我们，望得那样狠，像在生我们的气。她门前的木架上，横七竖八地晾着衣裳、围腰、被单和白台布。站在斜对面的另一位毛子太太，在低声叱着她的狗不要瞎叫。有两位中国老娘们，站在当街的玻璃窗里往外窥望，一瞧见我们都是中国人，便别转了她们的脖子。从一家地下室涌①上几个毛子小孩，手挽手地站在一堆，瞧着我们，又耳语着，忽然哈哈地大笑，跑散了。——这外国村落似的西八乍市，来了我这外乡人，一点儿也不能安静下去啦。

走到七道街，陈君伸手拉开一扇钳着漆布的大门，门铃立刻叮当着，马上又传出一阵毛子姑娘的柔和的声音："克多？"接着走出一位光臂膀的毛子大姑娘。她一边走一边捻起束在胸前的白围腰，在抹干她手上的水珠儿。瞧见熟识的陈君，她笑了笑，

---

① 同"拥"。

打起中国话来：

"不在，他。"

但是陈君拉我进去，指那第七号的房门，告诉我，老李就住在这一间，又回转身子，用俄国话介绍我给那毛子姑娘。她活泼地和我握握手，问我懂不懂俄国话，我摇摇头，而她乐意地笑了。

我留意那屋里，门对门也有十几间房子，是寄宿舍的模样。据陈君说，那毛子姑娘是房东太太的女儿，没有父亲，父亲是在欧战的阵前牺牲了的。

打寄宿舍走出来，陈君因为有要紧事，不能再陪我去逛逛。他告诉我最好到道里公园消磨过这下午，并且教我怎样上电车，哪里下车，便分手了。

如果是有福的人，像我这样独行踽踽于异乡的街道上，他一定会弄些什么乡愁旅思；如果是情感热烈的人，像我这样飘泊于"满目异类"的都市中，他也许会痛哭狂歌起来。但是，我因为在中东路四等车上不能好好歇息，只觉得满身不得劲儿，无精打采地上道里公园去。公园里非常热闹，有买汽水的露台，有日本女人的纳凉亭；还有电影院，院前的无线电机闹得震天价响。而我不顾一切地躺在一片僻静的青草地上，睡了大半天的觉。

等到我乘电车再上西八乍市，已是满街灯火了。我在车里，尽在想象老李是怎么一个人；如果他不招待我，或者不知道我今晚要上他家睡觉这回事，岂不是要在街上作夜游神了么？

但是，不，那毛子姑娘一瞧见我，便说，第七号有人，叫我自去敲门。敲了两下，门开了，背灯站在门口的并不是什么老李，而是一位青年女子，这才把我呆住啦！

"找谁？"她问，用机警的眼光上下打量我。

"李，李！先生在家吗？"我客气地说。

"老李？"她怀疑地反问着，又说，"你是谁？"

"我姓郝，奉天来的，刚才和陈先生来过。"

"啊呀！你就是郝先生吗？请进来，请进里面坐罢！"她笑了，露出雪白的牙齿。

这时候，该是我满腔狐疑的时候了。我狐疑地坐在椅上，狐疑地望住她，狐疑地擦擦自己的手掌。她是谁？是老李的老婆？情人罢？要不，又是什么人？我不致走错了房间罢？

"你认得李先生？"我终于忍不住了。

"怎不认得，天天在一起呢！"我的话好像把她问恼了，"难道你不知道我？"

"不——还没有请教呢。"

"真不知道？陈君没提起？我就叫佟桂英。"

"？"我简直怀疑她和我开顽笑，佟桂英是何等英勇的一个女子，朋友们都称她是满洲的马柳特加的。而对面的她，瘦长的个子，怪柔弱的样儿，怎能叫我好相信！

"十里堡的事情，你该知道罢？"她瞧见我默默不语，又说下去，"难道真的没人告诉你？对你，我用不着说假话，是不？老陈知道老李上江北，不能回来，他自己又分不开身子，才叫我上此地等你的。"

我再不能迟疑了。我带笑地重新站起来和她握手。她那铁一般有力的手，说明她真是能骑马，能打枪的那个佟桂英。

"桂英，得罪，得罪！"我向她道歉。

"你这人也太细心！要是不知道底细，我还不一脚把你踢出去？你吃饭了不？"她斜着身子坐在床上，不客气地说。

听了我说晚饭还不曾吃，她马上跳起来，一溜烟出去了。留在我眼里的是一个活泼健康的背影——不错，是佟桂英。

我默默在回想朋友给我的信，说：在××人的残酷屠杀下，乡村的女子也反抗起来了。最近十里堡有一位英勇的女子，叫佟桂英，领导着全堡的老百姓，劫了××兵的枪械，组织义勇军实行打××。真是满洲的马柳特加！记得那信的结语说："亡国的将军们听了这消息，不知道有何种的感想？"但是现在她怎会在哈尔滨？可不是日本人还出赏格捉她的吗？……

桂英回来了，带来大大的一块黑面包，一包干肠子，二瓶克哇斯。她一齐堆在桌子上。那房里唯一的桌子本来就小，何况已经摆满了一桌子的书籍、文具等等；现在再加上她买来的这许多东西，其乱七八糟可想而知了。

"吃呀！今儿请客，买了克哇斯。你喝克哇斯不？"也不等我的回答，她捻了一片黑面包往口里送，就是站在桌子旁边，倚着墙，那么的大吃特吃起来了。

她一面吃，一面警告我：这房子只许说说笑笑，不要说别的话。因为隔壁住的是一对日本夫妇，据说当家的在洋行办事。北方话说得比南方人还正确。她疑心他们"不是东西"。她又说在哈尔滨，每个院子里，尤其是像这寄宿舍性质的屋里，常常住下探子。人家不留心说错了话儿，就有人给你记住的。有时候，中国人时常给抄了家，或是逮了去，本人还不知犯的是什么罪。哈尔滨还算好，××人还想摆"文明国"的样儿。要是在屯里，简直像对待台湾、高丽的亡国奴样的残酷。下江那边，井里放毒药，任意枪杀、强奸，甚或用大炮炸弹，把整个村子毁成平地，那都是常有的事情。她的家就是在炮火中化为焦土的。……

隔壁的日本夫妇回来了,在房里哼着"大和歌"。那毛子姑娘在诵读故事给她妈妈听,声音就像百啭的黄莺儿。斜对门的女毛子,据说是暗娼,这时已经拉来了客人,在房里淫声荡语地笑闹着。

我们默默相对。月光惨白地洒在窗棂。窗外的榉树在夜风中摇曳,低吟。远远地传来一阵话盒子的俄国民歌那样慷慨激昂,令人联想起《猎人日记》中的"歌者"。

桂英好像不耐烦似的跳了起来,理一理蓬松的乱发,又坐下去,说:

"这时候我真想骑马。夜晚骑马,比白天有味儿。你想想,在满地是月光的大草原上,腿儿使劲地一挟,马儿就拼命地飞跑,飞跑,好像飞在半空一样。再一转身,又跑进黑濛濛的树林里。勒住,马在喘气,夜猫子在号叫——啊,多乐呀!"她停住,在想象那情境,又忽然说,"郝先生你会骑马不?"

我摇头,笑说不会。她自傲地笑了笑:

"我不懂,为什么不会骑马!"

"为什么一定要会骑马呢?"

"不会骑马,好像没有腿儿,自己吃亏呀。我们村里好几个老娘们都能骑,可惜胆子小,要不,我就多支臂膀。唉,真可惜!"她又慨叹似的道,"我们关外老百姓,糊里糊涂地过日子,又糊里糊涂地亡了国,都是为了胆子小……"

我按住自己的嘴唇,警告她不要说下去。所以,连我想对她解说问题并不在因为胆子小的话,也只得咽向肚子里去。

暂时又静默着。外面又是歌声,又是笑语,又是淡白的月色。

这一切，好像无情地在嘲笑我们这些被压迫、被损害的灵魂！

桂英似乎更加烦躁起来，恨恨地说：

"简直是在监狱里过活！我们的自由在哪里？我们的生命在……"

这没有说完，而房门突然开了。走进来的是个十五六岁的中国学生，他低声而急促地说：

"老佟，你们还不快走，老李在江北发生了问题啦！"

这消息，是那么的突如其来，叫我和桂英都跳起来：

"老李？就是住在这里的老李？他有了问题？小范，这是哪来的信儿？"

"刚才得来的，详细情形还弄不明白。老陈叫你们马上离开这房间，老佟住的那边也不能回去。"小范又面对佟桂英说："老陈把新来的老郝交给你，你要代他想法找住处。"

"半夜三更，哪有法子！"桂英有些着急。

"谁知道！老陈说一定要你负责！"说着小范便想走，桂英叫住他，而他发急了："得啦，得啦，我还有事，有话明天再说罢！"

碰地①一声带上门，他走了。房里的桂英和我对瞧了一下，都在沉思着。我是人生路不熟，什么法子也没有的，而桂英也像十分为难。

"这样晚，过江是万万不能，住栈房更别想，朋友家靠不住，有好几家大概是同样情形，不能去，那怎办呢？怎办呢？"她自语着，又好像在和我商量办法。终于，她站起来，"这样

---

① 同"砰的"。

罢,上马家沟瞧去。这里是不好住了。"

我们匆匆地上马家沟。而马家沟的几家人家,不是打不开院的大门进不去,就是给守门的恶狗赶了出来。结果,给我们失望。

大约已是夜里一点钟光景,实在是深夜的时候。我们仍是在街上奔走,找不到宿处。怎么办呢?怎么办呢?

依照桂英的意思,只有一法:我们除非扮作一对密会的情人,找块树林里的草地坐坐,捱过这讨厌的一夜。据她说,每当夏天,老毛子们时常在花影树荫里坐到天明。有些中国人也学上了,所以在哈尔滨,那已是常见的事儿。

"好罢,我们只有这样,不过你……"我也没有更好的法子。

"没有关系,这是必要的时候呀。"

于是,我们勉强放缓了脚步,手挽手地在月光中走着。我们算是"情人"了呀!

夜深的月色真像水般清凉。各处的景物都给月光净化了。黑巍巍的喇嘛台,尖顶耸得那样高,好像直伸到天际,想去挽住那渐渐移向西方的月亮,不让她无情地离开这梦般的人世。

南岗、秋林洋行门前的一行长凳上,疏疏落落地点缀着一对对的情侣。路旁的矮篱笆下,萦绕着蜜语和笑声。软红色的窗纱间,有时候映出舞兴沉酣的迷离的人影。

而我们,缓缓地走着,走着。我的心像压上一大块石头。要是有人走过,我们也热情似的相偎相倚,像在说甜话儿。走远了,我们依旧是抑郁,沉闷,而静默着。但是,我们可要紧紧地记住,我们要扮得像情人似的在散步才好啊!

末了,我们走进一座小树林。林中的草地,闪烁着破碎的月影。草际时时浮上微细的虫声,又像着惊似的忽然停止了。

"我到底是在田野长大的,听见虫声,就想起了老家。"桂英打破了沉寂,说:"真怪,已经烧光的家,还是忘不了。瞧瞧这样的情景,我就有气!"

"那末,你家里的人呢?"

"我家里没有什么人,爹早死啦。妈寄在吉林亲戚家。还有哥哥,在盘石那边当义勇军。月前听说受了伤,现在不知道是活是死——讨厌!别提这些罢!我不爱说家事!那不是我们说的!可不?"

她坐下去,不痛快地呼一口气。在阴影下,我注意到她的眼睛。那眼睛正像两颗星儿在闪光。突然地,她把眉头一锁,无目的地瞪住一棵树;突然地又紧闭上眼皮,又再睁开,往远远的林外望着。林外的月色像烟幕,密密地笼住这树林。

"就像这样的月夜,我们在拉林大屯子截获了××兵的枪械,是二月前的事了。"她慢吞吞地说,又笑了,"那一次才有味儿。我们,一个山洞穿过一个山洞,有老百姓带路。在洞口瞧见两个鬼子,我就是一枪,便倒了一个;第二枪,又是一个。鬼子真不中用,太禁不起子弹,一连人,一轰便散啦!我们追,追上一个打一个,就像打雀儿,好不痛快。青纱帐掩住了我们,××飞机没有劲,又是在夜里。前前后后共打死了十三个鬼子,剩下的都跑个光。我们夺得了十大车的东西。里头满是胰子、手巾、袜子,还有干粮。鬼子真不坏,打死他们的人,他们还给我们送礼,可不?"

她轻轻地笑出声来了,又接道:

"天一亮,我们在大屯集合老百姓,分给他们六大车东西。他们乐意得不得了!有一个老头儿,头发胡髭都白了,他还跳上一块老树头，颤巍巍地嚷道：你们瞧瞧，义勇军多好！你们现在还说是胡子，是胡子不？我早就告诉你们不是，你们不肯信。现在怎样儿？可不是领老百姓打××的义勇军？大伙儿都乐得大叫大喊：义勇军真好，义勇军真好呀！——不错，人心不死，中国人心不死！可不？"

"老百姓自然是好的。"

"对啦！只要我们拼命干下去，好的老百姓有的是。我敢说，我死也不怕！"

"真个是勇敢的马柳特加！"我不禁赞叹着。

"说什么？马柳特加？"她好奇地追问着，"马柳特加到底是谁？老李也这样说我，我不明白，也没有闲心去问他，到底什么回事儿？"

我笑了，没有回答，她拿眼光追我，眼光是那末有力，好像不由你不说明。

"那是一个故事里的女主角：可是说她干嘛，多无聊的！"我又停止了。

"无聊？那你为什么爱说？"她恨恨地道，"你们这班念书人，偷了故典骂人，也要对得住老天！"

"不，不是骂人的，更不是骂……"

"那你就该告诉我！"她抢着说，"这时候，说故事才合景呢！我做小孩时候，顶乐意听故事。"

她瞧见我还闭着嘴，便捏住我的手，使劲儿只一握，就像铁钳钳住般疼痛。她说："告诉我不，要不，我挟断你的骨头！"

这样，我不得不告诉她马柳特加的故事。开头我是很简单地述说，但她不许，一定要从马柳特加在渔村干活细细说起。她怎样地和官长定了不和男人养小孩的合约,怎样地拿枪头拼那些调戏她的人。她又怎样勇敢,打枪又准,瞄准时口里先数第三十、第三十一,在计算她打死的敌人的数目。她又怎样地打到第四十一个,只打中他的帽子,而变成她的俘虏。

桂英很有味地听着,注意着我,有时笑,有时赞叹地摇摇头。等到我说到马柳特加被派去带着那俘虏上总部去,坐的帆船给暴风漂到荒岛上,变做那俘虏的"礼拜五",后来互相恋爱了,一直说到最后那悲剧的结果。这时候,桂英发出她反对的言论了:

"放屁!为什么爱上那俘虏?不能的!"

"因为人类彼此间,本来是没有仇恨。"我代那作者说明了原来的主旨。

"可是,为什么他们都给打死呢?有仇的总是有仇,怎会消灭呢?这明明是作者有意'扯鸡拔蛋!'我不信!爱上一个敌人,那真是比登天还难!我不信,那是没有的事!'扯鸡拔蛋'!"

"那做书的,本来思想就不大对,不过……"

桂英抢着道:"那就是啦!那就是啦!"说着,她多情地笑了。

"那末,马柳特加可爱不,你也拿枪头打过人不?"我逗着她。

"我不!谁敢来拼我!"

离我们不远的,来了一对老毛子。他们走到一棵树后,坐下,紧紧地拥抱,亲吻。

"噫!瞧瞧!那才是马柳特加和她的俘虏啦!"桂英好奇地

指着那对老毛子这样说,而她自己的脸却羞红了!

月亮斜得低低的,映着草地上的露珠,像一幅无限大的银色蛛网。树梢卷来一阵寒风,林叶沙沙地响着。

"怕会下雨啦。"桂英好像怕冷,紧挤到我的身旁。她的眼睛那么温柔,迷梦似的。在静默里,我听到她急促的呼吸。

"真的,"她低声说,"我不爱男人,男人太坏,他会给你吃亏的。我没瞧见世上男人不是狠心的!真的,我不爱男人,我永不会爱上男人。我竟不爱听马柳特加会爱上那个俘虏!我的心是血的,又是铁的。可不是,要有铁的意志,铁的心肠,才能战胜敌人呀!你说,可不?"

但是,我感到她言外的一种忍不住的热情。真的,我的心也在跳着。可是理智告诉我,我无论如何不能和她恋爱。而且,我们应该记住,我们假扮情人的密会,为的是避免人家的注意呀!

但是桂英又动情地说:

"事情忙的时候,我不难过,我顶讨厌是闲着没事,自己老要糊思乱想①!要是在村里,我觉得难过的时候,我一定拉了马儿,往山林里跑个痛快。不过,也不能时常这样,怕××飞机望见。咳!真是杀不完的鬼子!"

她兴奋得好像要哭,但是她自己忍住了。

"真的,郝先生,"她又说话了,"我对你用不着说假话。真的,我有时真闷!可是我该爱上男人吗?不,现在的时候,是国破家亡,我哪能爱上人!我应该爱的是全体被压迫的人类!我应该爱的是向敌人战斗的一切同伴。呀,郝先生,我的心太大

---

① 同"胡思乱想"。

啦!实在太大啦!不过,这是对的,是好的!可不?"

"不错,我们应该爱我们的同伴。"我冷静地说。

"是呀,我们是同伴,我们应该相爱。不能只爱上一个人,只爱上一个同伴,我知道的。郝先生,我们不能只爱一个同伴,我们应该爱……"

一阵骤雨打断了她的话。——夏天时当是突然下大雨,不到一二点钟,又突然地晴了的,尤其是在哈尔滨。

雨愈下愈大。静夜的树林中的雨声,听来更觉奔腾澎湃,像发怒的海涛。林叶间漏下了又大又凉的水滴。周围尽是水滴的笨重的声响。整个树林都给一阵又湿又恼人的木叶气味所罩住。

这时候,我和桂英躲在一棵大榉树底下。桂英好像恐怕打湿了衣裳,紧紧地靠在我的怀里,突然她又像是胆怯地抱住了我。

在这夜雨的黑暗的林中,我们互相拥抱着,默然无语,在等待天亮。

第二天我们便分散了。

后来,我才知道桂英是到哈尔滨办理事务的。过了一礼拜,她的事务清理好,就上东宁去了。我不久也就离开了哈尔滨。

自从那一夜之后,我们都没有机会见面过。也许往后永远不能有相见的日子了。

|散文|

霜　花

是大雪新晴的一天早晨，庭前的老树忽然换上一套白色的新装，好像春天到来了。

"可不是梅花开啦？"我说。

"真是南方人的口气，这时候哪有梅花，那是霜花呢。"琳望着窗外，又笑道，"结了霜花，树枝儿好像披上一层轻纱。"

"可不是，比堆在枝头的雪要好看多啦。"

野外的树林才好看呢！哪怕是梅花林，也没有开得那样均匀，那样玲珑的。

"我不信，我们瞧去。"

于是踏着路上的积雪，匆匆地下了南岗，走进铁路公园一带的树林里。我们迷失在一片白茫茫的花雾之中，人在霜花丛下走着，好像闻到一阵阵奇妙的冷香。

"琳，谁说不是我故乡的梅林呢！"

我不禁大乐，而琳只微笑着。她小心地攀着小枝儿，好容易才折下一枝美丽的霜花。

"给你作纪念罢，"她悄悄地说，"将来回南方，见了梅花,不要忘记这霜花。"

可是霜花在她的手里融化了,消逝了。我接过来的只是一枝不折不扣的枯枝儿。

"霜花是这样容易消逝的啊!"

琳的心受伤了,眼睛噙着泪。

我把枯枝儿藏在衣袋里,安慰她道:

"虽然消逝了,可是我会永远地保存着。因为这是一种人生的赠奖。也许在将来的回忆里,是永远不会凋残,永远像未折时一样的美丽。"

(原载1934年《人间世》一卷九号)

万泉河

同样的地方,想象的要比亲历其境有味儿。我与万泉河,就是这样。

万泉河是沈阳消夏的一个好地方。有清浅的水流,低拂的柳丝,香喷喷的荷花;还有姑娘们的倩影;也还有小贩们在叫卖饽饽、香瓜,以及粉水似的冰糕……

可是这一切我都不知道,我旅居沈阳的时候,只听见说,"九·一八"事变后,万泉河寂寞了一整年。直到开冻之后,柳芽儿放青的时候,方才有人去散步。他们好像太胆小,骇怕日本兵,又怕遭胡子,悄悄地来而又悄悄地走了。不过,仍有一二个大胆的"沈阳诗人",在报屁股上,发表他们绝俗的游兴,大加赞美万泉河的嫩柳,以及柳烟里的流莺。——其实他们不一定去欣赏过,作诗罢了。

接着夏天到来,万泉河又再热闹起来了。有日本马戏,有野台戏,还有卖艺团,唱落子班等。卖茶卖汽水的也搭了布棚儿,有座位,而且铺着雪白的桌布。又是一番"太平景象"。

这也还是听人家说的。因为我虽然在沙阵与蝇群的袭击中,平安度过了沈阳的夏天,可是我没有去逛万泉河。并不是不想去,而是碰不巧。第一趟,还未跨出大门,天空已经布满了云阵,又是轰雷,又是闪电,好像马上会下倾盆大雨。这雨,结果给狂风席卷而去,而我的游兴可再也提不起来了。

第二趟呢,已经走到大南关,又给一位朋友拉住。他说:横竖是日本鬼子的世界,没有中国人的份儿,有什么逛的!况且刚才红袖头(伪满的军队)和日本人吵起来,日本兵偏袒日本查票员打红袖头,中国人一齐起来打不平,又给日本马队弹压下去。事情怕会闹大起来啦。

这样的,我又只好不去了。

不多几天,事情果然闹大。就在那马戏场,演出弱者抗争的一幕。十二个日本人活活给红袖头打死。这事本不足为奇,日本兵下村时常给种地的老百姓缴械,打死,没有一排人以上不敢上街。然而这一遭是发生在日本人自信能统制的红袖头,那有严密组织,甚至连排长都是日本人的武装部队里,可见东北民众的愤怒是达到什么程度了。这一队人当然变成反日的一支力量了。而这种情形,兵变,是时常见到的。

扯得太远了,说回来罢。这事情发生之后,万泉河马上布满了飞机、马队,还有暗探,在中国人中"工作"起来。游人因而绝迹。万泉河又沉寂下去了。只有那抗争的血痕,将永远留在万泉河的绿草上。

所以,一直到离开沈阳,我始终没有见万泉河的美丽的夏天。

但是万泉河的冬天,我是瞧见过的。那是在浓冬,一个大风雪的薄暮。我那天是到兵工厂找一位朋友。因为他未曾下班,我冒着风雪沿一条小河瞎走着。那小河就是万泉河。全冻结了的河面,盖上约有半尺来深的积雪。如果没有那低低的长桥,横躺在雪地里,我以为是一片荒凉的平野。平野上立着几棵枯黑的老柳树,给寒风刮得在发抖,在悲鸣。有时,从瞧不见的村庄里,飞来三两声夜狗的狂吠。大风雪不顾一切地,任意狂舞,长啸。

这是我心眼中的万泉河,是抑郁而又带怒的。

现在夏天又快到了,江南已是这样的旖旎。不知道万泉河又怎样呢?那抗争的血印还留在河边的绿草间吗?也许已经给风雪刷干净?也许那血痕会变成不可抗的力量,战胜一切强暴者,将长留于东北的大草原上?

(原载《人间世》一卷十号)

沈阳之旅

一 奉天行

从冰冷的站台挤上三等车座,找到了座位的时候,已经满身是汗了。这是因为乘客多,又大都是不肯守秩序的中国同胞,而"南满"车中的热水汀又是以热著名的。

车开了。有一件行李,从架上掉下来,恰打在一位匆忙地走过来找座位的乘客的头上。但是他反而被那行李主人大骂一顿,好像他的脑袋把贵重的行李碰坏了,要他负责的样子。

原来这有声有势的行李主人就坐在我的对面,是个三十多岁,留着短胡髭的大连人。他自称是有要事到哈尔滨办理的。等到知道我是打关内来的之后,他感慨似的说:

"没有用,中国人老是自家打自家!你们关内更糟,土匪和官兵一样坏!我们这里吗,人家说是日本世界,亡了国的,倒是太太平平过日子。"

那时候,无论哪一天的报上,不是满纸登载着义勇军打仗的消息吗?小西边门一役,并不是一星期前的事。然而这是他的太平的日子!

我买了二十钱两只的苹果,吃得香甜清脆,十分可口的。往窗外望,就望见车道两旁的苹果园涂了白灰的苹果树好像在运动场表演团体操,有时走成行列,有时走成圆圈。篱笆上挂着日本字的白牌子。那使我记起几年前在马来半岛的火车中所感到的殖民的情调来。——不错,辽东半岛也是不折不扣的殖民地呀!

望里的辽河还未曾开冻。而车厢里的人们,可因热水汀太热,大都脱下了棉袍子。有些人坐着睡觉。日本宪兵背着枪在走进走出。到了中午,车里茶房走来叫卖"宾多"。

列车在黄昏里飞跑着。在高低不平的斜坡上的残雪,越来越多,令人感到列车已经一分钟一分钟地驶入满洲的内地了。

忽然,一个日本人在嚷着,我问了旁人,才知道是在叫人家拉下车窗间的软帘,遮住灯光。接着又传来的一个中国话的大声警告,说话的就是上面提过的那个大连人:

"快拉下来呀!让土匪瞧见灯光,不是要的!"

然而,乘客们都哗然笑了。——大概在笑他大惊小怪。

"什么土匪?可不是义勇军?"我问他。

他恨恨地哼了一下,表示对于为民族的自由而战的义勇军的鄙视:

"什么东西!义勇军?都是胡子啦!你们关内不知道的以为他们是了不起的了。还有许多学生跑到关外来,和他们一道,不是更好笑?"

后来,我才知道这位"同胞",还是个日本留学生呢!

经过每一站,站台上的木屐声和日本女人的告别语,在夜静天寒的途路中,听来别有一番异国情调的滋味。旅行把我的心浪漫化了!

到了大石桥,车里起了一阵忙乱。上营口的要在这儿换车。听说过了大石桥,"奉天驿"也快到了。

二 雪中的马车马

到了沈阳,沈阳正下着大雪。我困在日本站的旅馆里,枯坐在滚热的火炕上,不觉感到行路艰难。

有谁在仆仆风尘中被阻于大风雪的吗?他一定会知道那种进又不是、退又不是的苦况的。又何况在隔两层玻璃窗的外面,还会传进来那种刺耳的风雪的呼啸声。有时,还杂着马车夫单调的叱马声和皮鞭声。我跟了皮鞭声音望去,就瞧见一驾密不透风的四轮车子,黑黑的,像黑鬼影在铺满了雪而静悄悄的原野上,缓缓地移动。而车前面的那匹马,仆仆道路,风雪满面,样子倒像个失掉拐杖的老头儿,不能走路,而伏在雪地里匍匐着。

那是一匹马车马,是羸弱而多愁的马车马。和爱尔文杂记里的那位老先生的瘦马同样的不合时宜,特别是踯躅于这样的市街上。那虽然下雪,没有行人,而仍是高楼大厦的现代化的市街。

如果这时候突然卸下重负,走上可爱的马厩里去取取暖,那马儿该有多少的快乐啊!我想。

人们总以仆仆风尘为苦事;但是,马车马似的都市人,如果突然离去职务,作长途的旅行,即使这旅行是关于事务的,也不能不算是最好偷闲的机会了。无论在车中,船中,旅馆中,周围是生疏的环境,生疏的人面,不寻常的习惯;而你在这中间随意坐卧吃喝,抽抽烟管。要是精神焕发时,不妨同四近的乘客谈谈天，说说笑。那情调，会使你感到一种飘泊的自由的乐趣。如果碰到一两个好旅行的客人，他和你议论车外飞过的景物，比较各地不同的民情土俗，那尤其是幸运中的幸运了。

有一次，在马来半岛的火车中，和一位去过英国的暹逻①人同车，他和我大谈其马来半岛的风物，连应该下车也忘记下，一直送我到新加坡，真是有味的一回事。虽然他的爱国热诚太过了分，把那半野蛮的国土简直比作英伦三岛，比作希腊半岛一样的美好；但是他描写的宋卡的风物，真是教人神往。在宋卡，那蔚蓝的平静的海面，印上巉岩而多姿的山峰的倒景，再衬着绿色的椰林和黄金的夕照；这一切画出热带所特有的海的柔和的容貌。而出产燕窝的奇怪的石洞，神秘而又离奇，怕有要离出没其间呢。神话似的古城，颓废而又寂寞，会使你幻想到神秘的传奇生活。真的，那个从窗外一瞬而过的宋卡，我到现在还作为充满历史意味的暹逻古都在怀念着呢！

而现在，我已经到了另外的一个古都，"满清"未入关时的都城。这都城又有另一种景界，一种武侠小说的景界。黄泥的矮屋，荒凉的原野，原始的市集，古旧的野店，无处不是飞檐走壁的背境。然而时代已是不同，那打不平的梁山伯式的英雄，已经不以刀、飞镖等武艺相标榜，而尊崇那些顶好的枪手做头领了。更何况有奉天车站那样雄伟的西洋建筑物，巨人般地君临这个蛮荒的关东州！祝家庄似的大粮户们，也不得不低首下心地去服侍那些头戴钢盔的日本大兵了！

中国的老百姓，雪中的马车马啊，日本帝国的皮鞭比车夫的

---

① 同"暹罗"，泰国旧称。

还要狠一百倍呀!

三　柳边墙没有了!

到了沈阳,我带着天真好奇的心理,想起从前在小学校念地理教科书上的奉天柳边墙来。在书本中,那是一条弯弯曲曲的小黑线,而在我的想象中,却是一行又密又高的柳树林,每一棵古老的树干都带有历史意味的残痕的。

但是,只要望见了边门,我是怎样的失望啊!想象中的有味的柳边墙没有了!无论大小西边门,只有几根砖柱架一个半圆形的铁架,凯旋门不像凯旋门,母节坊不像母节坊,那才倒霉啦!

不见御辇,不见银钺金戈,在门下穿过去的,是汽车,马车,脚踏车,雄赳赳的日本马队。昔日的皇国的光荣和历史一同消逝了,现在的已是几成傀儡,变成日本帝国的傀儡了!

穿过西边门,再走半点钟的路,便可看见沈阳城的城垣。那灰色的,破旧的古城砖,暴露在风雪中、正在说明中国古城的末日。看罢,城楼上的七颠八倒的衰草,雉堞上的千百成群的栖鸦,在夕阳里,正在诉说着这古都的没落的悲哀。就是城里的沉静的旧宫,古旧而寥落的街道,也充满了颓废荒凉的意味。倒是吊古的资料呢。

然而,我失望,想象里的柳边墙没有啦!

四　后地的人家

无论哪一个都市,有了极繁盛极热闹的大街和广场,一定又有十分贫苦的穷人区域。沈阳有日本站的千代田通和浪速通,也就不能不有穷人杂处的后地。

我一到沈阳,在日本站一带走了一趟,觉得:沈阳是多么都市化的呀!只要站在那树立日本阵亡战士纪念碑的广场间,瞧瞧朝鲜银行的大理石建筑物,以及七八层楼的规模宏大的大旅馆,你就会觉得那是最现代的都市,也就不用再说那些以奉天驿为中心的蛛网式的"通"和"町"了。——听说自从"事变"以来,从沈阳城到北市场,没有一家商店不是大大亏本的。不亏本而且获大利的只有在"通"和"町"上的日本商家。也许这就是"蛛网式的"结果哩。

那末,我就来谈谈绝非蛛网式的后地的人家罢。这人家,是沈阳本地人张君带我去拜访的,因为我想观光"咱们中国人"的生活。

他们一家共四口,夫一,妻一,儿子二。儿子大的四岁,小的还未断奶,妻除了理家务,养孩子外,还要对付那收捐税的警察们。那一天,我亲自看见她抱着孩子,蓬着头发,对着那个走向她家来收什么费的警察,大声地叱道:

"吠!收啥费!收啥费!我们夜晚连高粱米饭也没有吃呢!大家都是中国人,谁不知道谁?有本事不会到后地人家来死要钱的。你可知道,后地人家都是穷人,哪来的钱呢?大家都是中国人,谁不知道,你们没有钱,该向日本人要去,你们可不是当日本人的差吗?大家都是……"

而那警察,居然给她一喽唆便跑掉啦!据她说,这是对付警察最好的办法:死赖和瞎骂。

丈夫呢,在满铁当筑路小工,每天早上六时上工,下晚五时半才下工,中午有半点或一点钟的休息吃中饭,是临时工,工钱做一天算一天,每月只赚十二三块钱,比长工少六七元左右,而在大雪大雨就会没有活干的,无论放工上工时都要排队向日本头儿行礼。这是他顶痛恨的第一件事。而其次是痛恨山东人。那又是从哪里说起呢?

"我原不是当小工的,我是邮差,"他说,"'事变'那年,我们大伙都到关内去,向总局请请愿,要求工作,但不给活儿,还来一阵威吓,说我们捣乱。我知道,那局长就是个山东人!山东人顶坏,你相信不?"

他好像看出我不大相信他,又说了第二件"受山东人欺骗的事实"。那是在他打关内回来,在南乡参加义勇军的时候。从沈阳去和他们约定打奉天的人,向他们说,警察是"我们的",军队也有"我们的",只要大家一到,都反了正。而事实可完全不是那回事,所以他们打到小西边门而失败了,死了好些"同胞"。后来再去找那和他们接头的人,可连影子也没有?"这个东西,也是个山东人!"——不幸的是,在干活的同伙中,骂他"亡国奴",骂他高粱米饭的,又是第三个山东人呀!

所以,归纳起来,他的结论是:山东人顶坏。所以他痛恨山东人。至于还次于日本人者,为要顾全中国这国家的面子也!

我所拜访的,就是这么的四口人的一家。他们只占有一间房子的二分之一,父母儿子共有一铺炕。因为要省钱,对面炕租给三个一起干活的同乡人,每人收费五角。

他们吃饭,更是简单,每天只吃二顿,每顿每人吃高粱米饭五六碗乃至七八碗。下饭的,我那天瞧见的是两根大葱,一个鲜辣椒,几粒生蒜头,和小半碗香油皮,如此而已。据说天天如此，顿顿如此，换样子的时候是极少极少的。

"没有钱啦,都吃光了,有病有痛又怎办呢?"

于是我和张君走了出来。那泥泞的街道,要是不小心,便会滑倒。满街尽是一些又脏又陋的纸窗和柴门,尽是一些剥落的泥墙和低矮的屋顶。到了夏天,屋顶上面还长着青草呢。这一切,组织了穷苦的后地,正和大理石的建筑物成为有味的对比。

这就是中国老百姓的家啊!

五 怀乡病者

像这样的她,现在大概不止一个了。

在沈阳的一间随处见到的小屋里,土炕热得像烧锅,火炉上的水壶在腾沸,纸窗时给雪珠敲打着,响着又密又脆的轻音。从桌上的陈设和炕上的被褥并非大红大绿的色彩上,知道这位年轻的女主人是个南方人。我是给朋友,她的丈夫,招请到来和她谈谈故乡的风物的,因为她害着怀乡病。虽然我并非她的同乡或者同县人,然而,只听到我一种不带"儿儿声"的乡音,她好像已经十分安慰了。

在满城风雪的寒北,谈着鸟啼花发的岭南,真是没有地方像家那样甜蜜的呢。

讨厌的关外,只有雪,只有风。山既不常青,花又没有香。吃的只有单调的大葱和白菜。就是最普通最贱的杨桃和番石榴都瞧不见,鲜红的荔子[①]是更不用说啦。啊!讨厌的关外啊,关外的

---

① 同"荔枝"。

门也会无情地碰破外乡人的鼻子的。总之，这位女主人讨厌关外的一切，她渴想着故乡。

"故乡多美啊！"她说，"柿树这时候也该开花了。柚子花也该香喷喷地在盼望游子的归来吧。还有那山上的黄草花，在青青的荆棘丛里，也该露出雪白的小脸儿在微笑呢。啊，多美的故乡呀！"

日报附刊"国际公园"上，发表了一位从哈尔滨回到岭南家去的小姐的通讯，说故乡的白米不及北方白面好吃，说故乡的妇女也像北方的一样守旧，说故乡多匪多灾荒，单是捐税怕有二三十种花样儿。而这一切，激恼了这位怀乡病的女主人，她说是有意帮助日本人诬蔑中国的。就是我证明那是有的，而她仍然怀念着她美丽的故乡。

说话中，我知道她是一位"五卅"时代的新女性。但是，现在她失望了。她说：

"骗人的希望！希望总是骗人的。什么是解放的人生，什么是自由的世界，不会有的！为了这渺茫的前途，去努力，去牺牲，可不白费劲吗？我只顾现在，我要尽情享乐这现在。从前太猛浪了，多好的青春也不知道爱惜，只可惜知道的时候已经过去了。我从前那样不爱生命的死干，说是为了国家，为了社会，而现在的国家怎样，社会怎样，可不是一塌胡涂吗？可不是卖国的还在那里卖国吗？……唉，我真真不明白我那时怎有那样的勇气！到现在想起来，真是一场梦。啊！人生，一个梦！"

她自己特地弄了几样具有岭南风味的饭菜请客。她想使故乡情调更浓厚，甚至反对她丈夫把大蒜放在酱油里。从前称为"革命伴侣"的丈夫，现在就是拿筷子她也看不上眼。她说，那一点也不"艺术化"！

"他乡遇故知，实在难得！"她斟满了几杯酒说，"我来敬客，先喝三杯罢。——哈哈，真痛快，到关外来这些时，从没有痛快地喝过，今天我一定喝个大醉啦！喝罢，为故乡祝福罢！"

然而，在我这方面，却很惭愧。既不是什么故知，又不能多喝酒，只管贪馋地吃着那盘又热又香的生炒鸡肉。

而女主人真的酩酊大醉了。她不停地说着她的故乡，说了一会，又笑了一会，又高声念旧诗。累得她丈夫皱着眉头。只管在安慰她，正像母亲在诱劝她的儿子样。

闹了一会，算是安睡去了。但她还呢喃着："木棉树上鹧鸪啼，木棉树下牵郎衣……马上相逢……凭君传语……"

在梦里，她还在伤感呢。

我悄悄地告辞出来。外面是满天大雪。冒着风雪，我一面在想：这个女子的内心，大概感到寂寞了罢？难道"五卅"怒潮激起来的女性，就是这样寂寞下去吗？再也不能努力前进了吗？

长春道中

在沈阳逗留了些时,接到哈尔滨朋友的好几次来信,催迫我到哈埠那里去逛逛;同时又介绍了一位要上哈尔滨念书的女学生,做我的向导,因为她是到过哈埠的。

不知道怎地,原想乘急行列车到长春转中东路南线的,可是等到火车开后才知道错乘了缓车。这缓车,正像我的向导所描写的,真是"有站皆停,无车不缓"了。好在我这向导倒是个活泼的健谈者,一夜的缓车不至于太讨厌。

首先,她约定我整夜不许瞌睡,一早还要跑到车台上去瞧那大平原日出的晓景。其次,她开始穷究着我的身世,真是问到我有点穷,无法对付,不得不像作小说那样,替自己创造了一个细详的故事,这才满足了她。原来天真的她是用那种读小说的心情在打听一个人的身世的。然而,她又问:

"为什么你想到东北,可是因为东北给日本人占了才惹起你的注意?"

她这话里有刺,而我却厚着脸说:"当然啦,人总是失掉了羊才会去修补羊牢的。"

可是，她好像没有听到我的话，而自己低声地笑了，眼睛朝着斜对面望去。

在我们的斜对面，坐着一对暑假回家的男女中学生，有说有笑，那样地亲密，好像一对情人。他们有时也注视着我们。可是给我的向导发觉了，她便用威胁的眼光打击他们，一直打击到他们总退却。这是我的向导打退了他们之后才告诉我的。

"为什么他们四只眼会输给我两只？"她在得意。

"因为你是哈尔滨的女学生，比较更都市化，所以赢了他们。"我逗她。

还没有等她来得及回驳的时候，斜对面的女学生忽然高声道：

"不，不上你家，我到站一直坐马车回去，天亮可到家的。"

"不过，不过夜里走路，可大不妥罢？要是出了岔子，才遭罪呢。你老是性急！"

"怎么急呢！早点瞧见妈妈，可不乐吗？"

这话惹得全车厢的旅客都笑起来。虽然那女学生涨红了脸儿，也没办法挽回了。

这时候，火车的哨子急叫了起来。那尖利的声音，像快刀一样，裂破了静肃的夜空，令人吃了一吓。我伸长脖子往外望，瞧见那黑暗的原野中，隐隐地闪着几点灯光，倒有点像渔火。一会儿，灯火渐渐地多起来，也变得大了，大得像眼睛，像在盼望游子归来的热情的眼睛。我不禁也回味着刚才惹人失笑的那女学生的说话，感到一种飘零的怅惘。

在站夫的喇叭管放出"四平街，四平街"的声音中，要早点去会见妈妈的她和他下车了。我倒是真心地暗祝他们快点得到他们的亲人的爱抚呢！……

"张先生，不许睡啊！"我的向导说，"天快亮了，长春也快到了，怎么你忘了我们约定？"她一边喊我，一边望着车外，"你瞧，快起来瞧瞧那天边的鱼肚白多美啊！"

我睁开了眼睛。不错，一线如银的曙色，随着火车的前进，缓缓地伸长去，把大地和天空划了一条分明的界线。在铁路近旁的一条小路上，已经瞧见两个庄稼人，荷着农具，在缓缓地走。在他们背后的村落，还浮出一二声晓鸡的高亢的歌声，那么的悠扬悦耳，令人心醉。倒想不到在这行色匆匆的旅途中，会领略到那"茅店鸡声"的诗味。列车过处，那机车的喘气，惊起了一群刚才睡醒的雀儿，吱吱喳喳地急飞到远远的青青的田野去。田野在晨风中也微笑起来了。——不错，大地已经睡醒了。

"啊，快瞧，那血红的大眼睛可不是朝阳！"我的向导叫着睁着快乐的眼睛，眼睛里映出绯红的霞色来。我忽然想到她像《新时代》中的莎芙林娜。那也许是因为她那眼睛的神情，有点像莎芙林娜找到她的人生出路时的那种热情的姿态罢。但是，这样解释未免太过牵强附会，倒不如说是完全没有理由的好。

可是，我不要扯得那么远了。现在只说日出罢。

这时候，那丹朱色的"大眼睛"，已变成闪着金光的小半圆形了。围在四周的眼睑似的云彩，由浓紫，而淡紫，而深红，而轻红，而金黄、淡黄，而缓缓地淡作白色，散开了，像鱼鳞，像浪花，又聚合起来，像草原上的羊群，而又分散开，散得薄薄的，倒像一大幅雪白的窗纱，可是又给晨风吹皱了，吹碎了，吹远了，吹入无垠的碧空里去，只留下淡绿色的影子，最后，连影子也悄悄地消失了。而那个披着黄金袍子的太阳，也已扬长地走上了高岗,走上了天空,向大地放射着可爱的光和热。大地也迎着晨曦在微笑。田野上也疏疏落落,或远或近地,点缀着一些灰色的劳苦的人们,他们是在太阳还未睁开眼睛的时候便起床的。

惟有,惟有奔波的旅客,他们可在昨天的太阳下山时,一直到现在还没有合过眼睛啊!

可是,我的向导却毫无倦意地向我说:"到长春站我们便把行李一直搬过中东路的候车室,不必住店了罢。在候车室里可以买到'黑利巴'和红茶的。"

(原载1935年《星火》第一卷第1期)

过　　江

"是上马家船口？"

"马家船口这儿来！"

"上马家船口吗？这儿来，我的船马上就开。"

"我的不等人，就等你老！"

我才走下江边的渡头，立刻就给船夫们包围住；他们的喧闹声把我的耳朵都噪聋了。

好容易才冲出重围，跨上一只小划子坐了下来。可是并不像船夫所说的一样，会马上开船——原来我做了这小划子的第一个乘客。

等着等着，总没有过江者。催船夫赶快解绳，已经催得他都不要听，连个回答也没有。

我坐在船上，船夫站在岸上，这样等了约有一顿饭的工夫，才来了第二个客人。是个赶呼海路车的。他比我更着急，催迫着船夫，带着愤怒。

"先生对不起，再等一个人便开船。"是船夫乞怜的口吻。

"再等一会儿火车也开了！"是赶火车者的怒声。

"我打保火车还没有到，我打……"

只管说话，来了的客人，已给别家的船夫抢去了。

于是，船夫又是任我们尽管催促，只是一声不响，睁大着眼睛，在等着抢夺客人，好像饿虎在等候它的目的物。

终于，他捉住了一个客人，带着胜利的神色，走上船来。他捉得那么紧，好像一放松，那客人就会逃走了似的。

这客人是个小个子的青年，样儿怪斯文的，他的两眼像江水般碧澄澄，脸儿也怪娇嫩，好像经不起寒冷的江风，快给吹破了。可是他倒很慷慨，一口就答应了船夫的要求，多给了一个人的船费，好像他的事情比我们的更急。

于是小划子离开了渡头，摇摇摆摆地向对岸划去。

秋天的松花江可消瘦了，江水低落到深深的河床里，纡徐地流着，碧澄澄地映着天上雪白的行云，那么闲情逸致，不再像夏天大水时的急湍猛浪了。江面时见浅滩，还有一两处小沙洲，而且疏疏落落地长了一些水草。夕照懒洋洋地从水面爬到沙洲上，好像要把沙洲夺没到水里去。暮鸦寂寞地从天空落下来，又给小划子的桨声吓得连忙飞上去，一面呀呀地在叫着。江上的秋风，刮得水草沙沙地响。——这一切唤起我一种荒寂悲凉的情绪；虽然在江的上流，高高地站着中东路的铁桥；而下流，拉滨路的尚未完成的桥梁在涉着江水。

当小划子划进一条小汊港的时候，远远地望见两只巡查船，上面站有全武装的大兵，在检查船只；因为对岸便是黑龙江省的地界。据说，特别是呼海路车到的前前后后，巡查船总要泊在那儿巡检来往的客人，搜查逃饷或违禁的系带物。

在这时候，我们船上的那位青年人，好像有些忙乱了。他把随身的一个纸包,拿来坐在屁股下面,一下子又拿了出来,塞在船舱里,瞧瞧又是不妥,立刻拿来悄悄地拧在水里。可是,小划子已给巡船上的大兵拉住了。

这给我一吓,我以为这青年人一定要吃亏。

可是大兵跳过船来,东翻翻,西检检,又跳过巡船去,把手一扬,说:"走吧!"

"是这样检查呀!"我不觉失笑了。

"要是我这船上,有个日本人,怕连停船也不用停呢。"船夫好像在发牢骚。

可是,那青年人已若无其事地在微笑。他听了船夫的话,冷冷地瞟了一眼,又望望那向东流去的江水,好像对他掉下水去的东西,有无限的惋惜。

坐在我邻座的那个赶火车的,低声地,好意地问道:

"刚才拧掉了多少?那么一大包,怕损失不少吧?"

"没有多少。"

"要是时常这样,也不行,倒要想别的办法。"

"是,是。"青年人漫应着。

"是自己的,还是替人家带的?"

微笑,没有回答。

"怕什么?"那多嘴的客人又追问,"你说呀,咱们都是中国人,怕什么?"

"当然呀,都是中国人,我不怕!"

"对啦!"赶火车的得意地笑了。

但是我始终不明白他们在说什么。我悄悄地问那赶火车的,他说,那年轻人是私带烟土的。我重新把坐在我对面的青年人考察了一下，觉得他并不像个私贩子，在他的眉眼间有一团英伟不屈之气；他的脸色又是那样神光焕发，全不像个"老枪"，我不能不怀疑那赶火车的客人的话。

再从那包拧掉的东西看来，更觉得完全不对。那包东西，薄薄地，长长地，不像有很多的重量，拧在水里，也不会沉下去，只顺流地漂着，显然是一包纸类的东西，并非什么烟土。

为要识破这疑团，我问：

"先生是住在哪儿？"

"道里。"

"可是念书？"

"是的，补习一点外国文。"

"不做买卖吗？"

"没有"。

"那末，拧掉的那包东西不是烟土了？"

"当然不是！"

"可是字纸？"

他呆了一下，非常注意地打量我。大概看出我不是个坏人，会意地大声说："不错，是没用的废纸啊！"

好个"没用的废纸"！这纸一定隐藏着一种力量，一种被压迫者的反抗的信号！……

我们再没有话说，只是相视一笑。这一笑，有说不出的亲密，好像我们一下子已结成好朋友了。

船靠岸时，我们还紧握握手才分别，怪多情似的，虽然我们谁也不知道谁的姓名。

真的不知道姓名有什么关系吧，站在同一战线上的精神才是超越一切隔膜的挚情啊！

直到现在，我还不能忘记这个有挚情的东北青年的面影。

下编
戴平万研究

戴平万的生平和创作

饶芃子　黄仲文

戴平万是"左联"时期一位有一定影响的广东潮籍作家。"左联"成立之前,他是"太阳社"的主要成员,和蒋光慈、钱杏邨(阿英)、杜国庠、洪灵菲等一起出版《太阳月刊》,创办《我们月刊》,并在党的领导下,参加有关"左联"的筹备工作。"左联"成立以后,他积极投身于左翼文艺运动,是"左联"机关刊物《拓荒者》的撰稿人之一。1928年至1930年,他先后在《太阳月刊》《我们月刊》《新流月报》《拓荒者》《海风周报》上发表了20多篇小说和译作,还撰写介绍外国革命作家的论文,出版了短篇小说集《出路》《都市之夜》《陆阿六》,中篇小说《前夜》和《荔清》被当时的评论界誉为新兴文学的花蕊。他的小说《陆阿六》,还作为"左联"时期的优秀作品被译成日文介绍到日本去。1930年以后,他主要从事其他革命活动,创作较少,但也出版有译作《求真者》(辛克莱著)、理论著作《俄罗斯的文学》,并写了不少散文和随笔。抗日战争爆发后,他留在上海"孤岛"坚持斗争,是"孤岛"文学界党的负责人之一，出版有短篇小说集《苦菜》。1940年冬，他到苏北根据地，主要从事党的新闻工作和教育工作。1945年在根据地去世，终年42岁。由于戴平万去世较早，而且中华人民共和国成立前的左翼文艺活动，是在白色恐怖下进行的，革命刊物动辄被查禁销毁，他的作品散佚比较严重，一般人难以读到，所以一直不为后人所注意。

一、青年时代

戴平万原名戴均，小名再岳。1903年农历十月三十日诞生于广东潮安县归湖乡溪口村。戴均是他在小学和中学念书时的学名，上大学时，才改名戴平万。20世纪20年代末到40年代初，他在上海各文艺刊物上发表作品，常署名平万、戴平万或戴万叶，也用过庄错的笔名发表散文，用岳昭、君博的笔名发表论文、译作和文艺短论。

戴平万出生于一个世代书香的家庭。曾祖父戴介圃是清朝举人。祖父戴漉巾，是潮州有名的"三布衣"之一，著有《归来堂诗稿》。父亲戴仙俦，又名贞素，字祺孙，是清朝光绪戊戌末科秀才，能诗、能词，又擅长书法，一生从事教育事业，在潮汕一带，颇有文名。母亲庄参汤，是一位性情温和、有涵养的家庭妇女。戴平万八岁进私塾念书，三年后，到县城进学堂，住在潮州岳伯亭总兵巷内"双柑书屋"，就学于城南小学。1918年，在城南小学毕业，同年考进广东省立潮州中学（后改名为金山中学）。洪灵菲（那时叫洪伦修）也在这一年考进潮州中学，他们同一个年级学习，志趣相同，很快就成为挚友。在中学学习期间,戴平万不但酷爱文学,喜欢写诗、填词,对民族音乐也有浓厚兴趣,每年暑假都到潮州铁巷跟老师学习抓筝和瑶琴。他后来写的短篇小说《三弦》,就是取材于这一时期的生活。在这个作品里,寄托了他对音乐老师的敬爱和怀念的感情。

戴平万在潮州中学学习的后期,正值五四运动的浪潮席卷全国。在"五四"精神的感召下,他如饥似渴地阅读进步书刊,参加爱国宣传活动,接受新思想的洗礼,为他后来走上革命道路奠下了思想基础。

1922年夏天,戴平万在潮州中学毕业。同年,和洪灵菲一起考进国立广东高等师范学校(中山大学前身)西语系。进大学以后,他醉心于文学研究,研读了中外的许多文学名著,也注意阅读反映现实生活的新作品。郁达夫的处女作《沉沦》,曾经深深地触动了他的思想,《沉沦》中所表现的小资产阶级知识分子要求变革现实的愿望和苦闷傍徨的情绪,那种有所追求而又找不到出路的悲哀,在他心里引起了强烈的共鸣。经过了五四运动,他对旧中国的黑暗现实已经逐步有所认识,但是却又未找到自己的出路,他的精神世界也和《沉沦》的主人公那样,反帝反封建的要求和感伤苦闷的情绪交织在一起,他渴望着冲出旧中国的精神牢笼。这时,恰好许美勋在《大岭东报》上倡议组织潮汕地区的新文学团体,他和洪灵菲就马上写信表示赞同和支持。不久,便组织了"火焰社",还在《大岭东报》上创办了《火焰周刊》,戴平万和洪灵菲经常在这个刊物上发表作品和文章。

1924年,国民党第一次全国代表大会在广州召开,孙中山先生在中国共产党的帮助下,决定了联俄、联共、扶助农工的三大革命政策,革命的统一战线正式建立,广州成了革命的策源地。

戴平万和洪灵菲在共产党员许甦魂的启发和引导下，开始参加革命学生运动，并且在国立广东高等师范学校内部组织"国立广东高等师范学校潮州同学会"，出版同学会年刊，宣传民主思想。还发起和组织了"潮州旅穗学生革命同志会"，团结在穗的潮州籍学生，逐步走上革命道路，先参加国民党左派组织，随即又参加中国共产党。1925年6月23日，广州工人、学生、市民、军人10万人举行援助"五卅"运动的示威游行，戴平万参加了这次游行，目睹帝国主义制造的沙基惨案，深切感到中国人民要解放，就必须把反帝、反封建的斗争进行到底。从此，戴平万就走上了为革命事业奋斗的道路。

二、革命和流亡

1926年夏天，戴平万在国立广东高等师范学校毕业，由海外部派往暹罗开展工作。农历十月，他回潮州筹措出国旅费，在家里住了两天。当时正值革命高潮，潮州市府巷内青年书店的老板，听说戴平万回来，就请他到街上演说，讲当时的国内外形势，他在演说中热情宣传马克思主义。这样，潮州城里的很多人都知道戴平万信仰共产党，后来，政局变化，白色恐怖严重，他就再也不能回家。1927年。蒋介石公开叛变革命，借"清党"为名，屠杀海内外革命人士。戴平万在暹罗期间，经常被特务跟踪盯梢，过着流亡的生活。此时，恰好因"四·一二"反革命政变而被迫逃亡到新加坡等地的洪灵菲，也从新加坡流亡到暹罗，他们便相约一起乘船经新加坡回上海。戴平万的短篇小说《在旅馆中》《流氓馆》，就是取材于这次的旅途生活。

秋天，周恩来、朱德、贺龙、叶挺等同志率领"八一"南昌起义的红军进驻潮汕，在潮汕七天，因形势急骤变化，旋即撤离。当红军进驻潮汕的消息传到上海以后，戴平万和洪灵菲十分兴奋，马上乘船回潮汕，准备参加武装斗争。但船到中途，才知道红军已撤离潮汕，情况发生变化，他们在汕头港登岸后，不敢直接回潮州城，只好绕道到潮安县江东乡红砂寮村，匿居在洪灵菲家中。他们在红砂寮村藏匿了一个多月，戴平万的母亲曾来见过一面，之后他们便化装成农民，到汕头乘船，和家里人说是去上海，实际上是转到海陆丰农民革命根据地。戴平万早期写的书信体短篇小说《出路》，就是取材于这次回潮的遭遇。作品中写的政治形势的突变，避难农村时的心境，母子相见时唤起的种种感情，都是他自己的亲身经历和体验，是可以作为他的自传来读的。

戴平万和洪灵菲在海陆丰参加了一个阶段的农民运动，后因农民起义失败，他们便离开海陆丰经香港到上海。戴平万在海陆丰革命根据地的时间虽然不长，但是火热的斗争生活却给他提供丰富的创作题材。例如发表在《海风周报》上的短篇小说《山中》，写的就是农民们在官兵"清乡"时避难山中的情景，通过避难农民在山中的对话，揭露了地主、乡绅勾结官府镇压农民运动的罪恶，歌颂了农民赤卫队敢于斗争的精神，也表现了老一辈农民正在从保守、麻木、安于现状中觉醒。作品文笔朴实，刻画劳动人民的思想意识的觉醒具体而细腻，景物描写采用了暗示和侧面烘托的手法，有较强的艺术感染力。发表在《新流月报》上的短篇小说《母亲》，描写一位心地善良的农村妇女，儿子在白色恐怖下被无辜枪杀了，为了慰藉自己寂寞的心灵，她收养了一个品行不端的流浪儿童阿幸，像亲生儿子一样爱护他。但是不久，阿幸也被反动军队打死。这一切，使这位善良的母亲的心彻底破碎，真实地再现了在白色恐怖下劳动人民的苦难生活。在《新流月报》上发表的另一短篇小说《春泉》，描写白色恐怖猖獗时期农民的生活，作品的主人公是一位年迈的农妇，惟一的儿子被官府捉去，她整天哭喊着要找回自己的儿子，奔走在荒山野岭间，不幸跌进长满茅草的山坑里。后来被在山里坚持斗争的武装农民发现并救起，为了帮助她活下去，这些本来也十分穷困的农民一面安慰她，一面凑了点钱给她维持暂时的生活。作品一方面揭露了反动派对老百姓的残酷迫害；一方面暗示：只有坚持斗争，砸烂旧世界，才能解放千千万万的贫穷农民。这些作品都直接、间接地反映了海陆丰一带农民的生活和斗争，许多人物的对话，也是从当地农民的口语提炼出来的，具有浓郁的生活气息和鲜明的地方色彩。

三、新兴文学的花蕊

1927年冬，戴平万、洪灵菲因为工作的关系，认识了蒋光慈、钱杏邨、孟超等同志。1928年1月，由蒋光慈、钱杏邨、孟超等发起，在上海成立"太阳社"，出版《太阳月刊》，创办春野书店，提倡无产阶级革命文学运动。这时，杜国庠（林伯修）同志也从香港逃难到了上海，他们一起参加"太阳社"，都是"太阳社"的主要成员。同年五月，杜国庠、洪灵菲、戴平万等成立"我们社"，创办晓山书店，出版《我们月刊》。1928年1月至7月，戴平万先后在《太阳月刊》和《我们月刊》上发表了六个短篇小说和两篇译作。在《太阳月刊》上发表的有《小丰》《恐怖》《小叫卖》。在《我们月刊》上发表的有《激怒》《树胶园》《献给伟大的革命》和译作《如飞的奥式》《美国人》。这些作品除《树胶园》是描写华侨工人在南洋橡胶园的苦难生活和不幸遭遇外，其余的都是描写革命斗争生活的。《小丰》取材于1925年6月23日发生在广州的沙基惨案，描写一个铁路工人的儿子、工人夜校的学生小丰，为了抗议帝国主义的罪行，参加广州纪念"五卅"惨案死难烈士的群众大会和示威游行。作品透过小丰的所见所闻，表现了人民群众反对帝国主义的同仇敌忾精神，揭露了帝国主义开枪屠杀示威群众的滔天罪行。《小丰》中所反映的生活，是戴平万亲自参加体验过的，像小丰这样的工人夜校的学生，他接触过许多，也是他了解和熟悉的，所以这篇作品写得逼真而深刻，它寄托着作者对未来的理想和愿望。作品发表的当时，《太阳月刊》五月号的《编后记》曾经着重地介绍说："平万的《小丰》是一篇很有力量很有成就的作品，内容充实，结构严密。"《激怒》写的是放牛娃文生，被地主李大宝无理殴打，从而激起了村里农民的义愤，群起反抗地主压迫的故事，形象地告诉人们："农民终于在被践踏的生活之下激怒了。"《我们月刊》第一期的"编后"介绍这篇作品时说："万叶的《激怒》有了新的描写方法和深入的解剖"，它把"农村的土豪的横暴和农民的不屈的精神很经济地表现出来"。《献给伟大的革命》描写革命高潮过后，在白色恐怖弥漫的情况下，女孩侠姑一不怕白色恐怖，二不为母亲的慈爱所软化，毅然走上斗争的前线，表现了她坚定的意志和革命的勇气，塑造了一个在革命路上百折不回的女孩子的形象。《恐怖》写的是镇压农民运动的反动县长，正在与他的师爷密谋进一步盘剥农民群众，做着升官发财的美梦时，被坚持武装斗争的农民赤卫队逮住了，给予他们严厉制裁的故事，从一个侧面反映了农民运动虽然被镇压下去，但农民的武装斗争却并没有停止。两篇译作：《如飞的奥式》和《美国人》，都是苏联早期的作品，前者揭露了白匪的残酷，歌颂革命人民的伟大灵魂；后者写布尔什维克的军队如何对待和教育俘虏，使他们接受革命思想的影响。此外，这一年，戴平万的第一个短篇小说集《出路》出版，共收《出路》《三弦》《在旅馆中》《上海之秋》《流氓馆》等五个短篇。这些作品，题材各异，但矛头都指向旧世界的黑暗现实。

1929年1月，钱杏邨主编的《海风周报》在上海创刊。同年4月，"太阳社"出版《新流月报》。戴平万是撰稿人之一，先后在这两个刊物上发表了四个短篇小说和一篇论文：《山中》《都市之夜》《母亲》《春泉》和《约翰·李特的生平及其著作》。这些作品，多数写的是农村题材，只有《都市之夜》是反映城市生活的，它通过描写一个被遗弃的女人的变态心理和行动，暴露了旧社会都市生活的腐朽和黑暗。论文《约翰·李特的生平及其著作》，主要是介绍和评价美国革命作家约翰·李特为无产阶级的自由和自立而战斗的一生。约翰·李特曾因是世界产业同盟的组织者而被捕入狱，著有《背叛的墨西哥》和震动全球的《十日记》，是一位天才的诗人和小说家，也是一位大胆追求自己的理想的革命战士。戴平万在文中指出"他把他的青年的、活泼而且丰富的生命，全部献给伟大的、受他的国内的资本家所憎恶的革命事业"，对约翰·李特的斗争生活做了高度的评价。此外，这一年，戴平万的中篇小说《前夜》和短篇小说集《都市之夜》出版，后者共收入《都市之夜》《烟丝》《疑惑》《小丰》《山中》《激怒》《树胶园》《流浪人》《朱校长》等九篇作品。

1920年2月出版的《拓荒者》第2期上，发表了钱杏邨的《关于〈都市之夜〉及其他》一文，对戴平万这一时期的创作做了全面的介绍和评价。文中指出：戴平万的短篇"是比较有成就的，像他这样的作家，在最近我们只有少数"，"若果根据社会的条件以及作家的本身的两方面来考察，我敢说戴平万的短篇，在目前，是比较能令我们满意的了"。可见，在"左联"成立之前，戴平万的作品在文坛上已经有了一定的影响。

四、"左联"时期的创作

1929年10月，党在上海筹备成立"左联"。据夏衍在《"左联"成立前后》一文中的回忆，戴平万是"左联"筹备小组的成员之一（见《文学评论》1980年第2期）。在同一篇文章里，夏衍还谈到他和戴平万陪同潘汉年等同志视察"左联"成立大会会场的情况。1930年3月2日，戴平万出席了在中华艺术大学召开的"左联"成立大会。"左联"成立后，由原蒋光慈主编的《拓荒者》转为"左联"的机关刊物，戴平万是主要撰稿人之一。他在《拓荒者》上发表三篇小说：《陆阿六》《村中的早晨》和《新生》。这几篇作品都取材于大革命时期的农村生活，表现了组织起来的农民自觉的斗争，充满着革命的激情和反抗的精神，在艺术上也比早期的作品成熟。其中《陆阿六》是"左联"时期影响较大的作品。它的主人公陆阿六是一个出身贫苦的青年农民，在大革命浪潮中，投身于农民运动，站在斗争的前列。大革命失败后，他没有被白色恐怖所吓倒，而是继续坚持斗争，参加了农民武装，逐步成长为一个有明确意识的勇敢的革命战士。作品通过这一新兴农民形象的塑造，表现了普通农民的觉醒和对革命坚强的信心。当时的评论界认为这篇作品反映了"农民运动的另一时代，即农民因觉醒而组织起来了"。认为"作品已经脱离了抽象的革命描写，而以素朴的农家生活构成了土地革命的形象，这样我们才可以从艺术中理解革命，更可理解革命之必然"。（冯乃超语）《村中的早晨》写农民老魏怀着忧愤的心情，到三十里外的山头村探望离家参加革命的儿子阿荣，因为自从他儿子参加革命以后，村里的有钱人都诅咒他，官府派人来抄了家，还把他投入监牢，迫着他把仅有的一坰地卖掉，才赎了出来。现在听说儿子来到离自己村三十里的山头村，他要亲自去见这个"不肖"的儿子，问个明白，这一切究竟是为什么？当老魏来到山头村时，刚好反动派的侦缉队来袭击，他的儿子阿荣正忙着部署战斗，无暇顾及远道而来的父亲，这使老魏很是不满。不过队伍里的同志都非常热情地接待他，而且他接触到的武装农民都是纯朴、正直、能吃苦的老实人，他们一致称赞阿荣是顶好的人，他又亲眼看到儿子为了贫苦农民不受反动派的蹂躏而操劳的情景，于是他逐渐懂得了儿子所从事的革命事业的意义。作品一方面描写了老一代农民思想认识的转变；另一方面也表现了阿荣等为了劳动人民的解放，愿意付出一切代价的忘我精神。《新生》写大革命时期一个建立了工农兵政权的农村，召开祝捷大会和庆祝"三八"节的故事。作品的主人公阿玉，是一个革命知识分子，回到自己的家乡来做妇女的发动工作。作品涉及了现实斗争中一些实质性的问题，如土地问题、妇女解放问题等。

"左联"成立后不久,文艺界展开了关于文艺大众化问题的讨论。《大众文艺》1930年二卷四期以"我希望于大众文艺的"为题,刊登郭沫若等26位作家的短文,讨论如何才能真正做到大众化。戴平万在文中说:"我所希望于《大众文艺》的是它能够实践'大众化'的任务。"1930年5月,戴平万的短篇小说集《陆阿六》由上海现代书局出版,为《拓荒丛书》之一。8月以后,国民党反动派加紧文化"围剿",白色恐怖日益严重。戴平万按党组织的指示,集中精力开展党的地下工作,做码头工人和青年学生的宣传发动工作,基本上停止写作。1932年"一·二八"事变以后,上海反帝大同盟成立,戴平万参加反帝大同盟的工作,经常外出参加集会,发动和组织工人、青年学生抗日。1933年4月,戴平万翻译的长篇小说《求真者》(辛克莱著)和他编著的《俄罗斯的文学》一书,先后由上海亚东图书馆出版。不久,戴平万被党派往东北满洲省委工作。据林淡秋生前对王元化说:"戴平万在满洲期间,曾一度在刘少奇同志身边工作。"后来,戴平万在哈尔滨遭日本人的驱逐,返回上海,处境十分困难,先隐匿在柯柏年家里,后寄住在法大马路的广泰纸庄,因一时未能接上组织关系,不能外出活动,把主要精力放在文学创作上。他以自己在满洲时的生活经历,写了一些散文和短篇小说:《霜花》《在海上》《万泉河》《"亲爱的先生"》《沈阳之旅》《满洲琐记》《裕兴馆》等,反映东北同胞在敌人铁蹄蹂躏下的痛苦生活,表现广大人民群众发自内心深处的爱国主义精神。不久,组织关系接上了,他又紧张地投入左翼文艺运动和学生救亡运动的工作。

1936年,上海文艺界展开了关于"两个口号"的论争,戴平万在《文学界》上发表短文《关于国防文学的我见》参加讨论。同年6月7日，中国文艺家协会成立，戴平万是该协会的发起人之一。6月18日，伟大的无产阶级作家高尔基逝世，戴平万在《文学界》"高尔基逝世纪念特辑"上发表短文《我们的唁词》，说高尔基的逝世，"像一颗金光灿烂的太阳，在无限的天空中突然消失了"，"高尔基是国际的，他是'觉醒的人类之良心的呼声'"。10月19日，鲁迅先生在上海逝世，戴平万在《光明》半月刊发表《他的精神活着》一文，赞颂鲁迅先生的战斗精神和他在文学史上不朽的地位，对鲁迅先生的逝世，表示沉痛的哀悼！

五、在"孤岛"时期的文学活动

1937年7月7日，日本帝国主义悍然发动了卢沟桥事变，妄图用武力吞并全中国。上海文化界在原来全国救国会的基础上，组成"上海文化界救亡协会"（简称"文救"），一些左翼作家分别参加"文救"各个部门的实际工作。据于伶回忆，戴平万当时被派在组织部工作。"八·一三"淞沪战争爆发，各阶层人民纷纷投入抗战洪流，全国抗日救亡运动蓬勃开展。"文救"在这期间做了几件大事，如召开欢迎郭沫若回国和"七君子"出狱大会，筹备纪念鲁迅先生逝世一周年大会，出版《救亡日报》等，戴平万都直接参与这些活动的组织筹备工作。10月，地下党组织成立"文委"，这是党在文艺界的领导机构。据当时"文委"主要负责人孙冶方回忆，戴平万也是"文委"小组成员之一。11月12日，上海失守，除英、美、法租界外，上海被日寇占领，原在上海参加救亡运动的文艺工作者，有的撤退到内地，有的去了抗日根据地，一部分则继续留在受日寇包围的租界里——"孤岛"，坚持斗争。戴平万是留在"孤岛"坚持斗争的文艺战士之一，为上海"孤岛"时期的文艺活动做出了很大的贡献。

上海失守后，地下党在"孤岛"办起的第一个刊物是《上海人报》，只出了一个短期间就停刊了。在这之后，地下党为了冲破敌伪的文化封锁，利用英美与日帝的矛盾，由我党筹资，以英商的名义出版了四开的小型《译报》，全部采用外国通讯社有进步意义的新闻和文章。半年以后，改出大张的《每日译报》，除发表翻译的新闻和文章外，还办有文艺副刊。据钟望阳、肖岱回忆，戴平万不仅参加报纸的筹备和组织工作，并且负责《每日译报》的本埠消息版。这些报刊深受群众欢迎，对于扩大党和八路军、新四军的政治影响，起了很好的作用。

1938年春，上海地下党在学生和青年职工中发起文艺通讯员运动，以培养年青的文艺爱好者，具体负责这一工作的是钟望阳、王元化，据他们说，戴平万也参与这一运动的组织和发动工作。当时"文委"为了进一步推动这一群众性文艺活动的开展，决定举行一次全市性的征文，以纪念"八·一三"抗战一周年。征文形式仿效茅盾主编的《中国的一日》，定名为《上海一日》，由梅益担任主编，戴平万、林淡秋、钱坤任编委。编委会按文章内容分为四部分：《火线上》《苦难》《在火山上》《漩涡里》。四个人每人负责一部分，戴平万负责第二部分，《苦难》的编辑和修改工作。《上海一日》于1938年12月出版。这书的出版，给我们留下了一部描述从1937年8月到1938年8月，上海军民战斗和生活的有声有色、有血有肉的画卷，同时也促进了文艺通讯员运动的发展。

1938年夏，上海公共租界暨南大学的几位进步学生，在地下党的支持下，打破了"孤岛"文艺界的沉寂，办起一个文艺刊物——《文艺》。戴平万十分关心和支持这个刊物，不仅为这个刊物撰稿，还与《文艺》的编者保持经常的联系，邀请他们参加地下党组织的文艺座谈会。《文艺》一卷六期发表的《关于抗战文艺的形式》座谈会纪录，这个座谈会就是戴平万主持的，他在会上先后做了四次发言，并就新形式的创造问题谈了自己精辟的见解。在《文艺》二卷三期，还发表了他署名岳昭的长篇论文《报告文学者应有的认识》。他在文中指出：一个报告文学者"必须和一切的伪善者，说假话者、真理破坏者作斗争"，"报告文学者是为真理而斗争的战士"，"一个报告文学者的写作态度，要具有爱真理的热情，要从一切表面的事件中看出其共通的利害来。要不违背历史发展的方向，要为促进历史的发展而斗争"。

在"孤岛"，戴平万还负责《新中国文艺丛刊》的编辑工作。这是一份地下党办的，由读书生活出版社负责出版和发行的不定期刊物，每期改一个名字，用"丛刊"的编号以书籍的形式发行。刊物的主编是陈望道先生，具体编辑工作由戴平万负责。《新中国文艺丛刊》于1939年5月出版第一辑，1940年11月第四辑出版以后停刊，一共出了四辑，即《钟》《高尔基与中国》《鲁迅纪念专辑》《鹰》。第一、二、三辑的《编者的话》都是戴平万执笔的。这刊物规模较大，在"孤岛"和内地文艺界都有过相当的影响。

在编辑《新中国文艺丛刊》的同时，戴平万也参加《文艺新闻》周刊的编辑工作。1939年秋天，一些进步文艺报刊被迫停刊，参加文艺通讯员运动的文艺青年的稿件没有园地发表，地下党决定由戴平万、黄峰（邱韵铎）、蒋锡金三人合编一份偏于报道性质的《文艺新闻》，主要是报道文艺界的消息、作家和艺术家的动态，反映动乱时代的现实生活，尤其是"孤岛"上错综复杂的社会现实。《文艺新闻》于1939年10月1日创刊，一共出了十期。戴平万用"君博"的笔名先后在《文艺新闻》上发表了《买国旗》《说苦衷》《关于"为了生活"》《辨真伪》等随笔和文艺短论，还用"岳昭"的笔名参加影片《高尔基童年》的笔谈会，发表《欢迎〈高尔基童年〉》一文。这些文章多是针对时弊而发的，旨在帮助读者识别什么是真善美，什么是假丑恶，引导人们为正义的事业而斗争。《文艺新闻》作为"孤岛"时期地下党在文艺界的喉舌，它不但是当地的一面镜子，同时也给生活在"孤岛"的人们传播内地和根据地的文艺消息，所发挥的作用是不可低估的。

1939年至1940年，还有两个文艺刊物与戴平万有关系。一是由南洋群岛华侨青年在上海编印的《文艺长城》，戴平万曾为这刊物撰稿。一是由于伶、林淡秋主编的戏剧界和文学界合办的《戏剧与文学》。戴平万曾以"岳昭"的笔名在该刊一卷一期上，发表长篇文章《一年来的上海文艺界》。在文中他回顾了"孤岛"一年来的文艺运动，并做出了正确的评论，提出今后努力的方向，是一篇具有一定历史价值的著文。

六、主持《抗敌报》及其他

1940年11月，党派戴平万到苏北根据地去。他先到苏北盐城新四军军部报到，由中共中央华中局派往鲁迅艺术学院华中分院，任文学系教授。1941年4月，苏北文化协会在盐城鲁迅艺术学院华中分院开会，成立"文协"，选出第一届"文协"理事25人，戴平万为理事之一。5月，华中局调戴平万到苏中区党委宣传部工作，负责主编《抗敌报》。

《抗敌报》是苏中地区区党委的机关报。据唐康回忆，戴平万是《抗敌报》的主要负责人。他平时说话不多，对工作抓得紧，但待人温和，对内地来的同志很关心，自己在生活上、工作上以身作则，报社的同志都很敬重他。这段时间，鬼子常来扫荡，为了保证出版，报社得经常转移。有一次，报社转移到东台县北边靠海的一个村子里，条件十分艰苦，四处都是芦苇，跟老百姓借了一间屋子，大家挤在一起，有的睡在门板上，有的躺在芦苇堆里，但《抗敌报》还是按时出版。为了避开敌人，每次转移都在晚上行动，而且不能大家一起走，得分散行动。这些戴平万都事先组织安排好，对女同志、年纪较大的或新从内地来的同志特别安排照顾，所以每次转移都没有出什么事故。有时敌人夜里来扫荡，来不及转移，大家就一起藏进芦苇荡里。当时对敌斗争和报社的工作都十分紧张，生活条件很艰苦，为了调节精神生活，在敌情不那么严重的时候，同志们有时在一起开文娱晚会，戴平万还定期组织同志们学习，所以大家相处很好，不但心情舒畅，斗志也十分昂扬。

1943年，由于工作需要，华中局调戴平万到苏中区党校任副校长兼教务主任，并讲授《中国革命与中国共产党》等理论课程。据刘季平回忆，1943年，党校的日常工作主要是由戴平万主持的。1944年春，按照延安整风精神，抽调大批干部到党校学习,华中局先后增派钟民、周林、刘季平三位同志到党校担任领导职务,戴平万仍是党校的领导成员之一,负责教务工作。1945年春天的一个清晨,戴平万在党校所在地的兴化县去世。葬在当地。林淡秋写了"作家戴平万之墓"的墓碑。

(原载《学术研究》1983年02期)

关于《都市之夜》及其他——介绍戴平万的短篇的两个主要的描写对象

钱杏邨（阿英）

一

如果说，我们的新兴文艺已经产生了几朵"花"，那么，我就觉得，不如说我们已经有了几个"花蕊"。因为根据过去的情形去看，我们的文艺，还没有在意识形态以及感觉情绪双方都无缺陷的出产。事实上，我们是只有"蕊"，没有"花"。

这里所要说的戴平万的短篇，就是我们已经有了的几个"花蕊"中的一个。

戴平万的创作虽然不多，然而，就在这不多的当中，已经展开了他的初期的成就。他的创作，除去三两篇使我们不能满意之外，大多数的作品所表现的意识，在新兴文艺创作里，确实是比较健全的；技术形式，在《陆阿六》发表以前，虽没有新的开展，仍然承继着旧写实主义的方式，但也是具有着相当的基础的。从他描述的一面看去，他受了不少的西洋文艺的影响；从他所表现的意识看去，可以证明他是若何的了解革命。

所以，现在我想就这一篇短文的地位，把他的短篇集《都市之夜》和在各杂志已发表而未收集的作品，简略地介绍一回。

二

戴平万所描写的人物的对象，最主要有两种，其一是革命儿童和流氓无产阶级儿童，其二是革命的农民；他虽然也描写其他的人物，但那些是不主要的。

在他描写儿童的小说中，我最爱他的《小丰》，其次是《献给伟大的革命事业》。前一篇是描写沙基惨案，描写小丰的革命性在这一次流血中的生长；后一篇却是记叙一个革命儿童的革命生活。

在《小丰》里，他描写了小丰的天真烂熳①的，从内心开始抬起头来的革命信心的发展，以及他的意志的坚定。所以，在这一篇的结束的地方，小丰说道：

> 明天一早，我也不吃早饭，便瞒过爸爸和妈妈，走到学校去，召集开会……提议……通过……散传单……演讲……我一定要把那黑巨人帝国主义的强横，阿明的惨死，向他们报告；鼓励他们一起联合起来，把那个黑巨人斫做肉酱！……

这一篇小说，是戴平万短篇中最好的一篇，是对于反帝运动很有力量的一篇，在他笔下出现的小丰真如他的父亲所说："这孩子也可以做打倒帝国主义的后备队呢。"

---

① 同"烂漫"。

《献给伟大的革命事业》里的主人公侠姑那女孩,也是非常有力地出现在他的小说里,那女孩不屈服于白色恐怖之下,不为母亲的慈爱所软化,她的年龄虽小,但她的意志坚定,百折不回地走向革命的路。所以,她终于在她母亲进一步妨碍了她的工作的时候,她抹抹头发便走开了。她留下一封书给她的母亲,在这里面,她写道:

我把生命交给了伟大的革命事业,我到前线去了。
我希望能够在世界大放着美丽的自由之光的时候再和你相见!

在这里,表现了她的非常显明而强烈的对于革命的认识,以及这女孩子所具有着的伟大的革命的心情,从意识方面看去,在革命的浪潮中,侠姑是比小丰更进一步地得到了进展了。

描写流氓无产阶级儿童的《母亲》里的阿幸的性格展开得最明显。流氓无产阶级儿童的一般性格,从这一篇里,我们不啻把握到一幅鸟瞰图。其间,最能表现阿幸的生命力的地方,是他不为强者所屈的一种宁死不屈的强固的个性。无论如何,他要向压迫了他的强者去对抗,他一再反抗他母亲忍辱的意见。

他有什么权利抢我的钱呢?我为什么不能向他讨了回来呀!

阿幸始终坚持着他的主张。无产阶级的革命的性格,"赤贫可以建设罗马"的预言,于此可以得到一个明证。

三

除了主要的关于儿童的短篇之外,这里可以转到他的关于革命农民的描写。中国的农民的革命情绪，受了工人运动的影响，已经得到了广大的发展。在农村里，已经扮演了不少的伟大的开场的戏剧。至少，在戴平万的革命农民的描写里，我们可以看到这些人物画像的一部。

他最初发表的革命农民的短篇是《激怒》。在这里面，是很显明地指示了在无产阶级的城市劳动者领导之下的农民对于地主的反抗。农民终于在被践踏的生活之下激怒了。同时，他们的领导者是指示了他们，要反抗就有组织的必要了。觉醒了的农民，是应该马上组织起来。

"所以我们欲反抗压迫我们的一切，就应该组织起来，没有组织就没有力量去反抗！"

我们的作者在这最初的一篇里，就强有力地反映了已经相当实践了的这个巨大的口号了。以后，他继续发表了《山中》和《春泉》，都可以说是属于这一类。

再接着他就发表了《陆阿六》。在这一篇里是表现农民运动的另一个时代。约略的说来，最初是觉醒而组织起来了。接着就是遭受了豪绅地主资产阶级联合的压迫。但这种压迫，所谓可怕的白色恐怖，是屈服不了他们的。所以被烧了村庄的《山中》的农民，遥看着村中的烈火，他们并不畏怯，他们那时是"嘈杂的，愤怒的，反抗的声音充满了山谷的各个岩穴的空隙，他们从此献身在最前线的战阵中"。接着来的，还有《村中的早晨》里的魏阿荣。魏阿荣是比《陆阿六》更进一步地展开了的革命农民的性格，他是又进了一步，不但对革命有了极其坚固的信心，而且完全在内心里扑灭了家族的观念，把全身全心全意识集体化了。这是更进展了的农民的性格在文学上的反映。

还有人坚持着阿Q的时代没有死去么？我请把这些新的人物送给他们，请他们看一看这是何等尖锐的对照。

我们描写农村，应该努力去把握整个农村的进展，以及它的尖端的要素；若果只寻找一两个落后的农民来描写描写，这种作家是与整个时代无关涉的人。

四

戴平万在《都市之夜》以及其他各短篇里所描写的两种主要题材，和共同具有革命的倾向，在上面各节里已约略的介绍明白。

这些作品，当然不是新兴文艺的最有成就的出产，可是，根据目前创作界的已有的成绩看去，我敢说，他的短篇是比较有成就的。像他这样的作家，在最近我们只有很少数。

同样的，他的作品，也不免和其他作家的作品一样，不免于具有不少的缺陷，如感觉情绪的不能无产阶级化，如意识形态的不能完全无产阶级化，如在技术上的动的、力学的力量的缺乏。但是，在这些短篇里，他是已经暗示了他的内容和形式的逐渐进展的特征。

没有初期的不健全的出产，伟大的创作将无由产生；没有新的有力量的创作的社会的条件，美好的创作也没有产生的根据。若果根据社会的条件以及作家的本身的两面去考察，我敢说平万的短篇，在目前，是比较能令我们满意的了。

1930年2月10日

（原载《拓荒者》第一卷第二期，1930年2月10日出版）

戴平万小说创作论

杜运通　杜兴梅

戴平万是普罗派的中坚作家。1903年农历十月三十日诞生于广东省潮安县归湖乡溪口村。1928年初参加"太阳社"，同年5月与洪灵菲、林伯修等人组织成立"我们社"，创办《我们月刊》，倡导无产阶级革命文学运动，是"左联"筹备小组12人之一。抗日战争爆发后，他是上海地下党成立的"文委"领导者之一，为"孤岛"文学运动的蓬勃发展做出了贡献。1940年11月，戴平万由上海调往苏北革命根据地，主持编辑《抗战报》和负责党校教育工作，后任苏中区党校副校长兼教务主任，1945年夏初，在兴化县溺水殉职。

戴平万从20年代末至上海"孤岛"时期，创作短篇小说30余篇，大多辑入《出路》《都市之夜》《陆阿六》和《苦菜》四个集子中，出版中篇小说《前夜》《荔清》及其论著《俄罗斯文学》，翻译外国小说3篇；另有不少散文、随笔、杂感、专论等散见于当时的左翼报刊。其短篇小说《陆阿六》曾作为"左联"时期的优秀创作被译介到日本。

1933年，在王哲甫的《中国新文学运动史》中曾设专节评介戴平万是"新进的，新写实主义的作家"，"谁也不能否认他在普罗作家中所占的重要位置"。①然而，半个多世纪以来，对戴平万的研究却少之甚少，这个名字只有在极少数的左翼文学的研究中才偶尔邂逅。

一

戴平万是20世纪20年代末普罗文学的最初实践者，也是描写农民的好手。他生长在粤东农村，又亲历过海陆丰农民运动，对农村的阶级压迫和农民的命运尤为关切，他的小说描写最多、最成功的就是农民形象。他早期的力作《激怒》，写放牛娃文生被地主李大宝无理殴打致死，村里的农民终于在被践踏的屈辱下激怒了。作家对人物做了比较深入的透视，"把农村土劣的横暴和农民的不屈的精神很经济地表现出来"。②短篇小说《陆阿六》的主人公出生在一个贫苦的农民家里，从小过着像"猪"一样的生活。在大革命浪潮中，他积极参加农会工作，站在同封建势力斗争的最前沿。大革命失败后他没有被白色恐怖所吓倒，而是毅然决然地参加了农民武装，逐步成长为乐观而坚定的革命战士。作品通过这一"新兴的农民形象"的塑造，③表现了普通农民的觉醒和走上革命道路的艰难曲折，反映农民运动已经步入"另一个时代"，即觉醒后组织起来开展武装斗争。这比"五四"时期脱

---

① 王哲甫：《中国新文学运动史》，北平杰成印书局1933年版，第242页。
② 《我们月刊》创刊号《编后》，1928年5月20日版，第2页。
③ 张大明：《踏青归来》，天津人民出版社1984年版，第65页。

离现实斗争抽象地描写农民的诉求显然前进了一大步。紧接着戴平万又发表了短篇小说《村中的早晨》。写农民老魏因儿子阿荣参加革命，遭到村里有钱人的辱骂，官府派人抄了他的家，老魏锒铛入狱。他的老婆卖了全家仅有的一块园地才把他赎了出来。后来听说儿子来到离家30里远的山头村，他想亲自找儿子问个明白，这到底是为什么。当老魏赶到山头村时，因为侦缉队突袭，儿子阿荣正忙于部署战斗，无暇接待远道而来的父亲，老魏心里很气愤。但他听到同志们一致称赞阿荣"是一个顶好的人"，又亲眼看到儿子为消灭反动派而忙碌操劳的情景，他似乎读懂了儿子所从事的革命事业的意义，认识到他所想念的儿子已经不是"他所有的了"，一切疑虑涣然冰释。他便踏着晨曦，身披朝霞，在革命农民庆祝胜利的欢笑声中离开了山头村。该文曾入选蒋光慈1930年编选的《中国新兴文学短篇创作选》第一集《失业之后》。戴平万这三篇小说鲜明而形象地展示了农民思想解放的"三级跳"：初步觉醒 → 组织起来进行武装斗争 → 摒弃家庭小我，投身于整个阶级的解放事业。作家站在无产阶级立场上，以前卫的眼光深切地关注着农民的命运，比较准确地把握了农村阶级斗争发展的必然趋势，为被压迫者指出了一条光明出路。

此外，《山中》描写村民听说官兵要抄乡，全村人都躲到山里避难，派青年农民阿牛和五顺下山探听消息。官兵烧毁了他们的村庄，五顺从此再也没有回来。愤怒的村民高喊着："我们……一定要……打倒他们。"喊声响彻山谷，连一向含垢忍辱、胆怯怕事的老一代农民也举起了多筋而粗大的手臂。《春泉》描写一位年迈的农妇因唯一的儿子被官府捉去，为了找回自己的儿子不幸跌进长满茅草的深山坑里，被山里坚持武装斗争的农民救起，这些本来已经十分窘困的农民却自发凑出钱来，帮助这位老妇人继续生活下去，表现了被压迫者深厚的阶级友爱之情。《恐怖》写大革命时期反动县长杀害了两位女革命者，当他正陶醉在升官、美女梦幻里的时候，被武装的农民赤卫队捉住，等待他的将是民主政权的审判。小说一方面揭露了反动派的色厉内荏，另一方面也表现出在白色恐怖下革命武装斗争的烈火依然在燃烧。这些作品有一个共同的特点，就是被奴役的农民在革命的召唤下崛起和抗争，人物的命运与时代的壮潮密切相连，作品的主题实现了由"五四"时期的个性解放到20年代末阶级解放的飞跃。作者常常把民族的血与泪、剑与火与家乡的风物人情凝聚在一起，使小说呈现出悲壮豪放而又幽婉清丽的美学风格。这种红色叙事方式是革命文学的特质，也是宏大革命叙事的民间化使作者成为新兴文艺中"很少数"的一个。①

二

"五四"时期的个性解放和思想启蒙的新文学运动多半是由生活在社会最底层的妇女作为媒介发难的。鲁迅的小说《祝福》《伤逝》《明天》《离婚》等都是脍炙人口的经典文本。当新文学运动由文学革命递嬗到革命文学时，在普罗作家中，描写妇女的巨擘妙手首推戴平万。

戴平万笔下的妇女有两类：一是被侮辱与被损害者。《母亲》中李老姆的亲生儿子阿兴被反动派打死后，她又收养了一个

---

① 饶芃子，黄仲文：《戴平万研究》，汕头大学出版社2000年版，第68页。

干儿子阿幸。阿幸原是一个乞丐,一天夜里趁李老姆熟睡之际偷去了她毕生积蓄的6块钱,悄悄到市里去赌番摊,回来的路上被一个大汉打伤后抢劫一空。李老姆因阿幸的"忠实"认错而宽恕了他,仍然像亲生儿子一样关爱着阿幸。不久,阿幸又被下乡围剿的军队活活打死。李老姆的"一颗伟大的然而没有效果的慈爱之心"被黑暗的环境彻底地击碎了。小说在表现一位劳动妇女仁慈而善良的伟大母爱的同时,也揭露了社会对儿童的荼毒和反动派滥杀无辜的滔天罪行。《苦菜》写日本侵略者占领了东北,沦陷区的村庄被敌人的炮火夷为平地。李老太太为了养家糊口到松林深处采摘苦菜,碰上了一群杀人不眨眼的日本哨兵。他们像野兽捕捉到猎物一样,将李老太太的全身衣服剥光,百般凌辱后缚在一棵松树上枪杀了。李老太太的惨叹、鬼子们的欢呼和松树林的怒啸交织在一起。小说的细节刻画尤为成功。李老太太看着篮子里的苦菜叶子有点憔悴,就像安慰小孩子似的说:"别伤心呀!回家才有凉水喝呢!"李老太太的无比善良与敌人的惨无人道构成了鲜明的对比,对深化作品的主题和丰富人物的性格起到了铺垫作用。《都市之夜》里的"女房东"虽然有点放浪形骸,但那是龌龊的环境使然。她的"那只洋行的走狗"(老公)就奸占着四个小姨太,最年轻的才不过16岁,她不仅在感情上遭人遗弃,而且连生存的权利也被剥夺了,她身旁还带着一个十三四岁正在上学的女儿。这是女人卖肉,男人出钱,钱肉交易的糜烂社会的罪恶。从这位放荡的女房东身上,读者看到的是病态的都市和畸形的现代文明。戴平万的这类描写普通城乡妇女的小说,渗透着作者鲜明的爱憎,对下层弱势群体的同情和怜悯,对侵略者和反动派的揭露与挞伐,构成了小说的主旋律,这是"五四"时期反帝反封建的主流话语的赓续与弘扬。

戴平万对普罗文学的贡献，主要表现在另一类妇女——觉醒了的革命妇女形象的塑造上。小说《新生》写大革命高潮期一个刚刚建立了工农政权的南方农村七区田，准备召开"三八节祝捷纪念大会"。在革命女青年阿玉的启发诱导下，寡妇阿花和婢女阿叶姊妹两人从家庭的阴影中挣扎出来，摆脱了传统观念的缧绁，勇敢地站在群众大会的演讲台上。小说提出了妇女解放这一重大课题。在农村土地革命中，不仅要打倒土豪劣绅，实行耕者有其田，而且要彻底拯救深受压迫的妇女，把妇女解放和土改斗争紧密结合起来。小说通过对自然景物的描写，把妇女新生后的喜悦之情淋漓尽致地烘托出来。《哈尔滨的一夜》写"我"刚到哈尔滨就遭遇战友出事，夜里无处栖身，在"满洲的马柳特加"佟桂英的带领下隐蔽于松林浓荫下的故事。作品的主人公佟桂英是抗日义勇军女战士，"九·一八"事变后，日本鬼子烧毁了她的家园，她率领乡亲揭竿而起参加了义勇军。她能骑马，会打枪，英勇善战，是战场上一位叱咤风云的女英雄。但作品描写的不是战场上的佟桂英，而是写佟桂英在白色恐怖下机警地掩护自己的同志所表现出来的大智大勇，对祖国、对人民的"大爱"之心，以及"要有铁的意志，铁的心肠，才能战胜敌人"的坚定信念和大无畏的英雄气概。同时，通过佟桂英的人生经历和所言所行，控诉了日本帝国主义在哈尔滨和东北广大农村所犯下的灭绝人性的法西斯暴行。这一切都是以一个青年女子的特有人格和行为方式表现出来的。故事情节并不复杂，但作者写得细腻真实而曲折有致，景物描写情深意阔。落笔处既有画面，又富诗情，创造了散文诗似的情景交相辉映的艺术境界，是一篇感人肺腑的散文化小说。短篇《佩佩》写一个高丽姑娘佩佩,由于日本人在东北推行种族歧视政策而无法生存,就与要好的两位中国姊姊勇敢地参加了游击队,成为"一个没有国界的女战士"。这篇小说除了描写妇女觉醒投身革命外,还释放出高丽人、中国人,也包括日本的劳动人民"都是一样的苦命"的社会信息。戴平万笔下的这些革命妇女形象,与"五四"时期的女性相比,她们不是匍匐在"四大绳索"下呻吟的奴隶,而是自己掌握了自己命运的主人;不是夫唱妇随附丽于丈夫的"影子",而是具有强烈的自我意识的生活强者;不是旧社会庙堂倒塌时的殉葬品,而是改天换地建设新生活的主力军。她们同男性一样,用生命和鲜血夺回祖国的每一寸土地,夺回应该属于自己的一切。这就是马克思所说的,妇女是伟大变革的酵素,[①]是社会进步的发动机,是衡量现代文明的标志。戴平万是最早把崭新的革命妇女形象引入现代文学表现视域的普罗作家之一。如果说戴平万笔下的前一类妇女形象是对"五四"文学的继承与拓展,那么后一类妇女形象则是对"五四"文学的超越与升华。

三

戴平万还擅长描写儿童题材,是反映儿童生活的行家里手。在戴平万的创作成就中,儿童小说是其又一个闪光点。他的发轫之作《小丰》,取材于1925年6月23日发生在广州的沙基惨案。一个铁路工人的儿子、工人夜校的学生小丰,为了抗议帝国主义

---

① 《马克思恩格斯全集》第32卷,人民出版社1957年版,第571页。

的罪行，和大人一起参加广州纪念"五卅"惨案死难烈士的群众大会和示威游行，遭到帝国主义的疯狂弹压。小说透过天真烂漫的小丰的所见所闻，表现了中国人民同仇敌忾反对帝国主义的英雄壮举，揭露了帝国主义血腥屠杀爱国群众的兽行。小说结尾写小丰的父亲微笑着对他的母亲说："这孩子也可以做打倒帝国主义的后备队呢！"充分说明中国人民将前仆后继，不怕流血牺牲，一定要把帝国主义这个"黑巨人"赶出中国！他的另一篇小说《交给伟大的革命事业》里的主人公侠姑，既不屈服于白色恐怖的压力，也不愿顺从母亲对自己人生道路的安排去嫁给一个大学生，而是坚定不移地离开温暖的家，把自己的生命"交给伟大的革命事业"。小说的写法很新颖，表面上似乎写带点稚气的阿辉在向知心朋友叙说自己与侠姑的情感经历，实际上表现革命者侠姑百折不挠的毅力和勇往直前的精神。侠姑在离家出走时留给母亲的纸条上写道："母亲！我现在和你离别了！我是到前线去的。我希望能够在世界大放着美丽的自由之光的时候再和你相见！"很显然，在革命浪潮的洗礼下，女学生侠姑比小丰要成熟得多，思想性格又得到了进一步的陶冶和提升，她已经由"人之子"而成为"时代之子"。前文提到过的《母亲》虽然不是专门写儿童题材的小说，但流浪儿阿幸的形象却感人至深。他尽管沾染有嗜赌的恶习，甚至偷了养母的血汗钱以充赌资，但他天真活泼，知恩图报，不畏强暴，敢于抗争，坦诚承认错误，宁肯死去也不愿给反动派当挑夫的永不屈服的精神令人心仪。这是作者从下层人心灵深处挖掘出来的人性内核，也是作者革命的人道主义精神在人物身上的折射。在左翼文学中，描写儿童题材的作品并不多，而像戴平万笔下这类无产阶级革命儿童的新质素涌现尤为可贵。这些年幼的真实的倔强灵魂,不但显示出无产阶级革命运动的纵深发展,而且也昭示着无产阶级革命事业后继有人。作家的敏感和睿智令读者耳目一新。

四

戴平万是喝着韩江水长大的潮汕人,原汁原味的潮汕文化溶化在他的血液里,使他的作品散发着浓郁的乡土气息。潮汕地处亚热带,温润的气候、秀美的山川和天然的海港使潮汕享有"海滨邹鲁"的美誉。但"绣花式"的农业文明与人多地少的物质匮乏也一直困扰着潮汕人。自明代以降,特别是从1860年汕头开埠以来,蓝色的海洋文化扩拓了潮汕人的视野,吸引成千上万的精壮劳动者离开自己生活的那方狭小而拥挤的土地,漂洋过海到异域谋生,"过番"的浪潮一浪高过一浪,从而形成了我国东南沿海特有的"番客"文化景观。戴平万在大革命失败后曾一度浪迹南洋,对于"番客"漂泊不定的生活感同身受。因此,表现"番客"就成了戴平万小说创作的又一时代亮点。

《树胶园》写一群被称作"猪仔"的中国割胶工人在南洋的非人生活。他们像一群动物被囚禁在阴森恐怖的笼子内,除了超强度的体力劳动外,动辄还要遭受工头的打骂。小说浓墨重彩地描写了阿宝的人生悲剧。他的妻子被红毛鬼(工头)强奸,他伺机报复不成,反而被红毛鬼吊在树上打得奄奄一息,从而激发了工人们的罢工。但罢工结束后全园工人却被红毛鬼开除,阿宝妻子失踪,他自己被逼得到处漂流,最后又被火车轧死。阿宝的惨死再次点燃了"番客"们心中的怒火:"我们要从他们的手里,夺回我们自己的命运呀！"一位青年工人怒吼着。"猪仔"们终于从凌辱中觉醒了。《流氓馆》里蛰居的菱角老苏、幽魂老大、霹雳火秦二世、耷主阿陈和望天少校阿丁等，都是中国流浪"过番"的。他们有的因从事革命活动，有的因反动势力的迫害，有的因封建家长的淫威，有的因要改变闷死人的环境，从而怀着美好的理想来到了南洋。但南洋"却像一个大水橱"，把这些憧憬自由、热情奔放的青春之魂严密地禁锢起来，然后再抛弃到社会的边缘。他们不仅找不到工作、生活拮据，而且性命岌岌可危。结果监禁、驱逐、失业、疾病、欺凌，使流氓馆很快就烟消云散了。"过番"对于绝大多数人来说，只是一个虚幻的黄金美梦，它留给故乡年迈的父母和弱小的妻儿一缕若隐若现的"希望"之光，荣归故里、福荫子孙正是这缕"希望"之光在人们心理屏幕上的投影，它带给家中望眼欲穿的孤儿寡母的多是痛苦与恐惧。其实"过番"之路是一条用血泪和生命铺设的黄泉之路，这种虚无缥缈的企盼正是无路可走者自我慰藉的心理需求，它奏响的是一曲又一曲悲怆的挽歌。

在戴平万所演奏的"番客"文化的大合唱中，还有几个别具特色的音符，那就是描写在日本侵略者铁蹄蹂躏下的高丽、印度、安南等弱小民族的革命流浪者的生活。在这些小说中，尤以《流浪人》为代表。文中的流浪者李君是高丽的一位革命青年，为了争取祖国的自由和解放而被"短奴"（指日本侵略者）放逐异邦，流浪于中国和湄南河畔。他在病中还高喊着"我死后还要奋斗"，最后被殖民统治者秘密杀害于F岛牢狱，临刑时眼里仍充满着反抗的光芒。这是一个被压迫民族的不屈灵魂！小说的主旨除了揭露侵略者的殖民政策外，还内蕴着一条哲理：全世界被压迫民族有着同样的命运，只有联合起来共同奋斗，自由、光明的理想世界才能够实现。

五

戴平万同蒋光慈、洪灵菲等普罗作家一道，用自己的创作实绩建构和奠定了新兴的革命文学话语的正宗地位，为中国文学注入了前所未有的无产阶级革命的新质，推动了中国文学的现代化进程。他采用现实主义的手法反映生活，在他的小说中，没有气势煊赫的高官政要，只有一些普普通通的农工大众。其作品的选材取向大致有三种：一是取材于独特的人生经历和情感体验，带有明显的自叙体色彩。如《三弦》《出路》《在旅馆中》《流浪人》等。二是取材于自己熟稔的故乡或流浪地——南洋。如《山中》《母亲》《新生》《陆阿六》《树胶园》《流氓馆》等。三是取材于宏大的政治叙事和现实斗争的考量。如《小丰》《交给伟大的革命事业》《村中的早晨》《恐怖》《在风雪中》《苦菜》《佩佩》《哈尔滨的一夜》等。戴平万以阶级分析的二元对立思维模式，同情工农大众的价值判断标准，热情礼赞无产阶级革命事业的先锋意识，全知全能的叙事视角，线性单一的情节结构，乐观向上的抒情笔致和质朴率真的革命话语，谱写出与"五四"文学迥异的革命文学新文本。在戴平万的笔下，不论是写农民的悲惨，儿童的不幸，还是写妇女的眼泪，"番客"的哀吟，都潜隐着一条思想脉络：要复仇，要反抗，要革命。他们都不愿奴隶般地生活下去，而是要奋起拼搏，掌握自我的命运，通过武装斗争推翻帝国主义和官僚地主的压迫，反帝反封建的阶级意识尤为强烈。在光明与黑暗、民主与专制、文明与野蛮、抗争与屈从的搏斗中，展现人性的复苏与自我的超越，把鲜明的爱憎直观地张扬于新的主题、新的题材和新的人物中。他的作品有如沉沉暗夜里的一道闪电，万籁俱寂中的一声惊雷，冰天雪地里的一缕朝阳，使读者在阅读的审美体验中很容易产生感情的互动，情不自禁地与作品中的人物亲切拥抱，达到心灵共振与情感契合，满足受众客体的价值期待和心理平衡的欲求。

将戴平万的小说与"五四"时期同类题材的作品相参照就不难发现，"五四"时期的作者着力剖示的是中国封建制度和封建文化对于劳动者的精神戕害，以及由此而形成的人物性格上的愚昧、麻木、自私、怯懦等弱质，他们往往是备尝苦难而终不觉醒。由于时代和思想的拘囿，作家尚未也不可能给被压迫者指出一条自我解放的道路。作家要表现的是，劳动者不能不革命的社会地位和他们主观上还缺乏觉悟这二者之间的反差，批判与否定民族的痼疾和旧文化的弊害。但戴平万则不同，他关注民生，瞩目于现实的政治革命，常常把人物的命运与阶级的解放、民族的生死攸关紧密联结在一起。他"不仅要'描写他们的各种苦痛'，来'为他们诉苦'，紧要的是要明显地或暗示地写出他们这些苦痛的由来，他们在历史进展过程当中的命运和其所负的使命，指示给他们以出路，鼓舞着他们的革命的热情和勇气，使他们走上历史所指示的革命的光明大道上去"。[①]戴平万在刀光剑影的白色恐怖中，将重大的历史事件、纷繁的风云变幻、觉醒了的农工大众，尤其是革命妇女和革命儿童的形象适时地引入现代文

---

① 《中国新文学大系（1927—1937）·第一集》，上海文艺出版社1987年版，第362页。

坛，唱出了时代的最强音，确立了中国普罗文学的根基，他的为革命而文学的情感指向推动中国新文学由思想启蒙进入到实际的武装斗争阶段，他不仅是中国现代文学转型期的"津梁"，也是中国左翼文学走向成熟的开拓者。

与同期其他普罗作家相比，戴平万是一位比较重视艺术审美的作家，较少蒋光慈式的在作品里赤裸裸地大喊大叫。他的部分小说，如《村中的早晨》《树胶园》《苦菜》《哈尔滨的一夜》等，主旨鲜明，人物形象饱满，故事情节引人入胜，语言刚柔相济，景物描写富有诗情画意，人、事、情、景水乳交融，叙事、抒情、议论相映成趣，个人话语与革命话语相互迭现，构成了一幅幅色彩斑斓的图画，显示出作者"无论在意识上或是技术上都有相当的修养"。[①]

但是，不可否认，戴平万也程度不同地受到了当时国内外"左"倾文艺思潮的诱惑，把无产阶级革命文学误读为无产阶级意识在作品中的直接宣泄，过分强化文学的宣传功能，弱化甚至消解了文学作品的审美特质，将文学与革命融为一体，使文学蜕变为无产阶级政党和阶级变革现实社会的一种文化武器，从而蹈入了重功利而轻审美、扬理念而抑性情、尊群体而斥个性[②]的思想泥淖。普罗文学是20世纪中国文学转型期中出现的一种以政治性思维来诠释社会发展规律的文学现象，它不是作为一个纯文学形态而彰显独立存在的价值，而是宣传思想意识形态的一种文学化表现艺术，是一种具有特定政治内涵的文化符号。如果说

[①] 饶芃子、黄仲文：《戴平万研究》，汕头大学出版社2000年版，第68页。
[②] 杨匡汉、孟繁华：《共和国文学50年》，中国社会科学出版社1999年版，第513页。

"五四"文学是人的文学和启蒙文学，那么戴平万等人的普罗文学则是阶级文学和政治化的文学。由于文学观念上的倾斜，戴平万的小说往往通过讲故事来说明一个先验的理念，用"突变式"的方法来解构故事中的矛盾冲突。有的小说结构比较散漫，人物形象也不大丰满，尤其是缺乏鲜明的个性和浮雕式的具象感。作者缺少为人物安排丰富曲折的故事情节，让他们在故事情节的演进中展示自己的性格，在错综复杂的矛盾冲突中自然而然地流泻出作品的主旨，忽视了作为小生产者的农民在政治思想、文化素质诸方面的现代性建构，而是用政治主流话语的强行介入来教化读者，使人物超负荷地承担了作者所赋予他的"说教"任务，因此出现了"思想大于艺术"的现象。当作家对现实功利的追求完全遮蔽了对审美取向的向往时，就不可能创作出历久不衰的艺术经典，这是戴平万及其同仁们留给我们的历史缺憾。

（原载《中国现代文学研究丛刊》2009年第5期）

新写实主义背景下戴平万的小说创作

黄景忠

戴平万的小说创作,主要集中在二十年代末期至抗战爆发时期,也就是说,恰好是在中国左翼文学的"黄金十年"。这期间,他创作中短篇小说30多篇,其中,《陆阿六》《村中的早晨》等被认为是左翼时期的优秀的作品。左翼的文艺理论家钱杏邨曾经这样评价戴平万:"如果说,我们的新兴文艺已经产生了几朵'花',那么,我就觉得,不如说我们已经有了几个'花蕊'",而戴平万,"就是我们已经有了的几个'花蕊'中的一个"。[①]也就是说,在左翼早期的文学创作中,戴平万是一个重要的作家。但是,中华人民共和国成立后,对戴平万的研究文字并不多见,主要有如下几篇:2000年,饶芃子、黄仲文出版专著《戴平万研究》,其中的《戴平万的生平与创作》[②]记述了戴的生平与创作历程,它的价值是史料的搜集、整理和鉴别;2009年,

---

① 钱杏邨:《关于〈都市之夜〉及其他》,《拾荒者》第一卷第2期,1930年2月出版。
② 饶芃子、黄仲文:《戴平万的生平与创作》,见《戴平万研究》,汕头大学出版社2000年9月版,第1—15页。

杜运通、杜兴梅发表《戴平万小说创作论》，从戴平万塑造的农民、妇女、儿童等形象入手，指出戴平万的创作塑造了一批不同于"五四"时期的"觉醒了的农工大众"的形象，"唱出时代的最强音"，并由此认为戴平万"是中国左翼文学走向成熟的开拓者"。[①]笔者认同这篇论文对戴平万在文学史地位的界定，但是，不同于杜文从人物形象及思想内涵入手，本文拟从叙事模式入手，揭示戴平万小说在推动左翼文学创作上的贡献。

一

在左翼文学思潮史上，《太阳月刊》1928年7月号（也即停刊号）是有着里程碑意义的一期，这一期中有几篇重要的文章。一篇是蒋光慈执笔的《停刊宣言》。这篇宣言，明确提出"现在的无产阶级文学，是仅只有了这一种倾向，是很幼稚的"，"太阳社的第二个阶段的创作，我们是要注意于无产阶级意识的把握及技巧的完成了"。应该说，这不只是蒋光慈的观点，当时的左翼文学阵营已经意识到，此前"革命加恋爱"的革命罗曼蒂克文学在本质上是属于个性解放范畴的，而随着国内政治形势的发展，作家的眼光应该从知识分子的身上转向农工大众的苦难以及他们的奋起反抗，应该寻求适合表达这种现实的新的表达模式。那么，新的创作路径应该是什么？就在同一期的《太阳月刊》，发表了戴平万的潮汕老乡林伯修翻译的藏原惟人的《到新写实主义之路》，藏原惟人认为，从观念出发的理想主义是没落阶级的艺

---

① 杜运通、杜兴梅：《戴平万小说创作论》，《中国现代文学研究丛刊》2009年第5期。

术态度，写实主义才是新兴阶级的艺术态度，而对一个普罗作家来说，"第一不可不获得明确的阶级观点。所谓获得明确的阶级观点者，究竟不外是站在战斗的无产阶级立场"。同时，"他从过去的写实主义继承着它对于现实的客观的态度，绝不是说对于现实——生活之无差别的冷静的态度，也不是说力持超阶级的态度，而是把现实作为现实，没有什么主观的构成地，主观粉饰地去描写的态度"。藏原惟人所提倡的新写实主义，尤其是强调作家客观描写现实的态度，刚好是治疗早期革命文学公式化、概念化毛病的良药。所以，钱杏邨在同一期发表的书评《动摇》中，第一次提出了新写实主义的口号。之后，林伯修在《1929年急待解决的几个关于文艺的问题》这一篇对左翼文艺理论建设具有重要意义的论文中指出，"普罗文学，从它的内容要求，是不能不走着这一条路——普罗列塔利亚写实主义之路"。[1]从此，新写实主义成为左翼文学创作的旗帜。

那么，哪一位普罗作家在新写实主义道路上拔得头筹呢？有一种观点是丁玲。1931年丁玲发表中篇小说《水》，小说以南方水灾为背景，表现灾民的苦难以及他们的反抗。冯雪峰在《关于新小说的诞生》中称《水》是"从旧的写实主义走到新的写实主义"的一个路标，它标志着"一种新小说的诞生"。[2]但笔者以为，最早实践了这一写作路径且取得了实绩的是戴平万，他1930年发表的《陆阿六》《村中的早晨》可以看作是早期新写实主义

---

[1] 林伯修：《1929年急待解决的几个关于文艺的问题》，《海风周报》第12期，1929年3月出版。
[2] 丹仁（冯雪峰）：《关于新小说的诞生》，见《中国新文学大系（1927—1937）·第一集》，上海文艺出版社，1984年5月出版。

的代表性作品。

事实上，在新写实主义作为一个口号提出来之前，在左翼的文学创作之中，戴平万的小说创作是比较接近新写实的路径的。

首先，与大多数左翼作家由文学而革命不同，戴平万走的是由革命而文学的道路。他的许多小说创作，并不是对革命的文学想象，而是取材于他所熟悉的或者经历的革命生活。

戴平万出生于广东潮州一个世代书香的家庭。1918年他到广东省立潮州中学读书，当五四运动传播到潮州的时候，他积极参加爱国宣传活动，接受新思想的洗礼。1922年，戴平万考进国立广东高等师范学校，后来在共产党人许甦魂的引导下，开始参加革命学生运动，并加入中国共产党。1925年6月23日，广州10万民众举行声援五卅运动的示威游行，戴平万是参与者，且目睹了沙基惨案。他1928年发表的《小丰》就取材于这次反帝爱国运动。1926年，戴平万大学毕业，被党组织派往南洋开展工作。1927年，国民党捕杀海内外革命人士，戴平万在泰国期间经常被特务盯梢，在南洋一带过着流亡的生活，他后来创作的《在旅馆中》《流氓馆》表现的就是这一段生活。1927年秋，周恩来、朱德等率南昌起义部队进军潮汕，戴平万和逃亡到南洋的洪灵菲听到消息十分兴奋，马上乘船回潮汕，准备参加武装斗争。船到汕头，才知道起义部队已经撤出潮汕。后来，他们得知彭湃在海陆丰发动农民起义，随即转到海陆丰参加农民革命。这段时间虽然不长，但是却给此后他反映农民革命的创作提供了丰富的生活素材与革命经验，他1929年以后发表的短篇《山中》《春泉》《陆阿六》《村中的早晨》或直接或间接地反映了这一阶段的斗争生活。1927年冬，海陆丰农民起义失败，戴平万和洪灵菲转移到上海，和蒋光慈、钱杏邨等成立"太阳社"，倡导无产阶级革命文学运动。1929年10月，党在上海筹备成立"左联"，戴平万是筹备组成员。"左联"成立后不久，他受委派做码头工人与青年学生的宣传发动工作。1933年，戴平万又被党派往东北做地下工作，《哈尔滨的一夜》《佩佩》等小说就是反映这一时期的革命生活的。

所以，纵观戴平万的创作历程，他的文学创作，是诞生于他的革命生活之上的。这就铸就了他的小说不同于早期革命文学的两个方面的特色。

其一，他的小说的主角是生活在底层的民众。20世纪20年代末的革命文学，正如上面所说，是"革命加恋爱"的浪漫抒情小说居于主流地位，知识分子往往是小说的主角。而戴平万的小说，虽然有个别篇章，如《在旅馆中》《出路》等，表现知识分子的苦闷和追求，带着自传的色彩，但是，他的大部分的作品，是描摹大革命背景下底层的民众尤其是农民的被压迫和反抗，这一点，在杜运通、杜兴梅的《戴平万小说创作论》已经作了充分的论述，这里不再赘述。这说明，与当时大多作家尚在延续"五四"个性解放及自我表现的精神追求不同，戴平万一开始就把眼光投注于民族的命运与人民的苦难，他的小说因此具有更为开阔的视野，因此也更具有普罗意识。

其二，他的小说充满生活实感。左翼的作家，后来也多转向表现工农革命的，可是，由于缺乏革命的生活经验，缺乏对生活细致的观察和感受，所以，也就难以避免地出现粗疏空泛的毛病。有时为了强化革命的主题，会出现蒋光慈式的口号式的表达。不能说戴平万的小说完全没有这种弊病，尤其是在他尚未自觉地实践新写实主义的时候。比如，他的《激怒》，作者讲述了农民在地主压迫下自发反抗的故事：一个放牛娃误入地主的鱼池竟被毒打至昏迷，豪强的残暴终于激怒了民众。就在愤怒的民众中，站出来一个农民，号召同伴"所以我们欲反抗压迫我们的一切，就应该组织起来。没有组织，就没有力量去反抗！"[①]实际上，当时的农民是尚未有这样的政治觉悟的，这里分明是作者自己跳出来，借助人物表达革命的话语。

但是，我要说的是，在当时的左翼作家中，戴平万相对而言是能够比较客观表达现实的，他的小说是最富于生活实感的。他倾注于现实的描写，他的小说尤其善于通过非常生活化的细节描摹现实。比如他的《小丰》，主人公小丰是一个小学生，在思想进步的老师的鼓动下参加声援"五卅"运动的大游行。他知道应该打倒欺负中国人的殖民者，但是，他还小，对游行、示威的意义不甚明了，对帝国主义什么也半懂不懂。在游行队伍中，他不小心和同学小明撞了一个满怀，"于是两个便互相扭住，打起架来，队伍大乱。队长和两个维持会场的秩序的童子军走过来排解。两个孩子脸子都涨得红红的，各按秩序走进前去了。"[②]两个参加游行的学生却打起架来，这个细节描写似乎是削弱了游行的主题的，但是，另一方面，这个细节又很符合儿童的心理和行为逻辑，这为小说增加了真实感和趣味性。其实，在戴平万的小说中，常常有这类看似游离主题却是充满生活气息的细节描写。

戴平万笔下的人物形象，时有概念化的毛病，但大多是生动的、富于个性的。比如《交给伟大的革命事业》，小说以白色恐

---

① 戴万叶（戴平万）：《激怒》，《我们月刊》第1期，1928年5月出版。
② 戴平万：《小丰》，《太阳月刊》五月号，1928年5月出版。

怖下党的地下工作为背景，塑造了侠姑这一革命者的形象。侠姑是一位女学生，但是个性却很男性化：

> 我想，若是她来了——当那扇门砉地猛开了的时候，她的瘦瘦的男性化的身子便掷了进来。她用着滑稽而又很爽快的语气，说道：'趣事年年有，大小不相同。'

她甚至抽烟，而且烟瘾不小：

> 当她把外衣脱出来挂在壁上时候，我们总是抢上去把它拿下来，搜着她袋里的香烟……你要知道她袋里常常藏着一包'三星牌'……我们抢着烟，闹成一团！她却在那里抽着烟，笑着。不过，若是她手里没有烟你便一定要留下一支给她。不然的话，她就要生气了。[①]

侠姑肯定不符合我们想象中的革命者的形象，但这样的形象却是鲜活的，有个性的。在戴平万早期的小说中，像《三弦》中有点书呆子气、深爱着自己的学生又无力承担爱情的音乐才子陈琴师，《流氓馆》中那一个嘴巴长得像棱角、身陷困境却追求着光明的流氓馆主老苏；《都市之夜》中为了生存甘当情妇、心理有些变态的女房东等，这些人物都像侠姑一样，形象还不够饱满，但是个性鲜明，生动鲜活。显然，在戴平万的早期创作中，很难说有着追求人物性格塑造的自觉意识，但他有着丰富的底层的生活经验，有着对生活细致的观察和表达力，同时又尊重生活，这让他描写的人物充满人间烟火气。

关注底层民众的生活以及他们的反抗、斗争；尊重生活，以素朴的笔调描摹革命生活是戴平万小说创作的两个特点，这些特

---

① 戴万叶：《交给伟大的革命事业》，《我们月刊》第3期，1928年8月出版。

点在早期就已经出现并一直贯穿着他的创作的始终。

二

当然，确切地说，戴平万成熟的新写实主义小说应该是1930年之后才出现的，这个阶段的代表性作品是《陆阿六》《村中的早晨》《新生》《佩佩》等。

1930年前后戴平万的小说发生了什么变化呢？

首先是叙事模式不同。戴平万前期的小说，采用的是弱势阶层与强权阶层二元对立的叙事模式。他的小说，常常展示强权阶层对弱者的欺压，弱者在强者的欺压下或者走向悲剧，或者奋起反抗。在《小丰》中，表现的是工人、市民和学生同殖民者的对立，虽然殖民者镇压了游行，但是点燃了民众反对帝国主义的怒火；在《激怒》中，表现的是地主李大宝对文生的欺凌引发的农民的集体反抗；在《山中》中，表现的是官兵的烧杀抢掠激发了村民的暴动；在《交给伟大的革命事业》中表现的是国民党的残酷镇压与白色恐怖下共产党人的坚持斗争……哪里有压迫哪里就有反抗，这种二元对立的叙事模式，其实是蕴含着作家对革命合法性的阐述。

在这种叙事模式中，我们可以看到作家其实是按照自己对革命的想象来构造这个世界的：在弱势阶层与强权阶层的对立中，弱势阶层与革命者是正义和善的拥有者，而强权阶层和反革命者是邪恶的化身。而且，这两个阵营，是泾渭分明，不可能转化的。由于弱势阶层与革命者抢占了道德的制高点，这样的人物设置最容易激发读者的同情心，最具有感染力，最容易达成革命宣传的效果。当然,这种模式对社会现实的理解和表达未免过于简单、肤浅,所以,尽管戴平万早期的小说相比同时期的作家更注重生活细节的描写,更富于生活气息,尽管他企图把革命的理念宣传与社会现实的描绘很好地结合在一起,但是,我们仍然可以看到作家以理念阐释现实的弊病,仍然能够读出他的幼稚和不成熟。

在这种叙事模式中,作家的叙述重点在哪里?在社会冲突以及由冲突构成的事件。如何生成社会矛盾,如何推动矛盾冲突的发展,是作家关注的重点。至于人物,是服从于作家对于矛盾冲突的安排的。所以,尽管作家善于通过一些生活片段刻画人物个性,尽管如上面所说人物个性鲜明,但是,必须承认戴平万早期的人物塑造是近乎速写式的勾勒,作家的描写是粗疏的,你看不到人物性格的发展变化,看不到丰富复杂的人物性格。

1930年以后的戴平万,是构建一种成长或者转变的叙述模式——这也是戴平万贡献给左翼文学的一种写作范式,这种叙述模式,往往是以某个人物的成长去结构故事的:

《陆阿六》叙述的是一个革命战士的成长历程。陆阿六出身于贫困的农民家庭,他小的时候就要帮家里放牛,帮母亲养猪。一次他家的猪闯进地主家的菜园,被地主抢去了。后来,他辛辛苦苦养的牛,又因为家里交不了租,被父亲卖了抵债。陆阿六自小就感受到社会的不平等,所以,当农民运动传播到家乡的时候,他兴奋地告诉母亲要参加农会,"如果我们的猪再给他妈的三老爷抢去,我们便到农会告去,农会就能够替我们出力,把猪牵回来给我们了"。陆阿六参加了农会后,又历经白色恐怖,"在这枪林弹雨以至于东奔西跑的状况底下,他愈见长大起来",①成为一名坚定的革命战士。

《村中的早晨》讲述一个老农民对革命的认识的转变过程。老魏的儿子参加革命，村里的有钱人开始痛恨他，邻人也生怕受连累不和他往来，他的家因此被抄，自己也被关进监狱。他不明白儿子为什么"也不要家乡，也不要父母，就是自己的生命也好像是不要紧的"，②他对儿子恼火、怨恨，想要去质问儿子。当他找到儿子后，儿子作为革命队伍的指挥官根本没有时间和他仔细交流，但是，他看到儿子忙碌着，看到许多人对儿子的尊敬和对自己的尊重，看到人们热情高涨的精神姿态，渐渐明白儿子从事的大约是对老百姓有益的事。

《新生》讲述一对成长为革命者的姐妹花的故事。姐姐阿花的丈夫从军在军阀混战中死去，成为寡妇。妹妹被卖到地主家为奴，是革命把她从地主家解放出来。起义军到了她们村，负责妇女工作的阿玉引导两姐妹参加革命，帮助做妇女解放的宣传工作。阿花不同意，说自己是寡妇，不好抛头露面。在阿玉的说服下，阿花终于同意和妹妹一同加入"家庭宣传队"，只是到人们家里的时候，她还是不太肯说话，后来，一次次地，她逐渐活跃起来，甚至敢于在集会中演讲了。

藏原惟人的新写实主义不只是要求作家反映现实要从事实出发，还要求"必须把人们在那复杂性里面，那生活的形象里面描写"，③要求要写出生活的复杂性，写人的复杂性和心理的复杂

---

① 戴平万：《陆阿六》，《拓荒者》第一卷第1期，1930年1月出版。
② 戴平万：《村中的早晨》，《拓荒者》第一卷第2期，1930年2月出版。
③ 藏原惟人著，之本译：《再论新写实主义》，《拓荒者》第一卷第1期，1930年1月出版。

性，写出活生生的人。而我以为，戴平万1930年以后的小说，确实有了这种自觉意识了。

首先，是对生活复杂性的描写。我们可以发现，他后期的小说，不再采用弱者／强者二元对立的叙事模式，呈现在我们面前的世界，不再是善与恶、正义与邪恶、进步与落后泾渭分明的世界。比如，他笔下的被压迫的农民，固然有坚定的革命者，但也有害怕受革命牵连的势利者，有思想在成长或者动摇的转变者，等等。而且，作家在描写现实的时候，已经尽可能地避免以理念去阐释现实，比如，他描写转变者，会让人物的行动自发地显示革命意识的萌生、发展过程。这种写实的手法，让他所展示的艺术世界更客观，更符合生活实际，当然，也更富于文学意味。

当然，更为重要的是，他构建的成长或者转变的叙述模式，非常注重人物形象的塑造了。在这种叙述模式中，矛盾冲突和事件再不是叙述的焦点了，叙述的焦点在人物的成长，在人物的心理变化过程。

所以，细腻的心理描写，是这个时期戴平万的创作特点。而《村中的早晨》无疑是最能够体现戴平万心理描写的功力的。老魏怀着不满甚至是愤怒要去质问儿子阿荣，当他找到阿荣时，儿子和他打了招呼，却忙着处理武装队伍的各种事务，没有时间坐下来和他谈心。这让他更为愤懑："不肖子！我找他来做什么？他全不理我呢！"后来，阿荣的"同志"请他一起吃饭，从他们谈话中流露出来的对革命坚定而自信的态度中，老魏"可以感受到了生命的力和希望，好像这希望和力在诱惑他，使他在这人群中间局促不安起来"。老魏对儿子的不满有所减少了。而当简同志告诉有阿荣这样的儿子，他"够有面子"的时候，老魏第一次为儿子感到骄傲。可是,"他立即又伤心起来,因为他总觉得儿子不是他的",他甚至预想到凄凉的晚年。后来,儿子打完胜仗归来,当他看到人们庆祝着,看到人群簇拥着的儿子脸上"放射着一种胜利的微笑",他开始意识到他的儿子从事工作的意义,尽管他明白从此"这个儿子可不是他所有的了",但是,他决意要离开儿子,不成为儿子的绊脚石。在这里,我们可以看到作家如何用非常细腻的笔墨描摹人物的心理变化过程,甚至人物瞬间潜意识的活动,作者也捕捉到了。

戴平万这个时期的创作,也比较注意描写人物性格的丰富性与复杂性。能够充分体现这种创作倾向的是《哈尔滨的一夜》,小说塑造的佟桂英有点像《交给伟大的革命事业》中的侠姑,革命信念坚定,勇敢,性格有点男性化。她在十里堡组织义勇军,抗击日军。她性格豪放,在她看来最惬意的是在夜晚骑着马驰骋在满地月光的大草原上。可是,小说在诸多细节上揭示了她作为一个女孩子温柔的一面。晚上"我"和她为了躲避追捕假扮恋人在野外过夜,当提起家人,提起早逝的父亲和受伤的哥哥,"她坐下去,不痛快地呼一口气。在阴影下,我注意到她的眼睛。那眼睛正像两颗星儿在闪光。"她有铁的意志,但是又有柔弱的一面,外面下着雨,她"好像恐怕打湿了衣裳,紧紧地靠在我的怀里;突然她又像是胆怯地抱住了我。"[1]佟桂英与侠姑性格有点类似,但侠姑虽然个性鲜明,但性格单一,佟桂英的形象就丰满得多。其实,这个时期其他的作品中的人物,比如勇敢而带着稚气的陆阿六,憨厚而有点固执、保守的老魏,善良、活泼而又带着

---

[1] 戴平万:《哈尔滨的一夜》,见饶芃子、黄仲文《戴平万研究》,汕头大学出版社2000年9月,第255—265页。

有点呆气的高丽姑娘佩佩（《佩佩》）等，都是塑造得比较厚实的人物形象。

戴平万这个时期的文学创作尽管注意描写生活的复杂性，注意突出文学作品的审美特性，但是，他的小说创作毕竟还是属于左翼早期的文学创作，所以，他还没有能够圆满地处理好真实性与倾向性的矛盾，即使是他1930年后的创作，直接地表达无产阶级的观念意识的概念化的弊病仍然存在。他的创作成就也因此比不上处于左翼成熟期的沙汀、张天翼等。但是，我们应该看到，左翼以新写实主义的旗帜替换早期的革命罗曼蒂克文学，戴平万毕竟是最早实践这种创作路径并创作出优秀作品的一个标志性的作家，正是在这个意义上，我赞同王哲甫对戴平万的论断：

> 戴平万——戴氏为新进的，新写实主义的作家，虽然他的作品并不很多，然只就他现在的作品而论，谁也不能否认他在普罗作家中所占的重要位置。[①]

[①] 王哲甫：《中国新文学运动史》，景山书社，1933年版，第242页。

试论戴平万短篇小说的农民形象

沈 栖

革命文学草创时期的作品,一般说来,充满着"革命的浪漫蒂克",无论思想上艺术上都显得稚拙。太阳社成员戴平万(原名戴昀,1903—1945)的创作却不能算粗糙,它没有"革命+恋爱"公式化的写法,也很少有抽象的说教,因此,受到左翼文学评论家的极力推崇,称誉他"无论在意识上或是在技术上都有相当的修养",其作品犹如"新兴文学的花蕊",显示了"普罗文坛的最好的短篇成绩"。[①]戴平万创作实绩最突出的是农村题材的短篇小说。它们虽然并不十分丰富,艺术上也并非篇篇都是精品,但是,他凭着自己对生活的理解,自觉地站在被压迫者的立场上,怀着对农民命运的深切同情,以朴实犀利的笔锋,较成功地塑造了一批动荡年代中的农民形象,不但写出了他们的苦难和挣扎,而且热情歌颂了他们的觉醒和革命,真实地传达了这一时代的农民思想情绪。对戴平万短篇小说中的农民形象做一番分

---

① 刚果伦:《1929年中国文坛的回顾》(《现代小说》第3卷第3期);钱杏邨:《关于〈都市之夜〉及其他》(《拓荒者》第2期)。

析，将有助于我们正确理解无产阶级革命文学初期创作的思想价值，也有助于我们进一步理解现代文学表现农村题材的创作在这一时期的新特点。

一

旧中国的农村是以分散的落后的个体经济为基础的，一般说，老一代农民的思想最集中、最有代表性地反映着农民在小生产条件下形成的那种狭隘、落后和保守的思想。二十年代和三十年代初期的文学作品中，描写老一代农民大体上有这么两类：一类是长期受封建地主阶级的压抑，处于极度的困苦、麻木的境地，随遇而安，有的虽在命运的泥淖中挣扎，却委曲求全地想要保住自己最低的生活欲望，甚至抱有不切实际的幻想，结果为黑暗社会所吞噬。以农村萧条破败为背景的"乡土文学"不少作品便是如此，喊出了农村衰败的一声声悲叹。另一类，虽然同是生活在豺狼当道的人间，同样具有保守、落后、麻木的心理，但黑暗的现实步步向他进迫，触发他对现状发生怀疑，不甘屈辱，日趋觉醒。戴平万的短篇小说以酷烈的农村阶级斗争为描写对象，借主人公的曲折遭遇与最后归趋，从更深一层的意义上揭示农民的命运，程度不同地显示出农民觉醒的动向，歌颂了老一代农民的反抗精神。

《激怒》（见戴平万短篇小说集《都市之夜》）写的是放牛娃文生被地主李大宝无辜殴打，从而激起村民义愤，群起反抗的故事。原先这批农民对李大宝的凶横残忍，逆来顺受，不思反抗，文生之死是他们由麻木转向觉醒的契机。顺添、昭光等老农民终于同年轻人团结起来，跟李大宝展开了殊死斗争。这篇小说虽然过分地渲染了斗争中的复仇主义心理，带有较多的自发性质，但它形象地告诉人们：老一代农民终究在被踩瞒的生活中"激怒"了，觉醒了！如果说《激怒》中老一代农民是以群像的形式出现的，那末，《村中的早晨》（见蒋光慈编的《失业以后》）、《山中》（见《海风》第一期）、《陆阿六》（见《拓荒者》第一卷第一期）则塑造了三位较有个性化的老农民形象：老魏、元兴老伯和阿六爹。

老魏是一个"灵魂可比较蚕丝还要柔驯"的老农民。自从儿子魏阿荣参加革命后，村中的有钱人都诅咒他，官府派人来抄家，还将他投狱，迫着他把仅有的一垧地卖了才赎了出来。听说儿子这次来到离家三十里的山头村，他便怀着忧愤的心情赶去谴责这个"不肖"之子。当老魏来到山头村时，正遇上反动军队的袭击，阿荣忙于指挥战斗，无暇照顾老父，这又使老魏不满，但，他目睹血与火的交战，看到了儿子为着贫苦农民的解放事业而操劳的情景，逐步认清了敌人的暴戾凶残，同时于危难中也深切地感受到武装斗争是穷人的希望，认识到儿子革命的意义，由原来的谴责儿子转变为谴责自己："我是错怪了儿子"。《陆阿六》中的阿六爹也经历了这么一个思想转变过程，他不仅"自谴"，而且毅然参加了农会组织，和儿子陆阿六一起投身于农民运动。这些在苦海中挣扎了几十年的老农民，由于根深蒂固的封建正统意识的荼毒，保守思想较为浓重，这是他们性格的一面；另一方面，作为苦难深重的老农民，出于阶级本能，从内心深处对地主阶级刻骨仇恨，对革命寄予同情，急切地盼望能早日翻身求解放。后者乃是这些老农民觉醒，逐步接受儿辈的革命道理的宣传，投身农民运动的思想基础。戴平万短篇小说正是着力揭示了这一思想基础，虽然在艺术描写中还带有观念化的痕迹。

戴平万短篇小说能深刻反映现实斗争的本质及其必然的发展趋势的环境描写，给人物的行动提供了可靠的客观依靠，使他们日趋觉醒并非一个"光明的尾巴"，而是客观形势和个人性格发展的合乎逻辑的必然结果。外因的促力，内因的演进，作品将人物内心深处发生的复杂变化表现得步步稳扎、丝丝入扣。《山中》的元兴老伯是一个孤独老人，"他过去的几十年，都是含垢忍辱，咽泪吞声地生活着"。官兵"清乡"时，他随村民避难于山中，此时，面临着目不忍视、耳不忍闻的惨象，这位背负因袭重担与传统桎梏的老农民在严峻的现实教育下觉醒了，他举起颤抖着的多筋而粗大的手臂，颤着声音高呼："我们……一定要……打倒他们！那些反革命的狗！"在人们面前活现着的是一个"受尽苦楚的高洁而不屈的灵魂"！老魏、阿六爹、元兴老伯虽然都有一段麻木、落后的历史，但在激烈的阶级斗争的急流中，他们的性格发生了根本性的变化：从安于现状中觉醒过来，倾向于革命。他们在黑暗势力压顶之际，没有绝望，而是由麻木到觉醒，由"激怒"到反抗，这就使阿贵（潘训《乡心》）、吉顺（许杰《贼徒吉顺》）等卑微、浑噩、软弱、畸形的农民形象相形见绌，也使运秧驼背（王任叔《疲惫者》）的盲目而悲哀的挣扎显得软弱无力。它有力地说明了在国民党统治下中国农村迅速破产在农民心理上引起的急剧变化，也雄辩地证实了农民革命要求的不可遏止。可以预言：他们绝不被黑暗社会所吞噬，相反，黑暗社会将为他们所埋葬！这，就是戴平万短篇小说塑造这些老一代农民形象的典型意义。

农民问题是民主革命的中心问题。凡是与时代、与社会生活有联系的作家,都力图在自己的作品中反映这一问题。"五四"作家大致上是以否定的方式,即着力剖析中国封建社会制度和封建主义传统思想对于农民精神方面的摧残和荼毒,以及由此形成的思想性格上的弱点,如愚昧、迷信、麻木、自私等。因此,他们笔下的贫苦农民固然都浸染着作家的炽热同情,但备尝苦难而终不觉醒。即使鲁迅也没有着力发掘和肯定农民身上有可能使他们成为革命动力的实质性东西,他对农民的考察重点是:农民不能不革命的生活地位和他们主观上还缺乏觉悟的两者之间的矛盾(这里并不是贬低以否定方式探索农民问题的作品,这些作品自有其历史价值)。戴平万的创作虽然也写到老农民的缺点,如迷信、自私、保守、宿命等,但他同时也描写了他们如何在现实的惨痛教训面前,逐渐克服自身的缺点,终于走向觉悟、倾向革命的过程,从本质上说明了农民的革命性。他以肯定的方式,着力发掘农民身上已萌生着的新的革命特质,创造出具有时代意义、体现一定历史趋向的农民形象,这些充满着炽热的革命激情和强烈的反抗精神的作品,是中国农民由"盲目挣扎"过渡到"阶级意识的觉醒"的缩影,它们在"文学革命"向"革命文学"的转变时期具有界标的作用。

二

戴平万所生活和创作的年代,中国革命的主要形式是武装斗争,即在中国共产党领导下的农村土地革命斗争。这一斗争既然成为决定中国革命前途的关键,它就必然为这位"有决心作普罗文学的人"[1]所瞩目。再说，戴平万所以力求把握这一"伟大的题材"，与他个人的独特生活经历有着密切的关系。

戴平万学生时代就受到"五四"新文化运动的感召和洗礼，积极参加学生运动。北伐战争时期，先参加国民党左派组织，随即又加入中国共产党。1926年夏于国立广东高等师范学校毕业后，被党组织派往暹罗工作。"四·一二"后，他在暹罗过着流亡生活，后与洪灵菲等经新加坡回上海。是年秋，南昌起义部队进驻潮汕，戴平万马上乘船前至，准备参加武装斗争。对他创作特别有影响的是在海陆丰参加农民运动的一段生活经历，后因农民起义失败，他离开海陆丰经香港返上海，参加了"太阳社""我们社"，从事左翼文学的革命活动。戴平万在海陆丰的时间并不长，但充实了他的生活体验，革命根据地农民的火热的斗争生活给他提供了较丰富的创作题材，使他的不少作品较为真实地留下了个人生活经历的印记。《春泉》（见《新流月报》第三期）《村中的早晨》《陆阿六》《新生》（见《拓荒者》第三期）等短篇小说，都直接或间接地反映了海陆丰一带农民的生活和斗争，是海陆丰革命根据地生活图景的一页实录。难能可贵的是，他笔下的青年农民形象都具有刚健的气质、坚定的革命信念和不屈的反抗精神，充满着革命的乐观主义和英雄主义，给新文学的人物画廊增添了新的典型。

《恐怖》（见《太阳月刊》第六期）写的是镇压农民运动的反动县长范文若正与他的师爷密谋进一步盘剥农民时，被农民赤卫队逮捕处决的故事。它从一个侧面反映了农民运动虽然被

---

[1] 戴平万：《都市之夜·自序》（1930年9月20日）。

弹压，但农民的武装斗争却并没有因此偃旗息鼓，相反，正在造成一种"红色恐怖"，使反动分子惶惶不可终日，《春泉》和《山中》都是写农民赤卫队在大革命失败后，避于山中，坚持武装斗争，继续同反动势力周旋的故事。上述三部短篇小说中的青年农民形象缺乏立体感，思想性格流于概念化。到了三十年代初期，戴平万的短篇小说创作有了显著进步，《村中的早晨》和《陆阿六》较成功地塑造了血肉丰满的青年农民形象：魏阿荣和陆阿六。

戴平万将这两个青年农民的命运放在广阔的历史背景下表现，在激烈的矛盾斗争的湍流中显示人物的成长过程和性格特征。

魏阿荣是一位武装农会的领袖。父母卖了唯一的家产：牛，供给他上城念书，指望他好好念书，"读了书不会给人家欺负"。阿荣接受了革命真理的教育，参加了共产党；中学毕业后，回乡组织农会领导农民进行武装斗争，"反抗一切无理的压迫"。从此，他不知疲倦地为革命工作。作品没有正面描写阿荣，而是通过他父亲的回忆、观察，反映革命所带来的变化以及老人自己的变化，从而歌颂了这位革命者，从他昂扬饱满的战斗激情和英勇果断的指挥才能，从他疾恶如仇的阶级感情和瞻望未来的坚定信念里，使我们在这位平凡的青年农民身上深深感触到一种令人景仰的高大的东西，这便是在他身上所闪现的为全人类解放事业献身的崇高品质。阿荣这一形象犹如信号一般预示着中国农民即将掀起更高的革命热潮。《陆阿六》是在左联时期影响较大的短篇小说，当时被译成日文介绍到日本去，这与它成功地塑造出陆阿六这一青年农民形象是相缘的。陆阿六是一位自觉地肩负起改造这个不公平世界的农运领袖人物。他出身贫寒，从小富有反抗精神。十六岁的阿六已对这个"不平的社会"充满了仇恨。在大革命浪潮中,阿六投身农民运动,站在斗争的前列,组织"抗租运动",如火如荼的抗租斗争最终汇入了土地革命的洪流;大革命失败后,"其势如暴风骤雨"的农民运动虽遭挫折,但他没有被白色恐怖所吓退,"非打倒三老爷不可!"的矢志始终不渝,组织农民上山打游击,坚持武装斗争。在阶级斗争的烈火中,他逐步锻炼成为一个自觉的革命战士。作品这般热情洋溢地赞颂它的主人公:阿六"正像一颗破谷的种子,是鲜嫩的,蓬勃的;是充满着希望;是勇敢而有力地前进着的。"人们从阿六形象中看到了中国农民在党的领导和教育下彻底觉醒、走上自觉革命道路的历程,看到了这支力量蕴藏着巨大的革命积极性像冲决堤坝的春潮般汹涌奔流,看到了1926年、1927年的大革命和农民运动在农村播下的革命火种怎样在新的历史条件下迅速燃成燎原的革命烈火。这一有力地显示历史动向的作品给读者以强烈的震撼和深刻的启示。恰如当时评论界所说:《陆阿六》反映了"农民运动的另一时代,即农民觉醒而组织起来了。……作者已经脱离了抽象的革命描写,而以朴素的农家生活构成土地革命的形象,这样,我们才可以从艺术中理解革命,更可以理解革命之必然"。[①]这一评语是深中肯綮的。它说明了戴平万反映农村革命斗争的作品具有广泛的现实意义和较为深刻的历史内容,奋发向上的乐观气氛,昂扬浩荡的革命激情,给人以清新之感,它掩蔽了作品艺术上的不够工巧和语言的尚待琢磨。

我们从戴平万笔下的陆阿六、魏阿荣等年轻一代农民形象中

[①] 冯乃超:《作品与生活》(《拓荒者》第2期)。

可以看到大革命失败前后的时代主潮：武装斗争。他的短篇小说可以列入把当时中国社会生活最重要内容的农民武装斗争引进文艺创作领域的最早一批文学作品。晚清作品中"没有一本反映农民生活的书"。①鲁迅及同一流派的乡土文学作家把农民提到他们艺术描写的中心位置，真实地反映了他们的苦难际遇，这无疑是对中国小说创作的一大贡献。但囿于当时的历史条件和作家本人的思想实际，尚不可能产生像《陆阿六》一类描写农民武装斗争的作品。大革命失败后，农村革命步步深入，建立农村革命根据地的问题这时才提上了党的议事日程，因此，反映农民坚持武装斗争现实的小说，只有这时才有条件产生。二十世纪二十年代末、三十年代初，反映农村题材的作品甚多，有不少作品也能描写濒于破产的农村经济和贫困悲凉的农家生活，揭露帝国主义侵略和封建主义剥削压迫的罪恶，同情和歌颂农民的反抗斗争。但是，由于国民党反动派的严密封锁，这些作家大多数实际上并没有深入革命的漩涡，对农村阶级斗争的实际情况，尤其是对中国共产党领导下的农民革命运动的现实了解不够，因而缺乏这方面的深刻描写。像戴平万这样直接取材于大革命时代的农村生活，及时反映农村武装斗争的历史现实，并努力塑造自觉的青年一代农民形象的短篇创作并不多见。这些作品明显地记录着时代脉搏的跳动，较为真实地从一个侧面反映了"时代的生活和情绪的历史"。②戴平万以文学形式较早地且正确地解释了土地革命时期的党的中心任务，应当承认，叶紫、沙汀、蒋牧良、艾芜等左翼作家在这方面的创作成就无论思想性艺术性固然甚于戴平万，但均

---

① 阿英（钱杏邨）：《晚清小说史》第13章，人民出版社，1980年。
② 高尔基：《论文学》，广西人民出版社，1980年，第20页。

在其后。它的历史价值难道不值得文学史家肯定么？

魏阿荣、陆阿六等农民青年一代形象的典型意义还在于：他们向读者展示了农村题材短篇小说的新的人物及其活动的新的天地，"为我们的时代画出了新的农民的姿态，这些人物和辛亥革命时代的阿Q很尖锐地对照了起来，我们由此可以看到革命怎样在农村里发展着"。[①]作者用艺术形象真实地再现了中国革命的重大课题，探索着从根本上解决农民问题的途径。戴平万塑造的农民形象具有理想意义，他把农民的悲剧命运的揭示与农民出路的探求联系起来，使作品具有较大的时代容量。一般来说，"五四"时期反映农村题材的作品只是从民主主义的眼光来暴露和抨击旧社会的黑暗，揭露了社会矛盾却不能找到矛盾解决的途径；对于农民解放的根本问题，即在无产阶级政党领导下走武装夺取政权的道路，当时尚无法做出明确的解答。而这一根本问题的解答，在戴平万的短篇小说中略见端倪。由于受马列主义的教育和农民运动的影响，他提高了对社会生活的认识能力，因此，在他的作品中不仅写出了旧中国农民的悲惨命运，更注重反映他们的斗争和胜利的前景。他把对农民这支中国革命的主力军的全部热情和希望都倾注于笔端，以色泽浓烈的彩笔，热烈地讴歌了坚持武装斗争的农民青年一代的革命战士，生动地描绘了他们举起镰刀和矛枪进行斗争的时代，给予读者以向上的促力和奋发的激励。这些作品已不单纯是黑暗社会的批判者，而是力图从中国错综复杂的社会关系的形象描绘中展示历史发展的趋向。戴平万农村题材的短篇小说有一个共同的思想：要反抗，要革命，农民

---

① 《拓荒者》第2期《编辑室消息》。

的出路在于组织起来拿起枪杆子。这在革命处于低潮的时期,有着非常积极的革命意义。

三

数十年封建社会所铸就的精神和物质的重轭,使中国农村妇女被压在社会最底层,承受了难以言喻的痛苦和牺牲。因此,近现代中国进步的、革命的作家,当他把眼光投射到封建压抑下的农村时,必然会注视她们的命运和前途。作为一个左翼作家,戴平万更是站在被压迫的妇女的立场上,为她们的凄惨遭际而不平,为她们的解放斗争而呐喊。在他的农村题材的短篇小说中塑造了一系列风姿各别的妇女形象,她们都浸润着作者发自内心的爱,有的在笔端中横溢着景仰之情,有的于纸上流淌着同情之泪,这些形象促使读者为他们的命运而悲泣,为他们的觉醒而感奋。

戴平万笔下的这些农村妇女形象大致可以分为以下三种类型:

一是面对迫人窒息的暗夜,麻木不仁、浑浑噩噩的农村妇女。戴平万对这些农妇承受着封建正统观念的重压,由于终生受奴役而形成的怯懦、愚蠢,侥幸的性格做了入木的刻画,作者于悲悯中稍事批评,对她们希冀时运的幻想作了批判性的描写,这些悲剧对于尚未觉悟的农民是一声警钟。如《春泉》中的丁勇进的母亲和《母亲》(见《新流月报》等2期)中的李老姆,都是在奴隶地位上生活惯了而始终未觉醒的落后农妇。丁勇进被官府捉去,他的母亲不是将"失子"仇恨集中到反动阶级身上,奋然与之搏斗,相反咒骂儿子:"我们丁家就没有嗣了!……我的儿呀！你多么狠心呀！"如此愚昧、麻木，令人心寒！同丁母一样，李老姆也是一个在污浊的泥泞中挣扎求生却又饱孕母爱的被损害者。作者以素朴的笔墨平静地展示了一个普通母亲畸形的灵魂。她唯一的儿子在白色恐怖下无辜被枪杀了，收养的一个品行不端的流浪汉又被反动军队拉去当挑夫，后因逃跑被打死。"李老姆的一颗伟大的然而没有效果的慈爱之心已经破碎了，在这样黑暗的环境里破碎了！"冷酷的阶级斗争现实使这位含辛茹苦的老农妇悲愤交加，但她却始终在苦海中呻吟、哭泣。这些作品揭示妇女的悲剧命运，没有过多地着眼于个人善恶（如曹石清的《兰顺之死》），而是以更广阔的视野揭示这种现象的社会本质，把抨击的矛头指向了导致她们不幸的黑暗社会及其拥有的种种精神枷锁。显然，这些作品的思想意义是较有分量的。

还有一类是从蒙昧中日渐觉醒、于驯服中起而抗争的农村劳动妇女的形象。作者既批判她们的落后一面，又歌颂了她们在严酷的现实教育下终于幡然觉醒，挣脱封建宗法与传统观念的缧绁，走上反抗道路的斗争精神，这从正面启示人们：在反抗旧社会的革命时代中，深沉的痛苦是强烈的反抗的来源。《激怒》中的五老婶原先对"降鬼神似的"李大宝诚惶诚恐。无辜的丈夫被他抓去投狱折磨致死，她忍辱了；善良的儿子文生又被他活活打死，她忍无可忍了！血淋淋的阶级斗争事实触发了她走上反抗的道路，发出了"我只有同你拼命呀！"的怒吼！小说所塑造的五老婶形象明显地留有祥林嫂的投影，但在她的身上作者又分明添注了觉醒、反抗的因素，虽然这种反抗带有极大的盲目性，只反对某个直接剥削和压迫她的人，而不太可能从理性上认识到必然推翻整个封建制度。作者为人们雕塑了一个有着倔强意志的农村老妇的形象，那灵魂是久已锈蚀的，在大风浪的冲击之下，开始剥落，开始透明，开始带着锈蚀斑痕而发光了！由于饱含着作者自己的强烈爱憎的激情淋漓地倾泻在五老婶身上，以致使全篇小说犹如汪洋恣肆的感情大海在那里咆哮、流动，借此来表现人物的思想、性格和命运。"这一篇把农村的土豪的横暴和农民的不屈的精神很经济地表现出来。"[①]五老婶的性格变化，对于逐步挣脱封建羁缚，日益觉醒的中国广大农村妇女来说，是颇具典型意义的。

更可贵的是，戴平万的短篇小说还通过自己的笔锋塑造了历史潮流中涌现出来的农村新女性形象。那篇直接描写新世界雏形——中国共产党领导下的红区生活的短篇小说《新生》中的主人公阿玉便是这类典型。她原来是南方七区田的农家女儿，父母被反动派残杀，她怀着阶级仇恨毅然参加了革命。这次随游击队来到七区田留下搞土改，她遵循党的指示，把土改运动和农村妇女解放运动结合起来，在农妇中间广泛宣传革命道理，启发她们的阶级觉悟。在阿玉耐心而热情的思想启发诱导下，二十六岁的寡妇阿花和她妹妹、地主家的婢女阿叶首先觉悟，投身于火热的土改斗争中去。尽管作品在表现阿花、阿叶的性格变化有些流于概念化，叙述代替了描写，但也在另一方面表现了她们演变了的性格特征，粗线条地勾勒出这些觉醒者的姿态和阿玉这一革命战士的丰采。随着"起来！全中华的被压迫的女囚徒！"的阵阵声浪，我们仿佛听到了在党的光辉照耀下的中国农村新女性迈步向前的空谷足音！《新生》提出了新的课题，将妇女解放与土地革

---

① 《我们月刊》创刊号"编后"。

命运动紧密结合起来,作品试图反映革命潮流催化妇女命运的剧变,这一思想意义在当时的创作界还是率先的,虽然小说在表现形式上太重事面的渲染而疏忽了人性的解剖。

歌德曾经把"装满时代的思想感情"作为优秀作品的重要条件。[①]确实,衡量一部作品首先要看它是否能通过艺术形象,准确地表现出所描写的那一时代社会的本质,展示出社会发展的趋势。在这方面,戴平万的农村题材的短篇小说是取得了一定的成就。它与"五四"时期乃至同时代同类题材的作品比较起来,是有其明显特色的,这一点是今天我们进行现代文学研究所不可忽略的史实。

(原载《韩山师专学报》(社会科学版)1986年第一期)

---

① 转引自丹纳《艺术哲学》,人民文学出版社,1983年,第76页。

戴平万年谱

陈贤武

1903年

农历十月三十日,生于广东省潮安县归湖乡溪口村。小名再岳,后改名戴均,字平万,曾用名戴万叶、岳昭、君博、庄错。

曾祖父戴维祺,清道光二十九年(1849)举人。住于潮州城总兵巷双柑书屋。"双柑书屋"又名"戴氏介祖试馆",是为纪念曾祖戴介圃而置的。

祖父戴清源,附贡生,授翰林院孔目。咸丰年间任汕头漳潮会馆司理,处事公正,有威信,得到大家好评。为光绪《海阳县志》总阅之一。

父亲戴贞素(1883—1951),名仙俦,又名祺孙,以号行,笔名贝丝,潮安归湖镇溪口乡人。自幼随祖进城,住于双柑书屋。清末秀才。辛亥革命后进京师大学堂(今北京大学),因母病重辍学回潮。先后任教于潮州城南小学、韩山师范学校(1923年)、广东金山中学、潮安县立第一中学(今潮州金山中学),毕生从事教育。著有《听鹃楼诗草》。

母亲庄参汤(1883—1982),是戴仙俦的老师庄箬轩的女儿,家住潮安县城家伙巷内。戴平万对母亲的感情深厚,参加革命后一直挂念着母亲,并把这种感情曲折地寄托在他的一些作品中,如《出路》等。

戴平万有两个妹妹,大妹妹戴若荀,1905年生;小妹妹戴若萱,1907年生。

1911年　8岁

进归湖乡溪口村戴氏家族办的凤喈私塾读书。

1915年　12岁

离开农村,由母亲带着到潮州城里读书,就读于潮安县立第一高等小学校(今潮州湘桥区城南小学),学名戴均,名字是戴贞素起的。辛亥革命以后,戴贞素接受了资产阶级民主主义思想的影响,给三个孩子分别命名为均(平均)、民(民主)、权(权利)。

1918年　15岁

在潮安县立第一高等小学校毕业。

8月,考进广东省立潮州中学(广东金山中学前身)读书。

同年考进潮州中学的有洪灵菲(时名洪伦修)。因为戴平万和洪灵菲都爱好文学,所以经常在一起学习和讨论问题。洪灵菲家在江东红砂村,他不仅是双柑书屋的常客,有时寒假也不回家,就住在双柑书屋。

1922年　19岁

在广东省立潮州中学毕业，成绩优异。据当年《金中月刊》所刊登的"广东省立潮州中学校四年级生学年成绩表"记载：戴均（戴平万）是毕业班中七个优等生之一，各科成绩总平均83.46分，学业成绩和操行均列甲等。

秋天，和洪灵菲一起考取国立广东高等师范学校（中山大学前身）西语系，改名戴平万。1924年6月18日出版的《金中周刊》第五十六期"毕业生调查栏"载：戴均，字平万，潮安人，在本校第十三届毕业，现在国立广东高等师范学校学习。

1923年　20岁

秋天。参加潮汕进步文学团体"火焰社"。"火焰社"成立后，在《大岭东报》上办了一个《火焰周刊》，戴平万、洪灵菲常有新诗和散文发表。

1924年　21岁

投身革命学生运动，加入中国共产党。

在革命高潮的影响下，开始参加学生运动，并在许甦魂的引导下，走上革命的道路。这段时间，戴平万和洪灵菲经常与许甦魂接触，在其帮助和领导下参加各种进步活动。

许甦魂（1896—1932），原名许统绪，广东潮安庵埠人，中共党员，国共合作后，被选为国民党中央委员会委员。1929年参加百色起义。曾任红7军政治部主任。

1925年　22岁

与洪灵菲同时从高师西语系转外国文学系本科。

6月，在广州沙面参加省港大罢工运动的示威游行。

本年农历十月初十，戴平万从广州绕道上海回潮州和张惠君（1901—1982）结婚。张惠君婚后主要从事教育工作。

小说《哀筝余咽》，刊于《潮州留省学会年刊》第1期。

剧本《海滨》，刊于《国立广东大学潮州学生会年刊》第1期。

1926年　23岁

戴平万、洪灵菲经许甦魂介绍参加国民党中央委员会海外部工作。这段时间，他们还一起发起和组织潮州旅穗学生革命同志会，并由洪灵菲、戴平万负责同志会的工作。

8月，在广东高等师范学校毕业。

11月，由海外部派到暹罗总支部工作，以教师身份作为掩护。

同年，大女儿戴繁枝在潮州出生。

1927年　24岁

4月12日，蒋介石集团在上海发动"四一二"反革命政变，并在海外搜捕和屠杀革命人士。戴平万是中共党员，以个人名义参加国民党的跨党党员，就被特务盯梢、跟踪，过着流亡的生活。与同样过着流亡生活的洪灵菲相约一起乘船经新加坡回上海，一面参加党组织的地下活动，一面从事文学创作活动，以卖文维持生活。

9月，南昌起义军攻占广东的潮州和汕头。戴平万和洪灵菲在上海听到起义军进入潮汕的消息，由上海乘轮船回潮州。船在途中，传来起义军已撤离潮汕的消息，但人已在船上，没有别的出路，只好随船到汕头港登岸。在潮州乡下匿居一个月左右，辗转到了海陆丰农民运动根据地。后来海陆丰农民起义失败，又经香港回到上海，参加地下党领导的文化宣传工作，也从事文学创作。

1928年　25岁

1月，"太阳社"在上海成立。戴平万是主要成员之一。

5月，林伯修、洪灵菲、戴平万等发起组织"我们社"，创刊《我们》月刊，共出3期，同年八月停刊。主要刊登文艺创作和翻译。

5月20日，小说《激怒》、翻译《如飞的奥式》（加式金著）刊于《我们月刊》创刊号，署名戴万叶。

本月，短篇小说《小丰》，刊于《太阳月刊》5月号。

6月，短篇小说《恐怖》，刊于《太阳月刊》6月号；20日，短篇小说《树胶园》和译作《美国人》（Ivenov著），署名戴万叶，刊于《我们月刊》第2期。

7月，上海文化工作者支部成立，戴平万分在第二组，其中组长洪灵菲，同组尚有杜国庠等共5人。

8月20日，短篇小说《交给伟大的革命事业》，署名戴万叶，刊于《我们月刊》第3期。

本月，短篇小说集《出路》由上海泰东图书局出版。内收《出路》《上海之秋》《流氓馆》《三弦》《在旅馆中》等五篇小说。

12月，中国著作家协会在上海成立，为发起人之一。

1929年　26岁

1月，钱杏邨主编的《海风周报》在上海创刊。《海风周报》是"太阳社"的刊物。理论与创作并重，为主要撰稿人之一。

发表短篇小说《山中》，刊于《海风周报》第1期（1月1日出版）。论文《Reed（约翰·李特）的生平及其著作》，刊于《海风周报》第4期（1月20日出版）。

2月24日，短篇小说《都市之夜》，刊于《海风周报》第8期。

4月1日，短篇小说《母亲》，刊于《新流月报》第2期。

5月1日，短篇小说《春泉》，刊于《新流月报》第3期。

9月，短篇小说集《都市之夜》，由上海亚东图书馆印行。内收《都市之夜》《烟丝》《疑惑》《小丰》《山中》《激怒》《树胶园》《流浪人》《朱校长》《恐怖》《母亲》等11篇作品。

10月，上海地下党开始筹备组织"左联"，参与筹备工作，是"左联"筹备小组成员之一。据夏衍在《懒寻旧梦录》一书中所记："'左联'筹备小组成员一共12人，即鲁迅、郑伯奇、冯乃超、彭康、阳翰笙、钱杏邨、蒋光慈、戴平万、洪灵菲、柔石、冯雪峰和我。""党召集的第一次筹备会议是在1929年10月中旬"，"地点是在北四川路有轨电车终点站附近的'公啡'咖啡馆二楼"。（1980年三联书店，第145页）

同年，中篇小说《荔清》由上海晓山书店出版。

同年，与洪灵菲迁到沪东周家嘴路（今长阳路或定海港路）居住。这是他来上海后的第三个住址，之前曾寓居法租界白莱尼蒙马浪路（今马当路）西门里、北四川路东武昌路口春江里54号（今四川北路武昌路）。

1930年　27岁

1月，蒋光慈、钱杏邨主编的《拓荒者》月刊在上海创刊，现代书局出版。为刊物的撰稿人之一。

10日，短篇小说《陆阿六》刊于《拓荒者》第1期。

2月10日，短篇小说《村中的早晨》刊于《拓荒者》第2期。本期刊登钱杏邨的《关于〈都市之夜〉及其他》和冯乃超的《作品与生活——本报第1期的批判》，对戴平万的创作进行评价。

3月，中国左翼作家联盟在上海成立。"左联"成立大会于3月2日下午2时在中华艺术大学召开，当天到会的有鲁迅、沈端先（夏衍）、冯雪峰、钱杏邨（阿英）、蒋光慈、冯乃超、田汉、李初梨、柔石、戴平万、洪灵菲、林伯修等49人。

"左联"成立大会召开前，戴平万曾和夏衍一起检查会场的布置和安全保卫工作。

戴平万在《拓荒者》第1卷第3期发表短篇小说《新生》。

3月29日，出席《大众文艺》编辑部召开的第二次座谈会。主题是如何使少年儿童文学读物大众化，做到少年儿童能懂、爱看。

5月1日，《大众文艺》第2卷第4期出《新兴文学专号》（下），以《我所希望于〈大众文艺〉的》为题，刊登郭沫若、郁达夫、柔石、戴平万、洪灵菲、钱杏邨等26人的文章，继续讨论文艺大众化问题。

5月15日，小说集《陆阿六》由上海现代书局印行，为《拓荒丛书》之一，印2000册。内收《陆阿六》《献给伟大的革命》《村中的早晨》《春泉》《新生》共5篇。

夏天，作品《村中的早晨》入选蒋光慈编选的《中国新兴文学短篇创作选》第1集《失业以后》，由北新书局出版。

同年，夫人张惠君从广东潮安到上海探望戴平万。

12月，戴平万的第二个女儿戴珊枝在上海出生。

1931年　28岁

10月，日本四六书院出版了《国际普罗文学选集》之一的日文中国短篇小说集《阿Q正传》，除《阿Q正传》外，还有胡也频的《黑骨头》，柔石的《伟大的印象》，戴平万的《村中的黎明》，冯铿的《女同志马英的日记》，并附有各家小传。

本年，由于国民党反动派加紧文化"围剿"，党组织决定戴平万、洪灵菲等暂时停止写作，转入地下工作，由组织每月发给必要的生活费用。

1932年　29岁

7月，作品《献给伟大的革命》入选《现代中国作家选集》，由上海文学社出版。

本年，上海反帝大同盟成立。戴平万参加反帝大同盟工作，经常外出集会，组织工人和学生参加抗日救亡运动。

本年，儿子戴抗在上海广仁医院出生。

由于上海形势日趋紧张，托表亲把夫人和两个孩子送回广东潮安老家。

1933年　30岁

4月，论著《俄罗斯的文学》由上海亚东图书馆印行。全书14章。

译作《求真者》（小说，美国辛克莱著）由上海亚东图书馆印刷发行。

本年，王哲甫著的《中国新文学运动史》由北平杰成印书局出版。书中第六章《新文学创作第二期》，专节论述和评价了戴平万的作品。

5月，中共满洲省委成立满洲总工会筹委会。是年夏，中华全国总工会派戴平万（化名"李波"）等到哈尔滨开展满总工作。8月，满总经选举成立领导机构——满总党团，当选为宣传部部长。

1934年　31岁

4月，满洲党团省委遭破坏后，因无可以证明其身份的东西而遭日本人的驱逐，原想越境去苏联未果而遄返上海。回上海后，曾匿居于柯柏年（李春藩）家。

暑假，夫人张惠君再度来上海探亲度假，迁至法大马路朱葆三路口广泰纸庄居住。

7月1日，小说《哈尔滨的一夜》刊于《文艺风景》第1卷第2期。

8月5日、20日，在《人间世》半月刊上用"庄错"笔名以《关外杂录》为总题，在第9期刊发《霜花》《在海上》，第10期刊发《万泉河》《亲爱的先生》，写他在东北生活的片断。前三篇散文曾以《关外杂录》为总题，收入1934年《中国文艺年鉴》。

10月，随笔《沈阳之旅》刊于《文艺画报》创刊号。鲁迅的杂文《奇怪（三）》曾提及。

11月，写东北人民沦亡后苦难生活的小说《苦菜》，刊于《旁观者》，上海近代公司出版。

1935年　32岁

4月15日，散文《柳树的忧伤：献给我挚爱的一位亡友》刊于《新小说》第1卷第3期。

继续在上海从事左翼文艺运动和学生救亡运动，任左联党团书记，也是左联党团最后一任书记。周扬《关于周立波同志的一些情况》:"大概到了1935年,立波是左联党团成员,党团成员还有何家槐、戴平万等,这时由戴平万任党团书记。"(《周立波研究资料》,1983年,湖南人民出版社)

1936年　33岁

年初,"左联"宣布解散。

3月25日,在上海《东方文艺》创刊号发表《读书随笔》,中肯地评论犹太诗人莱佛尔的作品《车拨拉哈的犹太人坟场里》,并对国破家亡的犹太平民及整个民族抱不平。

5月,小品《上滩》刊于《青年界》第9卷第5号。

6月5日,《文学界》月刊创刊于上海,由"文学界月刊社"出版,主编署"周渊",是虚拟的人名,实际编辑工作由戴平万负责,由光明书局和天马书局代发行,32开本,每期约200页。1936年9月10日终刊,共出版4期。《文学界》是"左联"解散后,一部分左联作家创办的文学刊物,以创作与理论并重。

6月7日,"中国文艺家协会"成立,并发表宣言,为发起人之一。7月10日,《文学界》第1卷第2号刊登的《中国文艺家协会会员名录》共111人,戴平万是其中之一。

6月10日,发表《满洲琐记》,刊于《光明》半月刊创刊号。

7月10日,在《文学界》第1卷第2号高尔基逝世纪念特辑上,发表《我们的唁词》,哀悼无产阶级作家高尔基。

8月10日,在《文学界》第1卷第3号发表短论《对于国防文学的我见》。

9月13日,为了拥护戏剧艺术的尊严,为了争取中国艺术家的演剧的自由,上海文化界人士联合发表了《中国文化界为争取演剧自由宣言》（《生活知识》第2卷第9期，1936年9月20日），戴平万名列其中。

9月20日，小说《病》刊于《今代文艺》月刊第1卷第3期。

10月19日，我国现代文学的奠基人、文化新军的伟大旗手鲁迅先生在上海病逝。戴平万发表《他的精神活着》一文，痛悼鲁迅先生的逝世。

本年，介绍沙汀重新加入中国共产党，另一介绍人为周扬。

1937年　34岁

3月25日，小说《在裕兴馆》刊于《希望》半月刊第1卷第2期。

7月9日，上海文化界在原来全国救国会的基础上，组成"上海文化界救亡协会"（简称"文救"）。在"文救"组织部工作。

8月24日，"文救"办的《救亡日报》正式出版，郭沫若任社长，夏衍任主笔，阿英任主编。戴平万也参加有关《救亡日报》的筹备、组织工作。

10月，地下党组织成立"文委"，是"文委"小组的成员之一。当时，上海的进步文艺运动是在地下党领导下开展的。"文委"是地下党对文艺工作的领导机构。

10月19日，战时文艺协会在女青年会，为鲁迅先生开了一个逝世周年纪念演讲会。开会间，大家唱了一遍《纪念鲁迅》歌与《义勇军进行曲》，向殉国壮士静默志哀。先由该会推举的主席戴平万先生报告卄会的意义，次由郑振铎、郭沫若、何丹仁、田汉先生等演讲。（上海《救亡日报》，1937年10月19日）

10月20日，上海市文化界救亡协会、上海战时文艺家协会于浦东大厦七楼举行鲁迅先生周年纪念座谈会,到会者有一百余人,决定组织"文艺界救亡协会",并选出临时执行委员郭沫若、王统照、郑振铎、汪馥泉、陈望道、巴金、欧阳予倩、田汉、傅东华、戴平万、谢六逸等11人。(上海《救亡日报》,1937年10月20日)

10月,介绍钟望阳入党,另一介绍人是林淡秋。钟望阳入党后,和戴平万、林淡秋合编一个党小组,由戴平万担任党小组长。

11月12日,上海失守。上海失守后,除英、美、法租界外,上海被日寇占领。原来在上海的一部分进步文艺工作者有的撤退到内地,有的辗转到了抗日民主根据地,另一部分则留在"孤岛"坚持斗争。戴平万是留在"孤岛"坚持斗争的文艺战士之一。

12月,小说《细雨的街头》发表在《离骚》创刊号。

1938年　35岁

上海失守以后,地下党在"孤岛"办的第一个刊物是《上海人报》。据钟望阳回忆:梅益、林淡秋、戴平万均参加这一报纸的编辑工作。《上海人报》只出了一个短时间就停刊了。这之后,地下党为了冲破敌伪的文化封锁,利用英、美与日帝的矛盾,以外商名义出版《译报》。这是一份由我党筹资,让英商出面办的报纸。最初出版时,是四开的小型《译报》,即"小译报",全部采用外国通讯社的有进步意义的新闻和文章,很受群众欢迎。戴平万不是《译报》的编辑,但参加这一报纸的组织工作。半年以后,改为出版大张的《每日译报》,由梅益主编,兼负责国内消息版,戴平万负责本埠消息版,国外消息版和副刊分别由殷扬和王任叔负责。

5月，萧岱入党，编入戴平万所在的党小组。

6月7日，《文艺》创刊。这是地下党间接领导和支持的一个进步文艺刊物，一共出版了16期，1939年6月19日终刊。编辑这个刊物的是暨南大学几位靠近党的青年学生，戴平万常和他们联系，参加他们的座谈会，为他们的刊物撰稿。

7月，由《华美》周刊倡议，举行一次全市性的征文，以纪念"八·一三"抗战一周年，征文形式以《上海一日》为主题。由梅益担任主编，戴平万、林淡秋、钱坤任编委。到8月中旬截稿时，共收到稿件2000篇，共1100万字。按文章内容的性质分类，全书共分四部：《火线下》《苦难》《在火山上》《漩涡里》。每人负责一部，戴平万负责第二部。全书共100万字，于当年12月出版。

9月15日，《文艺》第1卷第6期发表《关于抗战文艺的形式：座谈会记录》，出席的有萧岱、岳昭（戴平万）、钟望阳、白蚀（王元化）、天佐、应彬之、林琪、贺若等。座谈会由戴平万主持。

11月16日，用"岳昭"笔名在《文艺》第2卷第3期上发表论文《报告文学者应有的认识》。

本年冬，蒋锡金从广东到上海，党派戴平万去找他，给他接上组织关系，并决定把他和戴平万、钟望阳编为一个党小组，由戴平万任党小组长。

1939年　36岁

为迎接元旦，《每日译报》准备出版增刊，由报社主持人之一、时任地下党文委负责人之一的戴平万（署名岳昭）执笔撰写《抗战中的上海文化阵容》的文章，代表了当时地下党"文委"对上海文化状况的评价和肯定。

本月，署名"戴万叶"的中篇小说《前夜》由上海亚东图书馆印行。到1940年7月已出版了第6版。

本年春，在"文委"的领导下，由王任叔召集戴平万、林淡秋、蒋天佐、钟望阳、蒋锡金等六人，就"孤岛"的文艺工作交换意见。此后，六人每周定期在霞飞路的大三元茶室以茶会的形式开会，讨论一些文艺工作中出现的问题，研究推动工作进行的办法。

3月17日，翻译的政论《在汪精卫自杀政策的后面德国法西斯的阴谋》（Asiateus著）在《译报周刊》第1卷第十九期上发表，署名"岳昭"。

5月7日，应上海自学民众义务补习学校的邀请，在星期日周会中，作题为《自学的方法》的讲演，后由沙水根据听讲时笔记整理成文，刊于1939年5月12日出版的《文汇报·自学周刊》第十四期。

5月，协助陈望道编的《新中国文艺丛刊》第一辑《钟》出版。刊物的主编人是陈望道，但具体编务是戴平万。《新中国文艺丛刊》一共出了四辑：《钟》《高尔基与中国》《鲁迅纪念特辑》《鹰》。

美国作家赛珍珠以中国抗战为背景的小说《爱国者》于1939年1月在美国出版；6月，由戴平万、叶舟、舒湮、茜园、黄峰（邱韵铎）合译的译本由香港光社出版。

7月，作品入选郑振铎、王任叔、孔另境主编的《松涛集》，世界书局出版。书末的《编后记》由巴人写于1939年2月20日，其中讲道："平万饱经风霜，足迹遍南北，为我辈中小说散文老手，此间所集,均为东北风光,足使人起禾黍之感。"

7月,《文艺长城》第3期上刊登了《上海文艺界同人给南洋华侨文艺界的一封信》,共有26位作家签名,戴平万是其中之一。

8月,用"岳昭"笔名翻译《尼鲁希加》(高尔基著)刊于《新中国文艺丛刊》第2辑。

10月1日,由戴平万、黄峰、蒋锡金三人合编的《文艺新闻》周刊创刊号出版。

10月8日,用"君博"笔名发表随笔《买国旗》刊于《文艺新闻》周刊第2号。

10月26日,用"君博"笔名发表杂感《说苦衷》刊于《文艺新闻》第4号。

10月,《新中国文艺丛刊》第三辑——《鲁迅逝世纪念特辑》出版。撰写《编后语》。

12月10日,用"君博"笔名发表文艺短论《关于〈为了生活〉》刊于《文艺新闻》第6号。

12月17日,用"君博"笔名发表文艺短论《辨真假》刊于《文艺新闻》第7号,还用"岳昭"笔名发表《欢迎〈高尔基童年〉(苏联电影)》。

1940年 37岁

1月1日,戴平万、黄峰以"本社同人"的名义发表《一九四〇年上海文艺界展望》刊于《文艺新闻》第9、10号合刊。

1月25日,《戏剧与文学月刊》在上海创刊。丁伶、戴平万编辑。国民书店发行。同年6月20日终刊,共出4期。设有剧本、小说、诗歌与散文、论坛等栏目。以"岳昭"署名在第1期发表《一年来的上海文艺界》长文。

1月，华光戏剧专科学校创办，这是一所侧重于在职职工业余艺术教育的学校。戴平万被聘为教师。

11月，遵照党的指示，到苏北抗日根据地从事新闻和教育工作。

1941年　38岁

2月，小说集《苦菜》由上海光明书局印行，《光明文艺丛书》之一种。收《苦菜》《病》《在风雪中》《哈尔滨的一夜》《过江》《佩佩》共6篇。

2月8日，鲁迅艺术学院华中分院在江苏盐城成立，直属新四军军部领导，刘少奇兼院长，戴平万为文学系教授。

4月17—18日，苏北文化界协会在盐城鲁迅艺术学院华中分院举行成立大会，刘少奇做《苏北文化协会的任务》报告，陈毅讲了话。戴平万当选为第一届理事。

4月，到新四军管的苏中区党委工作，主编《抗战报》。并与戈茅主编《江淮文化》。

本年，任中共苏中区委宣传部副部长。甄为民《抗日战争时期的新闻工作：关于40年代后期抗敌报社、新华社苏中分社、苏中记者工作会议追忆》："苏中区党委宣传部部长俞铭璜、副部长戴平万都住在报社，和同志们打成一片，一起生活，一齐工作，一起"开夜车"，甘苦与共，风雨同窗。俞、戴主持编委会工作时为设计版面，不知熬了多少夜，为办出特色，编委们不知绞尽了多少脑汁。"（《如东文史资料》第6辑，1990年12月）

1942年　39岁

调任苏中区委党校校长兼教务主任，并讲授《中国革命与中国共产党》等理论课程。

1943年　40岁

负责苏中区委党校日常工作。

1944年　41岁

春天，按延安整风精神，党抽调大批干部到党校学习。分工负责党校的教务工作。

1945年　42岁

在苏中区党委党校所在地兴化县去世，葬在当地。墓碑："作家戴平万之墓"，由林淡秋书写。

本文主要参考书目：

1. 戴平万.《苦菜》[M].福建：海峡文艺出版社，1992.

2. 饶芃子，黄仲文.《戴平万研究》[M].广东：汕头大学出版社，2000.

3. 唐沅，韩之友，封世辉，等.《中国现代文学期刊目录汇编》（上、下）[G].天津：天津人民出版社，1988.

4. 卢蔚猷.光绪《海阳县志》.影印本.广东：潮州市地方志办公室，潮州市档案馆，2001年.

5. 戴贞素.《听鹃楼诗草》[M]. 自印本. 潮州，2008.

6. 中国抗日战争军事史料丛书编审委员会.《中国抗日战争军事史料丛书·新四军大事记》[G]. 北京：解放军出版社，2015.